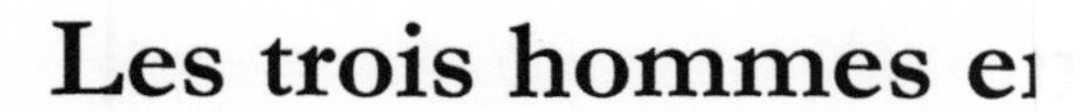

# Les trois hommes e[illegible]

Jerome K. Jerome

**Alpha Editions**

This edition published in 2023

ISBN : 9789357957007

Design and Setting By
**Alpha Editions**
www.alphaedis.com
Email - info@alphaedis.com

# Contents

# CHAPITRE PREMIER

*Trois amis éprouvent le besoin de se distraire. Fâcheux résultat d'une déception. Couardise de George. Harris a des idées. Récit du vieux marin et du yachtman inexpérimenté. Un équipage plein de courage. Du danger de mettre à la voile par vent de terre. De l'impossibilité de naviguer par vent de mer. Les arguments d'Ethelbertha. L'humidité de la rivière. Harris propose un voyage à bicyclette. George craint le vent. Harris suggère la Forêt Noire. George craint les montées. Plan imaginé par Harris pour en triompher. Irruption de Mme Harris.*

Ce qu'il nous faudrait, dit Harris, ce serait un peu de distraction.

A ce moment la porte s'ouvrit, et Mme Harris, passant la tête dans l'entre-bâillement, nous dit qu'Ethelbertha l'envoyait me rappeler qu'il ne fallait pas rentrer trop tard à cause de Clarence...

(Je suis enclin à penser qu'Ethelbertha se tourmente trop volontiers sur le compte des enfants. L'état de ce petit n'offre en somme aucune gravité. Il est sorti le matin avec sa tante. S'il a le malheur, étant avec elle, de regarder la devanture d'un pâtissier, elle le fait entrer et le bourre de choux à la crème et de buns jusqu'à ce qu'il se déclare rassasié et refuse avec politesse et fermeté de manger quoi que ce soit de plus. Résultat: il a du mal à avaler un peu de purée à déjeuner: et sa mère craint qu'il ne couve une maladie grave.)

Mme Harris ajouta que nous ferions bien de nous dépêcher de monter pour ne pas manquer la récitation de «The Mad Hatters Tea Party», tiré d'*Alice in Wonderland.* Muriel—c'est la récitante—est la deuxième enfant de Harris. Elle a huit ans, c'est une fille intelligente et gaie, mais, pour ma part, je la préfère dans les pièces sérieuses. Nous répondons que nous finissons nos cigarettes, que nous viendrons tout de suite après, et nous supplions Mme Harris de ne pas laisser Muriel commencer avant notre arrivée. Elle promet de tout faire pour calmer le zèle de l'enfant et s'en va.

Harris, la porte fermée, reprit sa phrase interrompue.

—Vous comprenez ce que je voulais dire,—un changement total.

Comment le réaliser?

George proposa «un voyage d'affaires».

Un jeune ingénieur avait, je m'en souviens, projeté un de ces «voyages d'affaires» pour Vienne. Sa femme lui demanda de préciser ses projets. Il s'agissait de visiter des mines aux alentours de la capitale autrichienne et de rédiger des rapports. Elle désira l'accompagner,—c'était une femme à ça. Il fit l'impossible pour l'en dissuader, alléguant que la place d'une jolie femme n'était pas dans une mine. Elle était bien de cet avis. Aussi n'avait-elle nullement l'intention de l'accompagner dans les puits. Simplement elle le mettrait en voiture chaque matin, puis se distrairait jusqu'à son retour en admirant les boutiques et en y achetant d'aventure ce qui la tenterait. Ayant lancé l'idée, il ne voyait plus maintenant le moyen de se tirer de là. Pendant dix longues journées d'été, il fut condamné à inspecter les mines des environs de Vienne et, le soir, à rédiger des rapports. Il les expédiait à son patron, qui ne savait qu'en faire. Je rappelai ce précédent et en fis l'application à notre cas:

—Je serais navré de croire qu'Ethelbertha et Mme Harris appartiennent à cette catégorie d'épouses. Cependant, ne recourons pas, pour cette fois, au prétexte «affaires»; réservons cette échappatoire pour le cas d'absolue nécessité... Non, allons-y carrément. Voici ce que j'expliquerai à Ethelbertha: «J'ai remarqué, lui dirai-je, que jamais mortel n'estime à sa juste valeur un bonheur qui est constamment à sa portée.» J'ajouterai qu'afin de lui permettre d'apprécier mes qualités personnelles, je jugeais opportun de m'arracher à sa société et à celle des enfants pour trois semaines au moins. Je lui dirai, continuai-je, en m'adressant à Harris, que c'est vous qui m'avez fait comprendre cela, que c'est à vous que nous devons...

Harris posa vivement son verre.

—Si cela ne vous fait rien, mon vieux, je préférerais autre chose. Elle en parlerait à ma femme. Je serais désolé de recevoir des remerciements que je ne mérite pas.

—Mais si, vous les méritez, car c'est bien vous qui...

Harris m'interrompit encore:

—Non! c'est de vous que vient l'idée. Vous vous rappelez avoir dit que c'est une erreur de s'enliser dans la béatitude domestique et qu'une félicité ininterrompue alourdit le cerveau...

—Je parlais en général.

—Et précisément, continua Harris, je me proposais de parler à Clara de votre suggestion. Elle apprécie beaucoup votre intelligence, je le sais, et je suis sûr que si...

—Ne courons pas ce risque, interrompis-je à mon tour. Il y a là un problème délicat. J'en entrevois la solution. Nous dirons que le projet nous a été suggéré par George.

Il arrive à George de manquer d'obligeance; c'est une remarque que j'ai eu l'occasion et le regret de faire. Vous auriez cru qu'il allait être enchanté d'aider deux vieux camarades à se tirer d'embarras: non! il devint agressif.

—Essayez! dit-il, et moi je dirai que mon plan, tout au contraire, avait été de partir en bande, avec femmes et enfants; j'aurais emmené ma tante; nous aurions loué un vieux château délicieux, que je connais en Normandie, dans un endroit où le climat convient particulièrement aux enfants délicats, et où le lait est tel qu'on n'en trouve pas de pareil en Angleterre. J'ajouterai que vous avez singulièrement exagéré en avançant que nous serions plus heureux, voyageant seuls.

On n'arrive à rien avec George par la douceur; il faut montrer de la fermeté.

—Dites-leur cela, s'écria Harris, et voici ce que je proposerai à mon tour: Nous louerons ce château. Vous emmènerez votre tante, ça j'y tiens, et vous verrez l'agrément de ce mois de vacances. Les enfants raffolent tous de vous; J... et moi nous disparaîtrons. Vous avez déjà promis à Edgar de l'initier à l'art de la pêche. Ce sera encore vous qui jouerez aux animaux sauvages. Dick et Muriel, depuis dimanche, ne font que parler de votre apparition en hippopotame. Nous ferons des pique-niques dans la forêt: nous ne serons que onze. Le soir, un peu de musique, et on dira des vers. Muriel possède déjà six morceaux, et les autres enfants, tous, apprennent très vite.

Ces menaces rabattirent le caquet de George, et, le petit incident clos, la question se posa derechef: que ferions-nous?

Harris, comme toujours, penchait pour la mer; il nous parla d'un petit yacht, juste ce qu'il nous fallait, un yacht que nous pourrions manœuvrer nous-mêmes, sans l'aide d'une bande odieuse de fainéants, de ces gens qui ne savent que flâner à votre bord, ajouter aux dépenses et qui enlèvent au voyage son charme et sa poésie. Il se targuait de le faire marcher, son yacht, avec le seul concours d'un mousse débrouillard. Nous connaissions ce genre de yacht et nous le lui dîmes; nous avions déjà passé par là, Harris et moi. A l'exclusion de tout autre parfum ce bateau sent la vase et les herbes pourries, arômes contre lesquels l'air pur de la mer ne saurait lutter. Il n'y a pas d'abri contre la pluie; le salon a dix pieds sur quatre; la moitié en est occupée par un poêle qui s'effondre quand on veut l'allumer. Vous êtes forcé de prendre votre tub sur le pont et le vent emporte votre peignoir au moment même où vous sortez de l'eau.

Harris et le mousse feraient tout le travail intéressant; hisser la voile, gouverner, nager debout au vent, prendre des ris. A eux tous les agréments, tandis que George et moi nous éplucherions les pommes de terre et ferions le ménage.

—Soit, concéda-t-il, prenons un beau yacht avec un capitaine et faisons les choses grandement.

Je m'y opposai encore. Je les connais, ces capitaines et leur manière de naviguer.

Jadis, il y a des années, jeune et sans expérience, je louai un yacht. La coïncidence de trois événements m'avait fait commettre cette folie: Ethelbertha avait le désir de respirer l'air pur de la mer; j'avais eu un coup de chance, et le lendemain matin même, au club, mes yeux étaient tombés sur un numéro du *Sportsman*, où je lus l'annonce suivante:

> AUX AMATEURS DE YACHTING
>
> Occasion unique:
>
> L' «ESPIÈGLE», YOLE, 28 TONNES. LE PROPRIÉTAIRE, SUBITEMENT RAPPELÉ POUR AFFAIRES, LOUERAIT CE LÉVRIER DE L'OCÉAN, YACHT SUPERBEMENT AGENCÉ, POUR PÉRIODE COURTE OU LONGUE. DEUX CABINES, SALON, PIANO WOFFENKOFF, CHAUDIÈRE EN CUIVRE NEUF, 10 GUINÉES PAR SEMAINE. S'ADRESSER A PERTWEE ET C$^{ie}$, 3*a*, BUCKLERSBURY.

Cela m'avait fait l'effet d'une révélation du ciel.

La chaudière en «cuivre neuf» m'importait peu: je pensais qu'on pourrait attendre pour faire notre petite lessive. Mais le «piano Woffenkoff» m'inspirait. Je voyais déjà Ethelbertha jouant, le soir, quelques chansons, dont l'équipage, avec un peu d'entraînement, reprendrait le refrain, tandis que notre demeure mobile bondirait, tel un lévrier agile, à travers les ondes argentées.

Je hélai un cab et me fis conduire directement à Bucklersbury. Mr Pertwee, un quidam d'aspect modeste, avait un bureau sans prétention au troisième étage. Il me montra une image à l'aquarelle de l'*Espiègle*, fuyant sous le vent. Le pont était incliné à quelque 90° sur l'océan. Aucun être humain n'était visible sur ce pont: je suppose qu'ils avaient tous glissé à l'eau,—je ne vois pas en effet comment on aurait pu s'y maintenir à moins d'y avoir été cloué. Je fis remarquer cette circonstance fâcheuse à l'agent. Il m'expliqua que l'*Espiègle* était représenté au plus près serré, lors de la victoire fameuse qu'il remporta dans la coupe challenge de la Medway. Mr Pertwee me croyait au courant de cet événement et je préférai m'abstenir de le questionner. Deux petites taches près du cadre, que j'avais d'abord prises pour des mouches, représentaient, paraît-il, les deuxième et troisième gagnants de cette course célèbre. Une photographie du yacht ancré près de Gravesend était moins impressionnante, mais éveillait l'idée d'une plus grande stabilité. Toutes les réponses à mes questions ayant été favorables, je louai pour quinze jours. Mr Pertwee dit qu'il se félicitait de ce que je ne retinsse pas son yacht pour plus longtemps (j'arrivai plus tard à être de son avis), car ce laps s'accordait exactement avec une autre location: si j'avais demandé le yacht pour trois semaines, il aurait été dans l'obligation de me le refuser.

L'affaire étant conclue, Mr Pertwee me demanda si j'avais un capitaine en vue. Par chance je n'en avais pas (tout semblait tourner en ma faveur), car Mr Pertwee était certain que je ne pourrais mieux faire que de garder Mr Goyles, actuellement en fonction, homme qui connaissait la mer comme un mari connaît sa femme et n'avait jamais eu à déplorer la perte d'un passager.

Ceci se passait dans la matinée et le yacht se trouva être mouillé près de Harwich. Je pus prendre l'express de 10 h. 45 à Liverpool Street et à une heure je causais avec Mr Goyles à bord de l'*Espiègle*. C'était un gros homme aux manières paternes. Je lui fis part de mon plan: contourner les îles hollandaises et naviguer lentement vers la Norvège. Il fit: «Bien, bien,» et parut enthousiasmé de cette excursion, disant que cela l'amuserait aussi. Nous abordâmes la question de l'approvisionnement; il s'enthousiasma encore davantage. J'avoue que la quantité de victuailles proposée par Mr Goyles me surprit. Si nous avions vécu au temps de Drake et de la piraterie espagnole, j'aurais pu craindre qu'il ne machinât un coup. Cependant il riait avec sa bonhomie paternelle, assurant que nous n'exagérions pas. Les restes, s'il devait y en avoir, l'équipage se les partagerait et les emporterait, selon la coutume. Il me sembla que j'approvisionnais ces hommes pour tout l'hiver, mais, ne voulant pas paraître avare, je ne dis plus rien. La quantité de boisson réclamée m'étonna également.

—Nous n'allons pas, dis-je, faire les apprêts d'une orgie, Mr Goyles?

—Orgie! Voyons, ils ne prendront qu'une goutte d'alcool dans leur thé.

Il m'exposa sa devise: recruter de bons matelots et bien les traiter.

—Ils travaillent de meilleur cœur et, une autre fois, reviennent à votre service.

Je ne tenais pas à ce qu'ils revinssent jamais à mon service. Je commençais à me dégoûter d'eux avant de les avoir vus, les considérant comme un équipage par trop vorace et altéré. Mr Goyles était si plein d'entrain et moi tellement inexpérimenté que là encore je laissai faire.

Je lui laissai aussi le soin d'enrôler l'équipage. Il dit qu'il «en» viendrait à bout avec deux hommes et un mousse. S'il faisait allusion au nettoiement des victuailles et des boissons, il n'y pouvait réussir avec si peu de monde; mais peut-être voulait-il parler de la conduite du yacht.

En rentrant je passai chez mon tailleur et commandai un costume de yachting avec casquette blanche; il promit de se dépêcher et de me le livrer en temps voulu; puis je rentrai raconter à Ethelbertha l'emploi de mon temps. Sa joie ne fut troublée que par cette seule pensée: la couturière aurait-elle le temps de lui faire un costume? Voilà bien les femmes.

Mariés depuis peu, nous décidâmes de n'inviter personne. Je rends grâces au ciel de cette décision. Le lundi, nous nous équipâmes de pied en cap et partîmes. Je ne sais plus ce que portait Ethelbertha; en tout cas, elle était fort élégante. Mon costume bleu, garni d'une étroite tresse blanche, faisait aussi très bon effet.

Mr Goyles vint à notre rencontre sur le pont et annonça que le lunch était servi. Je dois reconnaître qu'il s'était assuré les services d'un très bon cuisinier. Je n'eus pas l'occasion de juger les capacités des autres membres de l'équipage. Cependant, je peux dire qu'au repos ils paraissaient former une bande joyeuse.

Mon projet était tel: sitôt terminé le déjeuner des hommes, nous lèverions l'ancre; penchés sur le bastingage, Ethelbertha et moi,—moi le cigare au bec,—nous suivrions à l'horizon le subtil effacement des falaises patriales. Prêts à réaliser notre part du programme, nous attendions sur le pont.

—Ils prennent leur temps, dit-elle.

—S'ils veulent manger en quinze jours tout ce qui se trouve sur ce yacht, ils mettront du temps à chaque repas. Ne les pressons pas, sinon ils n'arriveraient pas à en finir le quart.

—Ils se sont peut-être endormis, remarqua plus tard Ethelbertha. Il va bientôt être l'heure du thé.

Sans contredit, ces gaillards-là étaient placides. Je m'avançai et hélai le capitaine Goyles par l'écoutille. Je le hélai par trois fois. Enfin il monta, lentement. Il me sembla vieilli, plus lourd,—entre ses lèvres un cigare éteint.

Il retira de la bouche son bout de cigare.

—Quand vous serez prêt, capitaine Goyles, dis-je, nous partirons.

—Pas aujourd'hui, monsieur, pas aujourd'hui.

—Pourquoi pas aujourd'hui?

Je sais que les marins sont superstitieux; peut-être le lundi était-il jour néfaste...

—Le jour n'y est pour rien, répondit le capitaine; c'est le vent qui me donne à réfléchir: il n'a pas l'air de vouloir tourner.

—Mais a-t-il besoin de tourner? demandai-je. Il me semble qu'il souffle juste dans la bonne direction, droit derrière nous.

—Oui, oui, droit, c'est bien le mot, car nous irions tout droit à la mort; Dieu nous garde de mettre à la voile avec un vent pareil! Voyez-vous, expliqua-t-il, en réponse à mon regard étonné, c'est ce que nous appelons un vent de terre, parce qu'il souffle directement de terre, si l'on peut dire.

Effectivement, l'homme avait raison, le vent venait de terre.

—Il tournera peut-être pendant la nuit, dit le capitaine pour me réconforter. Du reste il n'est pas violent, et l'*Espiègle* tient bien la mer.

Le capitaine Goyles reprit son cigare et moi je retournai à l'arrière expliquer à Ethelbertha la raison de notre retard. Elle paraissait de moins bonne humeur qu'au moment de notre embarquement et voulut savoir pourquoi nous ne pouvions pas partir avec un vent de terre.

—S'il ne soufflait pas, de la terre, dit-elle, il soufflerait de la mer, et nous renverrait vers la côte. Il me semble que nous avons juste le vent qu'il nous faut.

—Tu manques d'expérience, mon amour. Ce vent semble bien le vent qu'il nous faut, mais il ne l'est pas. C'est ce que nous appelons un vent de terre, et le vent de terre est toujours très dangereux.

Ethelbertha voulut savoir pourquoi un vent de terre était toujours dangereux.

Ces questions m'impatientaient; peut-être étais-je légèrement irrité. Le tangage uniforme d'un petit yacht ancré déprime même l'esprit le plus ferme.

—Je ne saurais te l'expliquer, continuai-je (et c'était la vérité), mais ce serait le comble de la témérité de mettre à la voile avec ce vent, et je t'aime trop, chérie, pour t'exposer à de pareils risques.

Ma phrase me parut élégante; mais Ethelbertha répondit simplement qu'elle regrettait, dans ces conditions, d'être venue à bord avant mardi et elle descendit.

Le lendemain matin le vent tourna au nord. Je m'étais levé de bonne heure et fis remarquer cette saute au capitaine.

—Oui, oui, monsieur, déclara-t-il, c'est fâcheux, mais nous n'y pouvons rien.

—Vous ne pensez pas pouvoir partir aujourd'hui? hasardai-je.

Il rit, et ne se fâcha pas.

—Monsieur, si vous aviez l'intention d'aller à Ipswich, je vous dirais: Tout est au mieux. Mais notre destination étant, voyez-vous, la côte hollandaise, eh bien, voilà...

Je communiquai la nouvelle à Ethelbertha et nous décidâmes de passer la journée à terre. Harwich n'est pas une ville gaie; vers le soir on pourrait dire qu'elle est morne. Nous prîmes du thé et des sandwiches à Dovercourt, et retournâmes sur le quai, pour retrouver le capitaine Goyles et le bateau. Nous attendîmes le premier pendant une heure. Quand il arriva, il était plus gai que nous; s'il ne m'avait pas affirmé qu'il ne buvait jamais qu'un grog chaud avant de se coucher, j'aurais eu lieu de croire qu'il était gris.

Le lendemain matin le vent venait du sud, ce qui rendit le capitaine plutôt anxieux; il paraît qu'il était tout aussi dangereux de s'en aller que de rester où nous étions; notre seul espoir était que le vent tournât avant qu'un malheur irréparable ne fût arrivé. Entre temps Ethelbertha avait pris le yacht en grippe; elle dit qu'elle aurait préféré passer une semaine dans une cabine de bains, vu qu'une cabine de bains était du moins immobile.

Nous passâmes un autre jour à Harwich et cette nuit-là, ainsi que la suivante, le vent continuant à être au sud, nous couchâmes à la *Tête Couronnée*. Le vendredi le vent souffla directement de la mer. Je rencontrai le capitaine sur le quai et lui suggérai que, vu cette circonstance, nous pourrions partir. Il me parut irrité de mon insistance.

—Si vous étiez un peu plus au courant des choses de la mer, monsieur, vous verriez par vous-même que c'est impossible. Le vent souffle droit de la mer.

—Capitaine Goyles, pouvez-vous me dire quel est l'objet que j'ai loué? Est-ce un yacht, ou une maison flottante? Je demande par là si on peut mettre l'*Espiègle* en mouvement, ou s'il est condamné à l'immobilité, auquel cas, vous me le diriez franchement: nous décorerions le pont de caisses garnies de lierre, nous ajouterions quelques plantes fleuries, nous installerions une marquise,—ce serait un lieu fort agréable. Si, au contraire, on pouvait mettre l'objet en mouvement...

—En mouvement? interrompit le capitaine. Il faudrait pour cela avoir le bon vent.

—Mais quel est le bon vent?

Le capitaine Goyles sembla embarrassé. Je continuai:

—Au courant de la semaine nous avons eu vent du nord, vent du sud, vent de l'est et vent de l'ouest, avec des variations. Je n'attendrais encore que si vous pouviez me désigner une cinquième direction sur la boussole. Sinon, à moins que l'ancre n'ait pris racine, nous la lèverons aujourd'hui même, et nous verrons ce qui arrivera.

Il comprit que j'étais décidé.

—Très bien, monsieur, jeta-t-il, vous êtes le maître et moi l'employé. Je n'ai plus qu'un enfant à ma charge, grâce à Dieu, et sans aucun doute vos exécuteurs comprendront leur devoir vis-à-vis de ma vieille. Son ton solennel m'impressionna.

—Monsieur Goyles, soyez franc. Y a-t-il un espoir quelconque de quitter ce trou maudit par un temps quelconque?

Le capitaine Goyles me répondit gentiment:

—Voyez-vous, monsieur, cette côte est très particulière. Une fois loin d'elle tout irait bien, mais s'en détacher sur une coquille de noix comme celle-ci, eh bien, pour être franc, monsieur, ce serait dur.

Je le quittai avec l'assurance qu'il surveillerait le temps comme une mère veille sur le sommeil de son enfant. Ce fut sa propre comparaison. Je le revis à midi, il surveillait le temps, de la fenêtre du *Chaîne et Ancre.*

A cinq heures, ce jour-là, un heureux hasard nous fit rencontrer dans High street deux yachtmen de mes amis. Par suite d'une avarie au gouvernail, ils avaient dû atterrir. Je leur racontai mon histoire. Ils en semblèrent moins surpris qu'amusés. Le capitaine Goyles et les deux hommes surveillaient toujours le temps. Je courus à l'hôtel et mis Ethelbertha au courant. Tous quatre, nous nous faufilâmes jusqu'au quai, où nous trouvâmes notre bateau amarré. Seul le mousse était à bord. Mes deux amis se chargèrent du yacht et vers six heures nous filions joyeusement le long de la côte.

Nous passâmes la nuit à Aldborough et le lendemain poussâmes jusqu'à Yarmouth, où mes amis se trouvèrent forcés de nous quitter; je me décidai à abandonner le yacht. Le matin de bonne heure je vendis nos provisions aux enchères sur la plage de Yarmouth. Je le fis avec perte, mais j'eus la satisfaction de rouler le capitaine Goyles. Je confiai l'*Espiègle* à un marin de l'endroit, qui promit de le ramener pour deux souverains à Harwich. Nous rentrâmes à Londres par le train.

Il se peut qu'il existe d'autres yachts que l'*Espiègle* et d'autres patrons que le capitaine Goyles, mais cette aventure m'a vacciné contre tout désir de récidive.

---

George confirma qu'un yacht entraînait en outre beaucoup de responsabilité et nous en abandonnâmes l'idée.

—Que penseriez-vous de la rivière? suggéra Harris. Nous y avons passé de bons moments.

George continua à fumer en silence; je cassai une autre noix.

—La rivière n'est plus ce qu'elle a été, dis-je. Je ne sais pas exactement comment cela se fait; mais il y existe un je ne sais quoi dans l'air, une sorte d'humidité, qui chaque fois que j'en approche réveille mon lumbago.

—Et moi, remarqua George, j'ignore le pourquoi de la chose, mais je ne puis plus dormir dans son voisinage. J'ai passé une semaine chez James au printemps. Toutes les nuits, je me réveillais à sept heures et il m'était impossible de refermer l'œil.

—Je n'avais fait que la proposer sans y attacher grande importance, dit Harris, car cela ne me vaut rien non plus; mon séjour s'y achève invariablement sur une attaque de goutte.

—Ce qui me réussit le mieux, dis-je, c'est l'air de la montagne. Que penseriez-vous d'un voyage pédestre à travers l'Ecosse?

—Il fait toujours humide en Ecosse, s'écria George. J'y ai passé trois semaines l'année avant-dernière sans y avoir jamais eu le corps ni le gosier secs, si j'ose dire.

—Pourquoi pas la Suisse? émit Harris.

J'objectai:

—Jamais elles ne nous laisseront aller seuls en Suisse: vous savez ce qu'il en advint la dernière fois. Il nous faut un endroit où ni femme ni enfant habitués à un certain confort ne voudraient résider, un pays de mauvais hôtels, de communications difficiles, où nous vivrions à la dure, où nous devrions trimer, jeûner peut-être.

—Doucement! interrompit George, doucement! Vous oubliez que je pars avec vous.

—J'y suis, exclama Harris; une balade à bicyclette!

George eut l'air d'hésiter.

—Il y a pas mal de montées, songez-y, et on a le vent debout.

—Soit! mais aussi des descentes avec le vent dans le dos.

—Je ne m'en suis jamais aperçu, dit George.

—Vous ne trouverez pas mieux qu'un voyage à bicyclette, persista Harris.

Je me sentais enclin à l'approuver.

—Et je vous dirai même où aller, continua-t-il: à travers la Forêt Noire.

—Mais elle est toute en montées! riposta George.

—Pas toute, mettons les deux tiers. Et il y a une commodité, que vous oubliez.

Il regarda autour de lui avec précaution et chuchota:

—Il y a des petits trains qui gravissent ces hauteurs, des petits trucs à roues dentées, qui...

La porte s'ouvrit et Mme Harris apparut. Elle dit qu'Ethelbertha était en train de mettre son chapeau et que Muriel, lasse d'attendre, avait récité sans nous: «The Mad Hatters Tea Party».

—Au club, demain quatre heures! me chuchota Harris en se levant.

Je passai la consigne à George en montant l'escalier.

---

# CHAPITRE DEUXIÈME

*Une tâche ardue. Ce qu'Ethelbertha aurait pu dire. Ce qu'elle dit. Ce que Mme Harris dit. Ce que nous dîmes à George. Nous partons le mercredi. George expose que nous pouvons profiter de ce voyage pour cueillir un peu de savoir. Harris et moi en doutons. Quel est celui qui trime le plus sur un tandem? L'avis de celui qui est devant. Ce qu'en pense celui qui est derrière. Comment Harris égara sa femme. La question des bagages. La sagesse de mon vieil oncle Podger. Début de l'histoire de l'homme porteur d'un sac.*

Le soir même, j'entamais le débat avec Ethelbertha. J'affectai d'être irritable. Je m'attendais à ce qu'Ethelbertha fît une remarque à ce sujet. J'en aurais admis le bien fondé, attribuant mon état à un peu de surmenage cérébral.

Une fois sur le chapitre de ma santé, l'urgence de remèdes radicaux nous apparaîtrait. Avec du tact, j'amènerais Ethelbertha à prendre l'initiative de la décision. J'imaginais qu'elle dirait: «Mon chéri, c'est un changement de régime qu'il te faut, un changement complet. Laisse-toi persuader et pars pour un mois. Non, ne me demande pas de t'accompagner. Je sais que tu le préférerais, mais je ne le veux pas. C'est la société d'hommes qu'il te faut. Essaie de décider George et Harris à t'accompagner. Crois-moi, une tension d'esprit perpétuelle réclame de temps à autre un relâchement de l'effort journalier. Tâche pour quelque temps d'oublier qu'il faut aux enfants des leçons de musique, des bottines, des bicyclettes et de la teinture de rhubarbe trois fois par jour; tâche d'oublier qu'il existe ce qu'on appelle des cuisinières, des tapissiers, des chiens de voisins et des notes de boucher. Va-t'en te mettre au vert, et choisis loin d'ici un endroit où tout te sera nouveau, où ton cerveau surmené pourra se retremper dans une atmosphère de calme et d'oubli. Reste absent quelque temps; donne-moi le loisir de te regretter et de méditer sur ta bonté et sur tes qualités que j'ai continuellement sous les yeux, que je pourrais oublier; car ce serait humain, puisqu'on devient facilement indifférent aux bienfaits du soleil et aux beautés de la lune. Va-t'en et reviens-nous reposé de corps et d'âme, plus brillant, meilleur, si possible.

Mais même lorsque nos désirs s'accomplissent, jamais le bonheur ne se présente tel exactement que nous l'aurions souhaité. Pour commencer, Ethelbertha ne sembla pas remarquer mon énervement; il fallut que je forçasse son attention. Je fis:

—Excuse-moi, je ne suis pas bien ce soir.

—Tiens..., me répondit-elle, je n'avais rien remarqué; qu'est-ce qui ne va pas?

—Je ne saurais te l'expliquer. Je sens venir cela depuis des semaines.

—C'est ce whisky. Jamais tu n'y touches, sauf quand nous allons chez les Harris. Tu sais pourtant que tu ne le supportes pas. Tu n'as pas la tête solide.

—Ce n'est pas le whisky; c'est plus sérieux que cela. Je pense que c'est une affection plutôt mentale que physique.

—Tu as encore lu ces critiques, dit Ethelbertha avec un peu plus de sympathie. Pourquoi, selon mon conseil, ne les as-tu pas jetées au feu?

—Ce ne sont pas les critiques. Elles ont même été flatteuses, du moins les deux ou trois dernières.

—Alors qu'est-ce que c'est? Car il y a sûrement une raison.

—Non, il n'y en a pas. Et c'est cela qui est étonnant. Je définirais mon état: une sensation étrange d'agitation...

Il me sembla qu'Ethelbertha me scrutait bizarrement; mais comme elle ne dit rien, je continuai:

—Cette grise monotonie de la vie, ces journées paisibles de félicité sans événements finissent par me peser.

—Voilà-t-il pas de quoi se plaindre! s'écria Ethelbertha. Nous pourrions avoir des journées d'une autre teinte et les aimer encore moins.

—Je n'en suis pas sûr. Je peux m'imaginer la douleur comme une diversion bienvenue dans une vie faite d'une joie ininterrompue. Je me demande quelquefois si les saints au paradis ne considèrent pas cette félicité continue comme un fardeau. Pour mon compte, j'ai l'impression qu'une vie de bonheur éternel, jamais coupée d'une note discordante, me rendrait fou. Sans doute, suis-je un être particulier; il y a des moments où je ne me comprends plus. Il m'arrive alors de me détester.

Souvent un petit discours de cette sorte, faisant allusion à des émotions indescriptibles et occultes, avait ému Ethelbertha; mais ce soir-là elle parut étrangement insouciante. Touchant le paradis et son effet sur moi, elle me conseilla de ne pas trop m'en tourmenter: c'était toujours folie d'aller au-devant d'ennuis qui peut-être n'arriveraient jamais. Que je fusse un garçon un peu étrange, ce n'était pas ma faute et, du moment que d'autres consentaient à me supporter, toute dissertation à ce sujet était vaine. Quant à la monotonie de la vie, comme c'était une épreuve commune, là-dessus nous pouvions du moins sympathiser.

—Tu ne te doutes pas combien quelquefois j'ai envie, continua Ethelbertha, de m'échapper, de m'éloigner, même de toi; mais, sachant que c'est impossible, je ne m'arrête pas à cette éventualité.

Jamais je n'avais entendu Ethelbertha parler ainsi; elle m'étonnait et me chagrinait profondément.

—Ce n'est pas une remarque très affable, remarquai-je, ni bien digne d'une épouse.

—J'en conviens, admit-elle, et c'est bien pour cela que je ne l'avais pas formulée jusqu'ici. Vous autres, hommes, vous ne comprendrez jamais que, si vif que puisse être l'amour d'une femme, il y ait des moments où elle s'en fatigue. Tu ne sais pas combien de fois j'ai souhaité de pouvoir mettre mon chapeau et sortir sans entendre tes: «Où vas-tu? Pourquoi vas-tu là? Combien de temps resteras-tu dehors et quand seras-tu rentrée?» Tu ne sais pas combien souvent l'envie me démange de commander un dîner que j'aimerais et que les enfants aimeraient aussi, et qui aurait le don de te faire mettre ton chapeau pour aller dîner au club. Oh! inviter une amie qui me plaît et que je sais te déplaire, aller voir des gens que j'aimerais voir, aller me coucher quand j'aurais sommeil et me lever à mon gré! Deux personnes vivant ensemble sont forcées de se sacrifier mutuellement leurs désirs. C'est quelquefois un bienfait de se relâcher un peu de la tension journalière.

Plus tard seulement, ruminant les paroles d'Ethelbertha, je suis arrivé à en comprendre la sagesse; mais, je le confesse, sur le moment, je me sentis blessé au vif.

—Si tu désires, dis-je, être débarrassée de moi...

—Voyons, ne fais pas l'imbécile, protesta Ethelbertha: je voudrais seulement être débarrassée de toi un pauvre moment, juste de quoi oublier les deux ou trois petites imperfections qui te sont inhérentes, juste assez longtemps pour me rappeler quel charmant garçon tu es par ailleurs et me réjouir d'avance de ton retour.

---

Le ton d'Ethelbertha me choquait. Elle paraissait animée d'un esprit de frivolité s'accordant mal avec le sujet de notre conversation. Je n'aimais pas du tout—et ce n'était guère le genre d'Ethelbertha—qu'elle considérât gaîment une séparation de trois à quatre semaines. Ce voyage ne me tentait plus. J'y aurais renoncé, si je ne m'étais pas senti engagé vis-à-vis de George et de Harris. Je ne pouvais pas maintenant changer d'avis: c'était une question de dignité.

—Très bien, Ethelbertha, répondis-je, j'agirai selon ton vœu. Tu tiens à être débarrassée de ma présence pendant quelque temps: tu seras satisfaite; mais, si ce n'est pas chez ton mari curiosité impertinente, je voudrais bien savoir ce que tu comptes faire pendant mon absence.

—Nous louerons cette villa de Folkestone et je m'y rendrai avec Kate. Et, si tu veux être gentil, tu engageras Harris à aller avec toi: Clara pourra alors se joindre à nous. Toutes trois nous avons ensemble passé de bons moments avant qu'on ait pensé à vous autres: ce serait délicieux de les faire revivre. Crois-tu pouvoir persuader Mr Harris de partir avec toi?

Je répondis que j'essaierais.

—Tu es un bon garçon. Fais de ton mieux. Peut-être George se laissera-t-il convaincre aussi.

Je répondis que je n'en voyais pas la nécessité, vu que, George étant célibataire, personne ne profiterait de son absence. Mais jamais femme ne comprit l'ironie. Ethelbertha remarqua simplement qu'il serait peu aimable de partir sans lui. Soit, je pressentirais George.

---

Je rencontrai Harris au club et lui demandai où il en était.

—Oh! ça va très bien, me dit-il. Elle ne fait aucune difficulté pour mon départ.

Mais il y avait, dans sa façon de parler, un petit rien qui me fit soupçonner une satisfaction incomplète. Je réclamai de plus amples détails.

—Elle s'est montrée un agneau quand je lui ai parlé de notre projet: elle déclare l'idée de George excellente et pense que ce voyage me fera du bien.

—Tout cela me semble parfait, mais qu'est-ce qui n'a pas marché?

—Rien n'a mal marché à ce sujet; mais ensuite elle parla d'autre chose.

—J'y suis! dis-je.

—Oui, il y a sa vieille marotte touchant la salle de bains.

—J'en ai déjà entendu parler: elle a même poussé Ethelbertha dans cette voie.

—Eh bien, je vais être obligé de la faire réinstaller immédiatement: je ne pouvais le lui refuser, puisqu'elle avait été si accommodante pour le reste. J'en aurai pour 100 livres au bas mot.

—Tant que cela?

—Pas un penny de moins: le devis déjà se monte à 60 livres.

Je l'écoutais avec compassion.

—Et puis ce fut le tour du fourneau de cuisine, continua Harris. Tout ce qui a cloché dans cette maison au cours des dernières années est imputable à ce fourneau.

—Je connais cela, dis-je, j'ai habité dans sept maisons depuis que je suis marié et chaque fourneau a été plus mauvais que son devancier. Celui que nous avons en ce moment est non seulement insuffisant, il est encore malveillant. Il sait quand nous donnons un dîner et alors, pour faire des farces, il s'éteint.

—Nous en aurons un neuf, dit Harris (mais il le dit sans aucune fierté). Clara estime qu'il nous en coûtera beaucoup moins de faire exécuter ces deux travaux d'un coup. Je suppose que si une femme désirait une tiare en diamants, elle trouverait moyen d'expliquer que c'est pour économiser le prix d'un chapeau.

—A combien estimez-vous les réparations de votre fourneau? demandai-je. (Je commençais à m'intéresser à la chose.)

—Je ne sais pas exactement. Je suppose que j'en aurai encore pour une vingtaine de livres. Nous nous mîmes ensuite à parler du piano... Avez-vous pu jamais remarquer qu'il existât une différence entre deux pianos?

—Certainement. Ils ont des sons plus forts les uns que les autres, mais on finit par s'y habituer.

—Le soprano de mon piano est en mauvais état. Mais, au fait, qu'est-ce que le soprano d'un piano?

—Ce sont, expliquai-je, les tons aigus de l'instrument, la partie du clavier qui piaille comme si on lui marchait sur la queue. Les beaux morceaux finissent toujours par une fioriture sur ces notes-là.

—Elles pêchent quant à l'harmonie, celles de notre vieux piano. Il faudra que je le mette à la nursery et que j'en achète un neuf pour le salon.

—Et quoi encore? m'enquis-je.

—Rien. Elle m'a semblé incapable de découvrir autre chose pour le moment.

—Vous verrez quand vous rentrerez qu'elle aura trouvé autre chose.

—Que sera-ce?

—Une villa à Folkestone pour la saison.

—Pourquoi cette villa à Folkestone?

—Pour y vivre cet été.

—Elle est invitée par sa famille à passer les vacances avec les enfants dans le pays de Galles, protesta Harris.

—Il se peut qu'elle aille dans le pays de Galles avant d'aller à Folkestone, ou bien qu'elle aille dans le pays de Galles en fin de saison. Mais ce qui est certain, c'est qu'il lui faudra une villa à Folkestone. Il est possible que je me trompe: je l'espère pour vous, mais j'ai comme un pressentiment que je ne trompe pas.

—Ce voyage va me coûter cher, dit Harris.

—Ce fut dès le début, dis-je, une idée stupide.

—Nous avons été fous d'écouter George, déclara Harris: il nous vaudra de sérieux ennuis un de ces jours.

—Il a toujours été gaffeur.

—Et si entêté!

A ce moment nous entendîmes la voix de George dans le hall. Il demandait son courrier.

Je chuchotai:

—Il serait préférable de ne rien lui dire: il est trop tard pour rebrousser chemin.

—Il n'y aurait aucun avantage à le rebrousser, puisqu'en tout état de cause je devrai faire la dépense de cette salle de bains et de ce piano.

George entra, joyeux:

—Eh bien! cela va-t-il? Avez-vous réussi?

Quelque chose dans sa manière de parler me déplut. Harris me sembla avoir la même impression.

—Réussi quoi? demandai-je.

—Mais... à pouvoir vous absenter.

Je sentis que le moment était venu de donner une leçon à ce garçon.

—Quand on est marié, dis-je, l'homme propose et la femme se soumet. C'est son devoir; toutes les religions l'enseignent.

George joignit ses mains et fixa ses yeux au plafond.

—Peut-être nous est-il arrivé quelquefois de plaisanter, de rire de ces choses-là, continuai-je; mais vous allez voir comment on procède quand cela devient sérieux. Nous avons fait part à nos femmes de notre intention de voyager. Elles en ont du chagrin, c'est naturel; elles préféreraient nous accompagner ou, à défaut, voudraient nous voir rester avec elles. Mais nous leur avons expliqué nos désirs à ce sujet, ce qui a mis fin à toute discussion.

—Pardonnez-moi, je n'avais pas saisi. Je ne suis qu'un pauvre célibataire. Les gens me racontent ceci et cela et je les écoute.

—D'où votre erreur mon garçon. Dorénavant, quand vous aurez besoin d'explications, venez nous trouver, moi ou Harris: nous vous dirons la vérité en ces matières.

George nous remercia et nous continuâmes à dresser nos plans.

—Quand partirons-nous? demanda-t-il.

—Le plus tôt possible, répondit Harris.

Je supposai qu'il espérait s'échapper avant que Mme Harris pût formuler d'autres désirs. Nous nous décidâmes pour le mercredi suivant.

—Et où irons-nous? reprit Harris.

—Sans doute, dit George, que vous désirez cultiver votre esprit?...

—Oui..., répondis-je. A un degré raisonnable. Sans prétendre vouloir devenir des phénomènes. Si possible sans trop d'effort personnel. Et avec le minimum de dépense.

—Ce sera facile, déclara George. Nous connaissons la Hollande et les bords du Rhin. Très bien. Je propose donc que nous prenions le bateau jusqu'à Hambourg, que nous visitions Berlin et Dresde, et que nous nous dirigions ensuite vers la Forêt Noire, par Nuremberg et Stuttgart.

—On m'a parlé de beaux sites en Mésopotamie, murmura Harris.

George estima que la Mésopotamie se trouvait trop en dehors de notre itinéraire, mais que le voyage Berlin-Dresde était très faisable.

Il nous persuada. Fut-ce un bien, fut-ce un mal?

—Quant aux machines, je pense, dit George, que nous ferons comme d'habitude. Harris et moi sur le tandem et J...

—J'aime autant pas, interrompit Harris avec fermeté. Vous et J..., sur le tandem; moi, sur la bicyclette.

—Cela m'est égal, dit George, J... et moi monterons le tandem, Harris.

Je lui coupai la parole:

—Je n'ai pas l'intention de traîner George tout le temps. La charge devra être partagée.

—Très bien, concéda Harris. Nous la partagerons. Mais il est bien entendu qu'il travaillera.

—Qu'il fera quoi? s'exclama George.

—Qu'il travaillera, répéta Harris avec énergie: en tout cas aux montées.

—Grands dieux! soupira George, vous n'avez donc pas le moindre besoin d'exercice?

Le tandem donne invariablement lieu à des altercations. Celui qui est en avant prétend toujours que celui qui est en arrière reste à ne rien faire, tandis que, selon l'avis de celui de derrière, c'est lui seul qui propulse la machine, pendant que celui de devant se contente d'être essoufflé. C'est un mystère à jamais impénétrable. Tandis que la prudence d'une part vous dit à l'oreille de ne pas outrepasser vos forces pour ne pas attraper une affection cardiaque, pendant que la justice vous chuchote à l'autre oreille: «Pourquoi t'imposer tout le travail? ce véhicule n'est pas un fiacre, tu n'es pas chargé du transport d'un client», il est agaçant d'entendre l'autre grogner tout à coup: «Qu'y a-t-il? vous avez perdu les pédales?»

Harris, peu de temps après son mariage, eut des ennuis sérieux, causés par l'impossibilité où il fut de se rendre compte des faits et gestes de la personne qui était assise derrière lui. Il traversait la Hollande à bicyclette avec sa femme. Les routes étaient pierreuses et la machine sautait beaucoup.

—Tiens-toi bien, dit Harris sans se retourner.

Mme Harris crut comprendre: «Saute à bas!»

Aucun d'eux ne peut expliquer comment Mme Harris avait pu entendre: «Saute», quand il avait dit: «Tiens-toi bien.»

Mme Harris articule: «Si tu m'avais dit de bien me tenir, pourquoi aurais-je sauté?»

Et Harris de riposter: «Si j'avais voulu que tu sautasses, pourquoi aurais-je dit: «Tiens-toi bien»?

Toute amertume est maintenant passée, mais à présent encore il leur arrive de discuter là-dessus.

Qu'on l'explique d'une manière ou d'une autre, le fait est que Mme Harris sauta pendant que Harris pédalait de toutes ses forces, persuadé que sa femme était toujours assise derrière lui.

Il paraît qu'elle crut d'abord qu'il prenait la côte en vitesse simplement pour se faire admirer. Ils étaient jeunes alors et il lui arrivait de faire de ces sortes de démonstrations. Elle s'attendait à ce qu'il sautât à terre une fois au sommet et l'attendît adossé à sa machine, dans une attitude pleine de désinvolture. Quand elle le vit au contraire dépasser le faîte et prendre la descente à une allure rapide, elle fut d'abord surprise, ensuite indignée et enfin inquiète. Elle courut au haut de la colline et cria de toutes ses forces. Il ne tourna pas la tête. Elle le vit disparaître dans un bois situé à un kilomètre et demi, s'assit sur le bord de la route et se mit à pleurer. Ils avaient eu un débat insignifiant le matin même, et elle se demanda s'il ne l'avait pas pris au tragique et ne voulait pas abandonner sa compagne. Elle était sans argent et ignorait le hollandais. Les passants semblèrent la prendre en pitié; elle essaya de leur expliquer l'incident. Ils comprirent qu'elle avait perdu quelque chose, mais sans saisir quoi. Ils la conduisirent au village le plus proche et allèrent quérir un garde champêtre. Ce dernier, à ses pantomimes, conclut qu'on lui avait volé sa bicyclette. On fit fonctionner le télégraphe et l'on découvrit dans un village, à quatre kilomètres de là, un malheureux gamin sur une antique bicyclette de dame. On l'amena à Mme Harris dans une charrette, mais comme elle parut n'avoir que faire de lui ni de sa machine, on le remit en liberté, sans plus chercher à percer ce mystère.

Cependant Harris continuait à pédaler avec un plaisir croissant. Il lui semblait avoir acquis des ailes. Il dit à ce qu'il croyait être Mme Harris:

—Jamais cette machine ne m'a paru aussi légère: l'air pur m'aura fait du bien.

Puis il lui conseilla de ne pas s'effrayer car il allait lui montrer à quelle allure il pouvait marcher. Il se pencha sur le guidon et se mit à travailler de tout son cœur. La bicyclette bondit comme si elle avait le diable au corps; des fermes, des églises, des chiens et des poules surgissaient pour disparaître. Des vieillards s'arrêtèrent admiratifs et les enfants applaudirent. Il continua de ce train joyeusement pendant cinq lieues environ. C'est alors qu'il eut le sentiment, selon son explication, de quelque chose d'anormal. Ce n'était pas le silence qui l'étonnait; le vent soufflait avec vigueur et la machine faisait beaucoup de bruit. Il fut plutôt frappé par une sensation de vide. Il tâta derrière son dos: il n'y trouva que l'espace sans limite. Il sauta ou plutôt tomba de sa machine, regarda la route parcourue; elle s'étendait droite et blanche à travers la sombre forêt et nul être animé n'y était visible. Il se remit en selle et, rebroussant chemin, remonta la colline. Dix minutes plus tard il se retrouva à un endroit où la route se divisait en quatre; là il mit pied à terre et essaya de rassembler ses souvenirs pour découvrir par quel chemin il était venu.

Tandis qu'il restait ainsi rêveur, un homme passa, assis en amazone sur un cheval. Harris l'arrêta et lui fit comprendre qu'il avait perdu sa femme. L'homme ne sembla ni surpris ni compatissant. Pendant qu'ils causaient, un autre fermier les joignit; le premier présenta au survenant l'affaire, non pas comme un accident, mais comme une histoire plaisante. Ce qui parut surprendre le second fut que Harris manifestât du désespoir. Il ne put rien tirer ni de l'un ni de l'autre: il proféra un juron, enfourcha sa machine et s'engagea au hasard sur la route du milieu. A mi-côte il rencontra deux jeunes femmes accompagnées d'un jeune homme, groupe joyeux. Il leur demanda s'ils avaient aperçu sa femme, Ceux-ci voulurent se faire préciser son aspect. Il ne parlait pas assez bien le hollandais pour en faire une description révélatrice: tout ce qu'il put leur dire fut que sa femme était une très belle femme, de taille moyenne, ce qui ne sembla pas les satisfaire: n'importe qui en aurait pu dire autant et de cette façon entrer en possession d'une femme qui ne serait pas la sienne. Ils lui demandèrent comment elle était habillée; quand il se fût agi pour lui de vie ou de mort, il n'aurait pu se le rappeler.

Je ne crois pas qu'il existe un homme sur terre capable de décrire une toilette dix minutes après avoir quitté la femme qui la porte. Il se souvenait d'une jupe bleue, puis il y avait un je ne sais quoi qui prolongeait la robe jusqu'au cou: ce pouvait être une blouse et il avait vague souvenance d'une ceinture: mais quel genre de blouse? Etait-elle jaune, verte ou bleue? Avait-elle un col? Etait-elle fermée par un nœud? Sa femme avait-elle des fleurs ou des plumes à son chapeau? Avait-elle seulement un chapeau? Il n'osait pas faire de description trop nette de peur de se méprendre et d'être aiguillé sur une fausse piste à des kilomètres de là. Les deux jeunes femmes ricanaient, ce qui, étant données ses dispositions d'esprit, eut le don de mettre Harris en colère. Le jeune homme, qui paraissait désireux de se débarrasser de lui, lui suggéra de s'adresser à la police de la ville voisine. Harris s'y rendit. Le commissaire lui donna un papier et lui dit d'y écrire un signalement complet de sa femme avec des détails sur le lieu et le moment où il l'avait perdue; tout ce qu'il put leur dire fut le nom du village où ils avaient déjeuné. Il savait qu'à ce moment elle l'accompagnait et qu'ils étaient partis ensemble.

Cela parut suspect aux policiers; l'affaire leur semblait louche sur trois points: 1° Etait-ce vraiment sa femme légitime? 2° L'avait-il réellement perdue? 3° Pourquoi l'avait-il perdue? Avec l'aide d'un aubergiste qui parlait un peu l'anglais, il put vaincre leurs scrupules. Ils promirent d'agir et le soir ils la lui amenèrent dans une voiture fermée, avec la note à payer. Leur première rencontre ne fut pas tendre. Mme Harris n'est pas une bonne comédienne et éprouve toujours une grande difficulté à déguiser ses sentiments. Pour cette fois, elle le confesse, elle ne l'essaya même pas.

---

D'accord sur les machines, nous entamâmes l'éternelle question des bagages.

—La liste habituelle, je suppose, dit George en se préparant à écrire.

C'était là le fruit de mes conseils. Mon oncle Podger, il y a des années, me l'avait enseigné.

—Ayez soin, avait coutume de dire mon oncle Podger, avant de vous mettre à emballer, de faire une liste.

C'était un homme très méthodique.

—Prenez une feuille de papier (il avait coutume en tout de commencer par le commencement). Inscrivez-y tout ce dont vous pourriez avoir besoin; après cela revisez votre liste pour voir s'il n'y aurait pas moyen de biffer un objet inscrit. Vous êtes au lit: quel est votre habillement? Très bien, inscrivez-le. Ajoutez-en un de rechange. Vous vous levez: que faites-vous? Vous vous débarbouillez. Avec quoi vous lavez-vous? Avec du savon. Ecrivez: savon. Et ainsi de suite. Prenez maintenant vos vêtements. Commencez par les pieds. Que portez-vous aux pieds? Bottines, souliers, chaussettes: inscrivez-les. Remontez jusqu'à la tête. Que vous faudra-t-il en dehors de l'habillement? Un peu de cognac? Inscrivez-le. Un tire-bouchon? Inscrivez-le. Inscrivez tout. Ainsi vous n'oublierez rien.

C'est d'après ce plan-là qu'il procédait toujours. Une fois la liste achevée, il la parcourait soigneusement, ce qu'il recommandait également toujours, pour voir s'il n'avait rien oublié. Ensuite il la revoyait et biffait tout ce dont il était possible de se passer.

Après quoi il égarait la liste.

George observa:

—Nous pourrions emporter sur nos machines le strict nécessaire pour un jour ou deux. Nous ferions suivre le gros des bagages de ville en ville.

—Soyons prudents, commençai-je, j'ai connu un homme qui...

Harris tira sa montre:

—Vous nous raconterez cela sur le bateau. J'ai rendez-vous avec Clara à la gare de Waterloo dans une demi-heure.

—Il ne me faudra pas une demi-heure, protestai-je; c'est une histoire vraie et...

—Conservez-la soigneusement, dit George: je me suis laissé dire qu'il y a bien des soirées pluvieuses dans la Forêt Noire. Nous vous en serons alors très reconnaissants. Ce que nous devrions faire tout de suite serait de terminer cette liste.

Maintenant que j'y pense, jamais je n'ai eu l'occasion de leur raconter cette histoire: toujours un événement quelconque venait nous interrompre. Et cependant c'est une histoire vraie.

---

# CHAPITRE TROISIÈME

*L'unique défaut de Harris. Harris et son ange gardien. Histoire d'une lanterne à bicyclette brevetée. La selle idéale. Celui qui vérifie les machines. Son œil d'aigle. Sa méthode. Sa sereine confiance en lui. Ses goûts simples et peu coûteux. Son aspect. Comment on s'en débarrasse. George prophète. La manière de se rendre désagréable par l'emploi d'une langue étrangère. George psychologue. Il propose une expérience. Sa prudence. Harris lui promet son aide, mais y met des conditions.*

Harris vint me voir le lundi après-midi. Il tenait à la main un catalogue de bicyclettes.

Je lui criai de loin:

—Si vous suivez mon conseil, vous laisserez cela tranquille.

Harris répliqua:

—Qu'est-ce qu'il faut laisser tranquille?

—Cette folie nouvelle et brevetée qui doit révolutionner le monde cycliste, battre tous les records et dont vous tenez le prospectus à la main.

Il repartit:

—Hum! J'hésite. Nous aurons des montées difficiles; il est indispensable que nous ayons de bons freins.

—Je suis de votre avis: il nous faudra de bons freins; mais ce qu'il ne nous faut pas, c'en est un qui nous réserve des surprises, dont nous ne comprendrons pas le mécanisme et qui ne fonctionnera jamais au moment voulu.

—Celui-ci, affirma-t-il, est automatique.

—Inutile de me le dire, répliquai-je. Je sais par intuition exactement de quelle manière il va marcher. Aux montées il bloquera tellement que nous serons obligés de pousser les machines à la main. Une fois là-haut, l'air lui fera du bien et lui rendra subitement sa souplesse primitive. Il se mettra à réfléchir à la descente et se dira qu'il nous a beaucoup ennuyés. Il arrivera à le regretter et ensuite à être au désespoir. Il s'adressera des reproches, il se dira: «Je ne suis qu'un mauvais frein; je n'aide pas ces jeunes gens, je les gêne plutôt. Je ne suis qu'un fléau, voilà tout mon rôle.» Et sans crier gare il faussera toute la machine. Vous verrez que c'est ce que fera votre frein. Laissez-le tranquille. Vous êtes un bon garçon, mais vous avez un défaut.

—Lequel? demanda-t-il indigné.

—Vous êtes trop confiant. Il vous suffit de lire une réclame et vous avez la foi. Vous avez essayé chaque nouvelle invention que des idiots ont lancée pour le plus grand bien des cyclistes. Votre ange gardien me semble être un esprit capable et consciencieux: il a pu vous protéger jusque-là; suivez mon conseil, ne le surmenez pas. Il n'a pas dû chômer beaucoup depuis que vous faites de la bicyclette. Ne le rendez pas fou!

—Si tout le monde pensait comme vous, on ne réaliserait plus aucun progrès dans aucune branche de la science. Si jamais personne ne mettait à l'essai les inventions nouvelles, le monde finirait dans la stagnation. C'est justement par...

—Je connais tous les arguments pour, interrompis-je. Soit, je ne vous désapprouve pas entièrement: expérimentez des inventions jusqu'à l'âge de trente-cinq ans: mais après trente-cinq ans, l'homme doit penser à lui-même. Vous et moi, nous avons fait notre devoir de ce côté-là; vous spécialement. Vous avez été projeté en l'air par une lanterne à gaz brevetée.

—Je crois vraiment, objecta-t-il, que c'est arrivé par ma faute: j'aurai trop serré la vis.

—Je veux admettre que, s'il existe un moyen de maltraiter un objet, c'est bien votre manière de vous en servir: vous n'avez pas la main heureuse, vous embrouillez les choses. Vous devriez tenir compte de votre fâcheuse habitude, elle donne du poids à mon argument. Moi, je n'avais pas prêté attention à vos gestes; je me rappelle seulement que nous étions en train de pédaler tranquillement et agréablement sur la route de Whitby, tout en discutant de la guerre de Trente ans, quand votre lanterne explosa avec le bruit d'un pistolet. Le coup me fit rouler dans le fossé, et je n'oublierai jamais la tête de votre femme quand je lui conseillai de ne pas s'effrayer parce que les deux hommes qui vous portaient allaient vous monter dans votre chambre, et que le docteur serait là dans une minute et amènerait l'infirmière.

—Je regrette que vous n'ayez pas pensé à ramasser la lanterne. J'aurais bien voulu approfondir la cause de l'explosion.

—Je n'avais pas le temps de ramasser la lanterne. D'après mes calculs, il m'aurai bien fallu deux heures pour en rassembler les débris. Quant à la raison de son explosion, eh bien, le seul fait d'avoir été présentée comme la lanterne de sûreté par excellence devait déjà éveiller chez tout autre que vous l'idée d'un accident possible. Puis il y eut cette lanterne électrique...

—Celle-là éclairait vraiment bien, vous le disiez vous-même.

—Elle a merveilleusement éclairé tant que nous fûmes dans Kings Road à Brighton, ripostai-je; elle a même effrayé un cheval, mais une fois dans l'obscurité, après Kemp Town, elle s'éteignit et on vous dressa contravention parce que vous pédaliez sans lanterne. Vous vous rappelez bien que certains après-midi vous vous promeniez en plein soleil, cette lanterne brillant de tout son éclat. Quand arrivait l'heure de l'allumer, elle était naturellement fatiguée: il lui fallait du repos.

—Elle était un peu agaçante, cette lanterne-là, murmura-t-il; je m'en souviens.

—Elle m'irritait, moi; à plus forte raison vous. Ensuite il y a les selles..., poursuivis-je, car je voulais arriver à l'impressionner. Existe-t-il une selle dont vous ayez entendu parler sans avoir senti l'obligation de l'essayer?

—Selon moi, la selle parfaite n'a pas encore été trouvée.

Je lui conseillai de n'y pas rêver:

—Nous vivons dans un monde imparfait où la joie est mêlée de tristesse. Il se peut qu'il existe un monde meilleur où les selles de bicyclette sont tendues sur des arcs-en-ciel et rembourrées avec des nuages. Ici-bas il faut tâcher de s'habituer à la dure. Vous aviez acheté une selle à Birmingham: elle était divisée par le milieu et ressemblait à une paire de rognons.

—Vous voulez parler de cette selle qui était construite d'après les données anatomiques?

—Très probablement. Vous l'aviez achetée enfermée dans une boîte sur le couvercle de laquelle était représenté un squelette assis ou plutôt la partie du squelette qui sert à s'asseoir.

—C'était un dessin très correct: il vous démontrait la position véritable du...

—N'entrons pas dans ces détails; cette image m'a toujours semblé peu délicate.

—Elle était exacte au point de vue médical, insista-t-il.

—Possible, pour qui pédalait vêtu simplement de ses os; mais je le sais, car je l'ai essayée moi-même, c'était une sensation atroce pour qui est habillé de chair. Chaque fois qu'on passait sur une pierre ou dans une ornière, cette selle vous picotait; autant s'asseoir sur une langouste en colère. Vous vous en êtes servi pendant tout un mois!

—Je ne trouvais que juste de lui faire subir une épreuve loyale.

—Vous avez, en même temps, soumis votre famille à une dure épreuve. Votre femme m'a avoué que jamais depuis son entrée en ménage elle ne vous avait connu de si mauvaise humeur, si mauvais chrétien. Et puis vous vous rappelez bien cette autre selle, qui était à ressort?

—Vous voulez parler de la «Spirale».

—Je veux parler de celle qui vous projetait en l'air comme un diable dont on ouvre la boîte: il vous arrivait de retomber à la bonne place, mais quelquefois à côté. Je ne parle pas de tout cela pour évoquer de mauvais souvenirs, mais je veux vous faire comprendre que c'est folie à votre âge de vous livrer à de nouvelles expériences.

—Je voudrais bien, protesta-t-il, que vous ne revinssiez pas tout le temps sur mon âge. Un homme de trente-quatre ans!

—Un homme de combien?

Il dit:

—Si vous n'en voulez pas, n'en achetez pas. Mais si votre machine s'emballe dans une descente rapide et vous projette, George et vous, à travers le toit d'une église, ne vous en prenez qu'à vous-même.

—Je ne peux m'engager pour George, un rien le met parfois en colère. Si un accident de ce genre nous arrive, il s'irritera peut-être; mais je vous garantis que je lui expliquerai que vous n'y êtes pour rien.

—Est-il en bon état?

—Le tandem? Il se porte bien.

—L'avez-vous vérifié?

—Je ne l'ai pas vérifié, mais personne ne le vérifiera non plus. La machine est prête à marcher et on n'y touchera pas jusqu'à notre mise en route.

---

J'ai déjà eu à souffrir des vérifications. J'ai connu un homme à Folkestone. Je l'avais rencontré sur le turf. Il me proposa un soir de l'accompagner le lendemain dans une promenade à bicyclette et j'acceptai. Je me levai de bonne heure (il me fallut faire un effort) et je fus content de moi. Il arriva avec une demi-heure de retard, je l'attendais au jardin. La journée était magnifique.

—Quelle belle machine que la vôtre! me dit-il. Comment fonctionne-t-elle?

—Euh! répondis-je, comme la plupart des machines: assez facilement dans la matinée: un peu plus durement après le déjeuner.

Il la saisit entre la roue d'avant et la fourche et la secoua avec violence.

—Ne faites pas cela, récriminai-je, vous allez l'abîmer.

Je ne voyais en effet pas pourquoi il l'aurait secouée, elle ne lui avait rien fait. Et si vraiment, elle avait besoin d'être secouée, c'était à moi de le faire. Lui aurais-je laissé battre mon chien?

---

Il dit:

—Cette roue d'avant joue.

—Pas si vous ne la secouez pas.

Elle ne bougeait vraiment pas ou pas au point qu'on pût appeler cela jouer.

Il décréta alors:

—Ceci est dangereux. Avez-vous un tourne-vis?

J'aurais dû être énergique, mais j'ai cru qu'il s'y entendait véritablement. J'allai à la boîte à outils voir ce que je trouverais. Quand je revins, il était assis par terre, la roue d'avant entre les jambes. Il jouait avec, la faisait tourner entre ses doigts. Le reste de la machine était sur le gravier, à côté de lui.

—Il est arrivé quelque chose à votre roue d'avant.

—Ça en a tout l'air, n'est-ce pas? répondis-je. (Mais c'était un de ces hommes qui ne comprennent pas l'ironie.)

—Il me semble que la direction est faussée.

—Ne vous faites pas de bile à ce sujet, vous allez vous fatiguer. Remettons la roue en place et partons.

—Voyons toujours ce qu'il en est, maintenant qu'elle est démontée.

Il en parlait comme si elle s'était démontée par accident.

Et avant que j'aie pu l'en empêcher, il avait dévissé quelque chose quelque part et voilà que de petites billes roulaient sur le chemin. Il y en avait une douzaine environ.

—Attrapez-les, s'écria-t-il, attrapez-les! Il ne faut pas que nous en perdions. (Il se montrait tout inquiet à leur sujet.)

Nous rampâmes pendant une demi-heure environ et en retrouvâmes seize. Il espérait qu'on les avait toutes, car autrement cela causerait une grande gêne dans le fonctionnement de la machine. Il expliqua que c'était le point essentiel, quand on démonte une bicyclette, d'avoir soin de ne pas égarer une de ces billes et de les remettre toutes en place. Je lui promis de suivre son conseil, si jamais je démontais une bicyclette.

Je mis les billes en sûreté dans mon chapeau et mon chapeau sur une marche de la porte d'entrée. Ce ne fut pas raisonnable, je l'admets. Ce fut même stupide. Je ne suis pas d'habitude un écervelé: son influence a dû agir sur moi.

Il dit ensuite qu'il allait vérifier la chaîne, pendant qu'il y était, et incontinent se mit en besogne. J'essayai bien de l'en dissuader. Je lui répétai le conseil solennel que m'avait donné un ami expérimenté:

—Si jamais vous avez des ennuis avec votre engrenage, vendez votre machine et achetez-en une autre. Cela vous reviendra moins cher.

Il répondit:

—Ce sont les gens qui ne s'y entendent pas qui parlent de la sorte. Rien n'est plus facile que de démonter un engrenage.

Je dus admettre qu'il avait raison. En moins de cinq minutes l'engrenage gisait à terre à côté de lui, en deux morceaux, tandis que lui rampait à la recherche des vis.

—Les vis disparaissent toujours d'une manière mystérieuse, grommela-t-il.

---

Nous étions encore en train de chercher les vis, quand Ethelbertha sortit de la maison. Elle eut l'air surpris de nous voir là; elle nous croyait partis depuis des heures. Il lui dit:

—Ce ne sera plus long maintenant. J'aide votre mari à vérifier sa machine. C'est une bonne machine, mais elle a besoin d'être visitée de temps à autre.

Ethelbertha conseilla:

—Au cas où vous voudriez vous laver, allez donc dans la buanderie, si cela vous est égal, car les bonnes viennent justement de finir les chambres.

Elle ajouta qu'elle allait probablement canoter avec Kate, mais rentrerait sûrement pour le déjeuner. J'aurais donné un souverain pour pouvoir l'accompagner. J'en avais plein le dos de regarder cet idiot démonter ma bicyclette.

La raison ne cessait pas de me chuchoter: «Arrête-le avant qu'il ne cause encore d'autres dégâts. Tu as le droit de protéger ton bien contre les méfaits d'un fou. Prends-le par la peau du cou et jette-le à la porte avec un coup de pied quelque part.»

Mais comme je suis faible quand il s'agit de blesser l'amour-propre des gens, je le laissai continuer à tripoter.

Il abandonna la recherche des vis. Il dit que parfois les vis réapparaissent comme par enchantement quand on les attend le moins, et que nous allions maintenant nous occuper de la chaîne. Il la serra jusqu'à ce qu'elle ne remuât plus; puis il la desserra jusqu'à ce qu'elle fût deux fois plus lâche qu'elle ne l'avait été. Puis il proposa de remettre la roue d'avant à sa place.

J'écartai la fourche et il s'escrima après la roue. Au bout de dix minutes, je lui fis tenir la fourche, tandis que j'essayais à mon tour de replacer la roue; nous changeâmes donc de place. Une minute après, il lâcha la machine et fit une courte promenade autour du croquet en serrant ses mains entre ses cuisses. Il expliquait en marchant qu'on devrait éviter de se laisser pincer les doigts entre la fourche et les rayons d'une roue. Je répliquai que j'étais convaincu par ma propre expérience qu'il disait vrai. Il s'enveloppa de quelques torchons et nous arrivâmes à remettre la chose en place. Au même moment il éclata de rire.

Je l'interrogeai:

—Qu'y a-t-il de drôle?

—Dieu que je suis bête!

C'était sa première phrase sensée. Je lui demandai la raison de cette découverte. Lui, froidement:

—Nous avons oublié les billes.

Je cherchai mon chapeau; il se trouvait sens dessus dessous parmi le gravier et le chien favori d'Ethelbertha était en train d'avaler les billes aussi vite qu'il le pouvait.

—Il va se tuer! s'écria Ebbsen. (Je ne l'ai jamais revu depuis ce jour, Dieu merci! mais je crois me souvenir qu'il s'appelait Ebbsen.) Elles sont en acier plein!

—Le chien, répondis-je, ne m'inquiète pas. Il a déjà mangé un lacet de bottines et un paquet d'aiguilles cette semaine. La nature lui viendra en aide. Les jeunes chiens semblent avoir besoin de ce genre de stimulant. Non, ce qui me tracasse, c'est ma bicyclette.

Il était bien disposé et dit:

—Enfin, remettons en place ce que nous retrouverons et à la grâce de Dieu!

Nous retrouvâmes onze billes. Nous en plaçâmes six d'un côté et cinq de l'autre, et une demi-heure plus tard la roue était de nouveau en place. Inutile d'ajouter qu'elle jouait maintenant pour tout de bon: un enfant s'en serait aperçu.

Ebbsen dit que pour l'instant cela ferait l'affaire.

Il semblait se fatiguer. Si je l'avais laissé faire, il serait probablement rentré chez lui. Mais j'avais la ferme intention de le retenir et de lui faire finir son travail; j'avais abandonné toute idée de promenade. Il était arrivé à annihiler en moi tout l'orgueil que me causait ma machine. Tout ce qui pouvait encore m'intéresser, c'était de le voir trimer, de le voir s'égratigner, se cogner, se pincer. Je ranimai ses esprits défaillants avec un verre de bière et quelques compliments judicieux. Je lui dis:

—Je m'instruis véritablement en vous regardant faire. Ce n'est pas seulement votre adresse, votre activité, qui me réconfortent et me fascinent: c'est encore la constatation de la confiance sereine que vous avez en vous et le bon espoir inexpliquable que vous gardez.

---

Ainsi encouragé, il s'appliqua à replacer l'engrenage. Il appuya la bicyclette contre la maison et travailla un côté. Puis l'appuya contre un arbre et travailla le côté opposé. Puis, je la tins pour lui, pendant qu'il était allongé par terre, la tête entre les roues, travaillant d'en bas, l'huile s'égouttant sur lui. Enfin il m'enleva la machine et s'inclina sur elle, plié comme une besace vide, perdit pied, glissa et tomba sur la tête. Par trois fois il dit:

—Dieu merci! le voilà enfin en place.

Par deux fois il jura:

—Non, sacré bon Dieu! ça n'est pas cela du tout!

J'aime mieux oublier ce qu'il a proféré en troisième lieu.

Puis il perdit patience et tenta de brutaliser l'instrument. La bicyclette, je le voyais avec plaisir, montrait de l'esprit et les événements ultérieurs dégénérèrent en rien de moins qu'une bataille violente entre lui et elle. A certains moments la bicyclette se trouvait sur le gravier et lui penché dessus. Une minute plus tard leurs positions étaient inverses: c'était lui qui était sur le gravier, sous la bicyclette. Le voilà debout, fier de sa victoire, la machine serrée entre ses jambes. Mais son triomphe n'est que de courte durée. La bicyclette, se dégageant par un mouvement brusque, se retourne vers lui et le frappe à la tête d'un dur coup de guidon.

Il était une heure moins le quart quand il se releva, sale, décoiffé, le sang coulant d'une coupure. Il s'épongea le front et dit:

—Je crois que cela pourra aller pour aujourd'hui.

La bicyclette avait également l'air d'en avoir assez. Il aurait été difficile de dire qui était le plus puni des deux.

Je l'amenai dans la buanderie où il fit son possible pour se nettoyer avec du savon et des cristaux. Puis je le renvoyai.

Je fis charger la bicyclette sur une voiture et je l'amenai au réparateur le plus proche. Le contremaître s'avança et la regarda.

—Que voulez-vous que j'en fasse? me demanda-t-il.

—Je voudrais que vous me la remissiez en état, autant que possible.

—Elle est fortement atteinte, remarqua-t-il. N'importe, je ferai de mon mieux.

Il fit de son mieux, ce qui me coûta deux livres dix. Mais la machine ne fut jamais plus la même, et je la mis entre les mains d'un revendeur à la fin de la saison. Je ne voulais pas faire de dupes; je donnai des instructions pour que l'annonce la signalât comme une machine de l'année précédente. L'agent me déconseilla de parler de date.

—La question, dans nos affaires, n'est pas de savoir ce qui est vrai et ce qui ne l'est pas. L'intéressant, c'est de voir ce que vous pouvez arriver à faire croire aux gens. Entre nous soit dit, votre machine n'a pas l'air d'être de l'année dernière: sur son aspect on lui donnerait bien dix ans. Ne mentionnons pas de date. Tâchons d'en tirer ce que nous pourrons.

Je lui laissai l'affaire en mains, et il en obtint cinq livres, plus qu'il n'avait espéré.

On peut tirer deux genres de jouissance d'une bicyclette: on peut la démonter pour l'examiner, ou on peut s'en servir pour faire des promenades. Tout compte fait, je n'oserais affirmer que ce n'est pas celui qui s'amuse à vérifier qui trouve la meilleure distraction. Il ne dépend ni du temps, ni du vent; l'état des routes le laisse froid. Donnez-lui un tournevis, un paquet de chiffons, une burette d'huile et de quoi s'asseoir, et le voilà heureux pour la journée. Il y a bien quelques petits inconvénients; le bonheur complet n'est pas de ce monde. Il a vite l'air d'un chaudronnier, et on pensera toujours en voyant sa machine que, l'ayant volée, il a voulu la maquiller: cela ne tire du reste pas à conséquence, vu qu'elle ne dépassera jamais la première borne kilométrique. On commet parfois l'erreur de croire que l'on peut tirer d'une seule bicyclette ces deux genres de distractions. C'est impossible; aucune machine ne supportera cette double fatigue. Il faut que l'on choisisse: être un réparateur ou être un cycliste au sens habituel du mot. Moi, personnellement, je préfère monter ma machine; et voilà pourquoi j'évite tout ce qui pourrait m'inciter à la réparer moi-même. S'il lui arrive quoi que ce soit, je la pousse jusque chez le réparateur le plus proche. Si je me trouve trop loin d'une ville ou d'un village, je m'assieds sur le bord de la route et j'attends le passage d'une voiture. Le plus grand danger, selon moi, est le réparateur ambulant. La vue d'une bicyclette en panne est pour lui ce qu'un cadavre abandonné est pour un corbeau: il fonce dessus avec un cri sauvage et triomphant. Au début je restais poli, disant par exemple:

—Ce n'est rien; ne vous en inquiétez pas. Poursuivez votre chemin et amusez-vous bien; je vous en prie, soyez assez aimable pour vous en aller.

Depuis, l'expérience m'a appris que la politesse n'est pas de mise en ce cas-là. Maintenant je dis à ces gens:

—Allez-vous-en; laissez-nous en paix, ou je vous casse la figure, idiot!

Et si vous avez l'air décidé et tenez à la main un bâton solide, vous arrivez généralement à les faire déguerpir.

---

George rentra vers la fin de la journée:

—Eh bien, pensez-vous que tout va être prêt?

—Tout sera prêt pour mercredi, tout, sauf peut-être vous et Harris.

—Le tandem est-il en bon état?

—Le tandem va bien.

—Ne croyez-vous pas qu'il aurait besoin d'être examiné?

—L'âge et l'expérience, répondis-je, m'ont enseigné qu'il n'y a guère de questions sur lesquelles un homme puisse être affirmatif. Parmi mes rares certitudes, en voici toujours une, et inébranlable: ce tandem n'a pas besoin d'être vérifié. Je suis sûr également qu'aucun être humain, si Dieu me prête vie, n'y touchera d'ici mercredi matin.

—A votre place, je ne me fâcherais pas. Le jour arrivera, il n'est peut-être pas loin, où cette bicyclette aura besoin d'être réparée malgré votre désir tyrannique de la laisser tranquille, et cela quand il y aura plusieurs montagnes entre elle et le réparateur le plus proche. C'est alors que vous nous supplierez de vous dire où vous aurez mis la burette d'huile et ce que vous aurez fait du tournevis. Puis, pendant que vous tâcherez de maintenir la machine en équilibre contre un arbre, vous proposerez que quelqu'autre nettoie la chaîne et gonfle le pneu d'arrière.

La sagesse prophétique de ce propos m'impressionna:

—Pardonnez-moi si je vous ai parlé sur un ton un peu trop vif. La vérité est que Harris est venu ici ce matin.

—Cela suffit, dit George, je comprends. Du reste, je suis venu pour vous parler d'autre chose. Regardez ceci.

Il me passa un petit volume, relié en calicot rouge. C'était un guide pour la conversation anglaise, à l'usage des voyageurs allemands. Il commençait: «A bord d'un vapeur» et se terminait par: «Chez le médecin». Le chapitre le plus long était consacré à la conversation dans un wagon de chemin de fer apparemment rempli de fous querelleurs et mal appris. «Ne pouvez-vous pas vous éloigner un peu plus de moi, monsieur?—C'est impossible, madame; mon voisin est très gros.—N'allons-nous pas essayer de ranger nos jambes?—Ayez la bonté, s'il vous plaît, de maintenir vos coudes au corps.—

Ne vous gênez pas, je vous en prie, madame, si mon épaule peut vous être agréable». On ne trouvait aucune indication précisant s'il fallait l'entendre ironiquement ou non. «Je dois vraiment vous prier de vous éloigner un peu, madame, je peux à peine respirer.» Il est à supposer que, dans la pensée de l'auteur, ils se trouvent tous par terre et pêle-mêle. Le chapitre se terminait par cette phrase: «Nous voilà arrivés à destination, Dieu merci! (*Gott sei dank*)» exclamation pieuse qui, vu les circonstances, dut prendre la forme d'un chœur.

A la fin du livre se trouve un appendice donnant aux voyageurs germaniques des conseils sur la conservation de leur santé et leur confort pendant leur séjour dans les villes anglaises, recommandant spécialement de voyager toujours avec une provision de poudre insecticide, de ne jamais manquer le soir de fermer la chambre à clef et de toujours compter soigneusement la monnaie rendue.

—Ce n'est pas une publication bien remarquable, dis-je, en rendant le livre à George. Moi, personnellement, je ne recommanderai pas ce bouquin à un Allemand qui se proposerait de visiter l'Angleterre; je crois que sa pratique le rendrait antipathique. Mais j'ai lu des brochures publiées à Londres à l'usage des voyageurs anglais sur le continent, et qui sont tout aussi idiotes. Quelque imbécile ayant de l'éducation et comprenant, mais mal, sept langues, se croit autorisé à écrire ces livres, qui induisent en erreur l'Europe moderne.

—Vous ne pourrez cependant pas nier, répliqua George, que ces manuels soient très demandés. Je sais qu'ils se vendent par milliers. Il y a sûrement des quidams dans toutes les villes d'Europe, qui se promènent, parlant de la sorte.

—Peut-être bien, répondis-je, mais heureusement que personne ne les comprend. J'ai plus d'une fois aperçu des gens, debout sur des plateformes de tramways ou postés à des coins de rue, qui tenaient de ces livres à la main et les lisaient à haute voix. Personne ne sait quelle est la langue qu'ils parlent, personne n'a la moindre idée de ce qu'ils disent. Cela vaut peut-être mieux: si on les comprenait, il est plus que probable qu'on les écharperait.

—Il se peut que vous ayez raison. Je serais curieux de voir ce qui arriverait si effectivement on les comprenait. Je propose d'arriver à Londres de bonne heure mercredi matin et de passer une heure ou deux à nous promener et à faire des emplettes dans les magasins en nous servant de ce manuel. Il me faut quelques menus objets, entre autres un chapeau et une paire de pantoufles. Notre bateau ne quitte pas Tilbury avant midi et cela nous en laisse juste le temps. Je voudrais éprouver ce genre de langage à un endroit où je serais bien à même de juger de son effet. Je voudrais connaître les impressions de l'étranger quand on lui parle de la sorte.

Nous nous promîmes de l'amusement. Plein d'enthousiasme, je m'offris à l'accompagner et à l'attendre devant les boutiques. Je lui dis que sûrement Harris demanderait à être des nôtres, mais en restant à distance respectueuse.

George expliqua son projet, qui était un peu différent. Il entendait qu'Harris et moi entrions avec lui dans les magasins. Avec Harris, qui a l'air imposant, pour lui prêter main forte, et avec moi sur le pas de la porte pour appeler un agent si le besoin s'en faisait sentir, il risquerait le coup.

Nous fîmes les quelques pas qui nous séparaient de chez Harris et lui soumîmes notre plan. Harris examina le livre, spécialement le chapitre qui a trait à l'achat de souliers et de chapeaux.

—Si George, dit-il, parle à un cordonnier ou à un chapelier dans les termes indiqués ci-dessus, il lui faudra non pas un garde de corps, mais des gens de bonne volonté pour le porter à l'hôpital.

Cela vexa George.

—Vous parlez, s'écria-t-il, comme si j'étais un téméraire, dénué de sens commun. Je ferai un choix des phrases les plus polies et les moins agressives; j'éluderai toute insulte grossière.

Une fois ceci bien entendu, Harris donna son consentement, et notre départ fut fixé pour le mercredi matin de bonne heure.

---

# CHAPITRE QUATRIÈME

*Pourquoi Harris considère les réveille-matin comme inutiles dans la vie de famille. Instincts sociables des petits. Les idées d'un enfant sur le matin. Le subconscient qui ne dort pas. Son mystère. Ses angoisses. Pensées nocturnes. Le genre de travail d'avant le petit déjeuner. La bonne et la mauvaise brebis. Les désavantages qu'il y a à être vertueux. Le nouveau fourneau de cuisine de Harris commence mal son service. Comment mon oncle Podger sortait chaque matin. Le vieux cityman considéré comme cheval de courses. Nous parlons la langue du voyageur.*

George arriva le mardi soir chez les Harris et y passa la nuit. Nous avions préféré cet arrangement à sa proposition: venir le cueillir chez lui. Cueillir George en passant, le matin, veut dire: le réveiller en le secouant, effort déjà épuisant pour un début de journée; l'aider à retrouver ses effets et à boucler ses bagages; puis l'attendre pendant qu'il déjeune, rôle qui manque de charme pour le spectateur.

Je savais qu'il serait levé à l'heure voulue, s'il couchait à «Beggarbush». J'y ai couché moi-même, et je suis au courant de ce qui s'y passe. Vers le milieu de la nuit, du moins à ce qu'il vous semble, car dans la réalité il peut être un peu plus tard, vous êtes réveillé en sursaut de votre premier somme par une charge de cavalerie le long du couloir. Mal réveillé, vous hésitez entre des cambrioleurs, les trompettes du jugement dernier et une explosion de gaz. Vous vous mettez sur votre séant, et vous écoutez avec attention. On ne vous fait pas attendre: bientôt une porte est violemment poussée; quelqu'un ou quelque chose dégringole l'escalier apparemment sur un plateau à thé; vous entendez un «Je l'avais bien dit!» et aussitôt une chose dure, une tête peut-être, c'est du moins l'impression qu'on en a d'après le bruit, rebondit contre le panneau de votre porte.

A ce moment vous vous lancerez dans une charge folle autour de votre chambre, à la recherche de vos vêtements. Rien ne se trouve plus où vous l'aviez mis le soir. Les objets les plus indispensables ont entièrement disparu; et pendant ce temps l'assassinat, la révolution, bref l'événement quel qu'il soit continue formidable. Vous vous arrêtez un moment, la tête sous l'armoire, où vous avez cru découvrir vos pantoufles, pour écouter des coups réguliers et monotones sur une porte éloignée. La victime, vous le supposez, s'est cachée là; ils tâchent de la faire sortir et de l'achever. Pourrez-vous arriver à temps? Les coups cessent, et on entend une voix suave, rassurante par son ton doux et plaintif, qui demande humblement:

—Pa, puis-je me lever?

Vous n'entendez pas l'autre voix, mais les réponses sont:

—Non, ce n'était que la baignoire... Non, elle n'a vraiment pas de mal, elle est seulement mouillée, tu comprends... Oui, maman, je leur dirai ce que tu veux... Non, c'était un pur hasard... Oui; bonne nuit, papa.

Ensuite la même voix, s'élevant pour être entendue, à distance de la maison, commande:

—Il faut que vous remontiez tous. Papa dit qu'il n'est pas encore l'heure de se lever.

—Vous vous recouchez et écoutez quelqu'un auquel on fait monter l'escalier, selon toute évidence, contre son gré. Par une attention délicate les chambres d'amis de «Beggarbush» sont exactement au-dessous des nurseries. Le même petit être continue sa résistance tandis qu'on l'insère dans son lit. Aucun des détails de la bataille ne vous échappe, car chaque fois que le corps est jeté sur le matelas élastique, le lit fait un bond juste au-dessus de votre tête, et chaque fois que le corps s'échappe victorieusement de l'étreinte, vous en êtes averti par un coup sur le parquet. Ensuite le combat se calme à moins que le lit ne s'effondre; et le sommeil vous regagne doucement. Mais un moment après, ou du moins il vous semble qu'il n'y a qu'un moment, vous rouvrez les yeux, sous la sensation d'un regard; la porte s'est entr'ouverte et quatre têtes solennelles et superposées vous regardent avec persistance, comme si vous étiez un prodige exposé dans cette chambre. Vous voyant éveillé, la tête supérieure s'avance avec calme par-dessus les trois autres, entre, et vient s'asseoir sur le lit dans une attitude amicale.

—Oh! dit-elle, nous ne savions pas que vous étiez éveillé; moi je le suis déjà depuis quelque temps.

—Il me le semble, répondez-vous brièvement.

—Papa n'aime pas que nous soyons levés trop tôt, continue-t-elle. Il dit que tout le monde dans la maison en serait dérangé. Alors naturellement nous ne devons pas nous lever.

Ceci est dit sur un ton de gentille résignation. Elle paraît remplie d'une satisfaction intime, due au sentiment du devoir accompli.

Vous lui demandez:

—Vous n'appelez pas cela être levé?

—Oh, non! Nous ne sommes pas encore convenablement habillés.

C'est l'évidence même.

—Papa est toujours très fatigué le matin, poursuit la voix; naturellement, c'est parce qu'il travaille dur toute la journée. N'êtes-vous jamais fatigué le matin?

Alors seulement vous remarquez que les trois enfants sont entrés aussi et sont assis par terre en demi-cercle. Il est évident que tout ceci n'est pour eux que préliminaires à la représentation véritable. Ils attendent le moment où ils vous verront sortir de votre lit et agir.

---

De les voir dans la chambre d'un étranger déplaît à l'aîné. Il leur ordonne sur un ton sévère de se retirer. Eux ne lui répondent pas, ne discutent pas; d'un commun accord et dans un silence complet ils tombent sur lui. Vous ne distinguez pas autre chose, de votre lit, qu'un enchevêtrement confus de bras et de jambes, image frénétique d'une pieuvre empoisonnée. Si vous êtes couché en pyjama, vous sautez du lit et ne faites qu'ajouter à la confusion; si votre toilette de nuit est moins élégante, vous restez où vous êtes et hurlez des ordres, qu'on méconnaîtra entièrement. Le plus simple est de laisser agir l'aîné. Il arrive en peu de temps à les expulser et ferme la porte sur eux. Elle est immédiatement rouverte, et l'un d'eux est projeté dans la chambre. C'est généralement Muriel. Elle y arrive comme lancée par une catapulte. L'aîné rouvre la porte et se sert de sa sœur comme d'un bélier contre la masse des autres. Vous distinguez nettement le bruit mat de la tête qui tape dans le tas qu'elle disperse. Quand l'aîné est ainsi arrivé à ses fins, il revient tranquillement reprendre sa place sur le lit. Il montre le plus grand calme; il a l'air d'avoir oublié l'incident.

—J'aime le lever du jour, dit-il, l'aimez-vous aussi?

—J'en aime certains, répondrez-vous, il en est d'autres, qui ont moins de charme.

Lui ne prend pas garde à cette distinction; son regard extasié se perd dans le lointain:

—J'aimerais mourir le matin; le matin la nature est si belle!

—Eh, répondrez-vous, cela pourra bien vous arriver, le jour où votre père offrira un lit à un monsieur un peu nerveux et n'aura pas soin de le mettre en garde contre les surprises de la maison.

Il rappelle ses esprits vagabonds et redevient lui-même.

—Il fait délicieux au jardin, remarque-t-il, n'auriez-vous pas envie de vous lever et de faire une partie de cricket?

Vous ne vous étiez pas couché avec cette idée en tête, mais maintenant, considérant la tournure des événements, cela vous semble aussi bien que de rester couché là, sans espoir de vous rendormir; et vous acceptez.

Vous recevez plus tard dans la journée l'explication suivante: vous étant réveillé trop tôt et incapable de vous rendormir vous aviez manifesté l'envie de faire une partie de cricket. Les enfants, dressés à la politesse envers les hôtes, avaient cru de leur devoir de se prêter à vos désirs. Mme Harris remarque, pendant le déjeuner, que vous auriez au moins dû exiger, avant de faire sortir les enfants, qu'ils fussent convenablement habillés; pendant que Harris vous fait pathétiquement remarquer que l'exemple et l'encouragement d'un seul matin vous ont suffi pour détruire son ouvrage laborieusement édifié pendant de longs mois.

Il paraît que, ce même mercredi matin, George avait demandé à grands cris à se lever dès cinq heures et quart et avait voulu à toute force leur apprendre comment tourner à bicyclette autour des châssis de concombres sur la nouvelle machine de Harris. Toutefois, Mme Harris ne blâma pas George à cette occasion, sentant que cette idée n'avait pas dû être entièrement sienne.

Ne croyez pas que les enfants de Harris aient l'intention de s'éviter des reproches aux dépens d'un ami. Ils sont l'honnêteté même et endossent la responsabilité de leurs propres méfaits. Mais la chose se présente ainsi à leur compréhension. Quand vous leur expliquez que vous n'aviez d'abord nullement le dessein de vous lever à cinq heures pour jouer au cricket sur la pelouse, ni de mettre à la scène le martyrologe en tirant à l'arbalète sur des poupées attachées à un arbre; qu'assurément si on vous avait laissé suivre votre goût, vous auriez dormi en paix jusqu'à ce qu'on vous eût réveillé comme un bon chrétien à huit heures avec une tasse de thé, ils manifestent d'abord leur étonnement, puis s'excusent et semblent sincèrement contrits. Ecartant la question purement académique de savoir si le réveil de George un peu avant cinq heures devait être attribué à son instinct ou bien au passage accidentel, à travers la fenêtre de sa chambre, d'un boumerang de leur fabrication, les chers enfants acceptaient franchement la responsabilité de ce réveil ultramatinal. Comme dit l'aîné:

—Nous aurions dû penser que l'oncle George avait une longue journée devant lui et nous aurions dû lui déconseiller de se lever. Je me fais des reproches.

Mais un changement occasionnel dans les habitudes ne fait de mal à personne. Au surplus, Harris et moi fûmes d'accord pour penser que ç'avait été un bon entraînement pour George. Il nous faudrait être debout à cinq heures tous les matins dans la Forêt Noire; nous en avions décidé ainsi. George avait même proposé quatre et demie, mais Harris et moi avions déclaré qu'en règle générale cinq ce serait assez tôt. Nous pourrions ainsi enfourcher nos machines à six et abattre le gros de notre besogne avant les fortes chaleurs de midi. Si, de temps à autre, nous partions de meilleure heure, tant mieux: mais, du moins, ce ne serait pas une règle.

Moi aussi j'étais debout à cinq heures, ce matin-là, plus tôt du reste que je ne me proposais. Je m'étais dit en m'endormant: «A six heures tapant!»

Je connais des gens qui arrivent de la sorte à se réveiller juste à la minute qu'ils ont fixée. Ils se disent, se parlant à eux-mêmes au moment où ils posent leur tête sur l'oreiller: «quatre heures et demie», «cinq heures moins un quart», ou «cinq heures et quart», selon le cas; et ils ouvrent les yeux sur le coup de l'heure dite. Ceci tient du miracle. Plus vous réfléchissez à ce fait, plus vous le trouverez mystérieux. Un second moi doit agir indépendamment de notre moi conscient; il doit être capable de compter les heures pendant que nous dormons, veillant dans l'obscurité, sans l'aide ni du soleil ni des pendules, ni de nul moyen connu d'aucun de nos cinq sens. Il nous chuchote: «C'est l'heure» au moment exact, et vous vous réveillez. J'ai causé une fois avec un vieux débardeur qui pour son travail était forcé de se lever tous les matins une demi-heure avant la marée. Il me confia que jamais il ne lui était arrivé de se réveiller une minute trop tard et qu'il ne se donnait même plus la peine de calculer l'heure de la marée. Il se couche fatigué, dort d'un sommeil sans rêve, et chaque matin à une heure différente son veilleur spectral, exact comme la marée elle-même, vient l'appeler doucement. L'esprit de cet homme errait-il à travers l'obscurité, pataugeant sur les bords de la mer? Avait-il connaissance des lois de la nature?

En ce qui me concerne, mon veilleur intérieur a peut-être quelque peu perdu l'habitude de ses fonctions. Il fait de son mieux; mais il est trop scrupuleux, il se fait du mauvais sang et se perd dans ses calculs. Je lui dis par exemple: «A cinq heures et demie s. v. p.»; et il me réveille en sursaut à deux heures trente. Je regarde ma montre. Il me suggère que je dois avoir oublié de la remonter. Je l'approche de mon oreille; elle marche. Il pense qu'il lui est peut-être arrivé quelque chose; il est sûr qu'il est cinq heures et demie, sinon un peu plus. Je mets mes pantoufles et descends, pour le satisfaire, consulter la pendule de la salle à manger. Qu'arrive-t-il à l'homme qui, au milieu de la nuit, se promène dans une maison en robe de chambre et en pantoufles? Il est inutile de le raconter; on le sait par expérience: tous les objets, spécialement ceux qui sont pointus, prennent un lâche plaisir à le cogner. Je me recouche de mauvaise humeur et ne réussis à me rendormir qu'après une demi-heure, en refusant d'écouter ses suggestions absurdes, à savoir que toutes les pendules de la maison se sont liguées contre moi. Il me réveille toutes les dix minutes entre quatre et cinq heures. Je regrette alors de lui avoir touché mot de la chose. Il s'endort lui-même à cinq heures et m'abandonne aux soins de la femme de chambre qui, naturellement, ce matin-là, me réveille une demi-heure plus tard que d'habitude.

Il m'exaspéra tellement, ce mercredi-là, que je me levai à cinq heures, uniquement pour me débarrasser de lui. Je ne savais que faire de moi. Notre train ne partait qu'à huit heures; tous nos bagages avaient été bouclés la veille et envoyés avec les bicyclettes à la gare de Fenchurch Street. Je passai dans mon cabinet de travail, pensant pouvoir écrire une heure. Il faut croire que le travail du petit matin, avant le déjeuner, n'est pas propice à l'effort littéraire. J'écrivis trois chapitres d'un conte et les relus ensuite. On a médit de mes ouvrages; on a quelquefois parlé de mes livres d'une manière peu aimable; mais jamais on n'aurait émis de jugements assez sévères pour flétrir les trois chapitres écrits ce matin-là. Je les jetai dans la corbeille à papier et essayai de me remémorer les établissements charitables, si toutefois il en existe, qui servent de retraite aux écrivains ramollis.

Je pris une balle de golf, choisis un driver pour me distraire de ces pensées, et sortis flâner dans le pré. Une couple de brebis broutaient là; elles me suivirent et prirent un vif intérêt à mes exercices. L'une était une bonne âme, sympathique. Je ne pense pas qu'elle comprît rien à ce jeu; je crois plutôt que ce qui lui parut étrange, c'était l'heure matinale à laquelle je me livrais à ce divertissement innocent. Elle bêlait à chacun de mes coups:

—Bi-en, bi-en, très bi-en!

Elle paraissait tout aussi contente que si elle les avait joués elle-même.

Tandis que l'autre était une sale bête acariâtre et désagréable, me décourageant autant que sa compagne m'aiguillonnait.

—Piè-tre, horriblement piè-tre! tel était son commentaire à presque chacun de mes coups. Il y en eut, en vérité, quelques-uns de très beaux; mais elle faisait exprès d'être d'un avis opposé, simplement pour m'énerver. Je m'en apercevais bien.

Par un accident regrettable, une de mes meilleures balles alla taper sur le nez de la bonne brebis. Cela fit rire la mauvaise, mais rire distinctement et nettement, d'un rire rauque et vulgaire; et pendant que son amie trop étonnée pour bouger restait clouée sur place, elle changea de ton pour la première fois et bêla:

—Bi-en, très bi-en! le meilleur coup qu'il ait fait!

J'aurais donné une demi-couronne pour que ce fût elle qui reçût le coup. Ce sont toujours les bons qui pâtissent.

J'avais perdu dans ce pré plus de temps que je n'avais prévu et ce n'est que quand Ethelbertha vint me dire qu'il était sept heures et demie et que le déjeuner était servi, que je me rappelai ne m'être pas encore rasé. Ethelbertha n'aime pas que je me rase à la hâte. Elle craint que les étrangers ne croient à une tentative de suicide manquée et qu'on chuchote que nous faisons mauvais ménage. Elle ajouta malicieusement que ma physionomie n'est pas de celles avec lesquelles on puisse se permettre de badiner.

Tout compte fait j'aimais autant que les cérémonies d'adieu avec Ethelbertha ne se prolongeassent pas; je craignais une trop grande tension de ses nerfs.

Mais j'aurais aimé avoir le temps d'adresser quelques conseils à mes enfants, spécialement au sujet de ma canne à pêche, dont ils ont la manie de vouloir se servir comme d'un bâton au croquet; par contre je déteste avoir à courir pour attraper mon train. A un quart de lieue de la gare, je rejoignis George et Harris qui eux aussi couraient.

Pendant que nous trottions côte à côte, Harris par saccades m'informa de la raison de leur retard. C'était le nouveau fourneau de cuisine qui en était la cause. On l'avait allumé pour la première fois ce matin-là et, sans qu'on sût encore comment, il avait projeté en l'air les rognons et sérieusement brûlé la cuisinière.

—J'espère, ajouta-t-il, qu'ils auront le temps de s'habituer l'un à l'autre pendant mon absence.

Il s'en fallut d'un cheveu que nous rations le train, et tandis que nous étions assis dans la voiture, encore haletants, et que je passais en revue les événements de la matinée, l'image de mon oncle Podger surgit dans ma mémoire, et je vis se dérouler les phases mouvementées de son départ d'Ealing Common par Morgate Street (train de 9 heures 13), tel qu'il s'effectuait 250 fois par an.

---

Il y avait huit minutes à pied de la maison de mon oncle Podger à la station. Mon oncle ne se lassait pas de recommander:

—Mettez un quart d'heure et prenez votre temps.

Mais ce qu'il faisait, c'était de ne partir que cinq minutes avant l'heure et de courir. J'en ignore le motif, telle était pourtant la coutume dans ce faubourg. Beaucoup de messieurs corpulents, que leurs occupations appelaient dans la Cité, habitaient alors Ealing (je crois qu'il en est encore ainsi de nos jours); ils prenaient les trains du matin pour aller en ville. Ils partaient tous trop tard; tous tenaient un sac noir et un journal dans une main, un parapluie dans l'autre; et par tous les temps on les voyait courir pendant le dernier quart de mille.

---

Des gens oisifs, spécialement des bonnes d'enfant et des garçons livreurs, auxquels s'ajoutaient de temps à autre quelques marchands ambulants, se rassemblaient quand il faisait beau pour les voir passer et acclamaient le plus méritant. Ce n'était pas fameux comme sport. Ils ne couraient pas bien, ils ne couraient même pas vite; mais ils étaient sérieux et faisaient de leur mieux. Ce spectacle ne flattait pas le goût artistique, mais il faisait naître pourtant l'admiration qui va naturellement à l'effort consciencieusement accompli.

La foule, à l'occasion, s'amusait à faire des paris innocents.

—Deux contre un sur le vieux type à gilet blanc!

—Dix contre un que le vieil asthmatique se flanque par terre avant d'arriver!

—Ma fortune sur le Prince Ecarlate!—surnom donné par un gamin fantaisiste à un certain voisin de mon oncle, ancien militaire, d'extérieur imposant au repos, mais dont le teint devenait cramoisi au moindre effort.

Mon oncle, ainsi que les autres, écrivait de temps en temps à l'*Ealing Press* pour se plaindre de l'indolence de la police locale. A ces communications l'éditeur ajoutait des commentaires spirituels où il dénonçait le Déclin de la Courtoisie dans les Classes Inférieures de la Société, spécialement parmi celles des Banlieues de l'Ouest. Mais cela ne produisait aucun effet.

Ce n'était pas que mon oncle ne se levât assez tôt; les ennuis surgissaient au dernier moment. Il commençait après le déjeuner par perdre son journal. Nous étions toujours prévenus, quand l'oncle Podger avait perdu quelque chose, par l'expression d'étonnement indigné avec laquelle il avait coutume de dévisager chacun. Il n'arrivait jamais à mon oncle Podger de se dire:

—Je suis un vieux négligent, j'égare tout; je ne sais jamais où je mets mes affaires. Je suis tout à fait incapable de les retrouver moi-même. Je dois être, quant à cela, un sujet de trouble pour mon entourage. Il faut que j'essaie de me corriger.

Au contraire! Il s'était convaincu par des raisonnements singuliers que quand il avait égaré quelque chose, c'était la faute de tous dans la maison, sauf la sienne.

—Je l'avais à la main il n'y a qu'une minute! s'exclamait-il.

Vous auriez cru, à l'entendre, qu'il vivait entouré de prestidigitateurs qui subtilisaient ses affaires rien que pour l'ennuyer.

—L'aurais-tu laissé au jardin? hasardait ma tante.

~-Pour quelle raison aurais-je voulu le laisser au jardin? Je n'ai pas besoin d'un journal au jardin; je veux le journal pour l'avoir dans le train.

—Tu ne l'as pas mis dans ta poche?

—Que Dieu te pardonne! Crois-tu que je serais ici à le chercher à neuf heures moins cinq, si je l'avais tranquillement dans ma poche? Me prends-tu pour un imbécile?

A ce moment-là, quelqu'un de s'exclamer: «Qu'est ceci?» en lui passant un journal bien plié.

—Si seulement on pouvait laisser mes affaires en place, grognait-il, en l'arrachant d'un geste sauvage des mains qui le lui tendaient.

Et l'ouvrant pour l'y mettre, en place, il jetait un regard sur la feuille et s'arrêtait net, privé de parole, comme outragé.

—Qu'y a-t-il? demandait ma tante.

—C'est celui d'avant-hier! répondait-il, trop blessé pour élever la voix, en jetant le journal sur la table.

Si seulement ce journal avait une seule fois pu être celui de la veille! Mais c'était invariablement celui de l'avant-veille, sauf le mardi, car ce jour-là le journal datait du samedi.

Il arrivait qu'on le lui retrouvât; la plupart du temps il était assis dessus, et alors il souriait, non pas aimablement, mais d'un sourire las, celui d'un homme abandonnant toute lutte contre le sort qui le force à vivre au sein d'une bande d'idiots fieffés.

—Dire qu'il était juste sous votre nez!

Il se dirigeait ensuite vers l'antichambre, où ma tante Maria avait eu soin de rassembler tous les enfants, pour qu'il pût leur dire au revoir.

Jamais ma tante n'aurait quitté la maison, fût-ce pour une visite dans le voisinage, sans prendre tendrement congé de chaque membre de la famille.

—On ne sait jamais ce qui peut arriver, avait-elle coutume de dire.

Sur le nombre il y en avait naturellement toujours un qui manquait. Les six autres, au moment où on le remarquait, filaient dans toutes les directions à la recherche de l'absent en poussant de grands cris.

A peine avaient-ils disparu que le manquant arrivait tranquillement. Il n'avait pas été loin et fournissait une explication très plausible de cette absence. Puis, sans plus attendre, il courait expliquer aux autres qu'il avait été retrouvé. De cette manière, il fallait bien cinq minutes pour que tous pussent être réunis, ce qui permettait tout juste à mon oncle de mettre la main sur son parapluie et d'égarer son chapeau. Enfin, le groupe étant rassemblé dans le vestibule, la pendule du salon commençait à sonner neuf heures d'un son froid et pénétrant qui ne manquait jamais de troubler mon oncle. Enervé, il embrassait certains enfants deux fois, en négligeait d'autres, puis, ne sachant plus qui avait été embrassé et qui ne l'avait pas été, il se croyait obligé de recommencer l'opération. Il disait qu'ils se donnaient le mot pour l'embrouiller et je n'oserais affirmer que ce fût entièrement faux. Pour comble d'ennui, il y en avait toujours un qui avait la figure barbouillée de confitures et c'était naturellement cet enfant qui se montrait toujours le plus tendre.

Quand d'aventure les choses allaient trop bien, l'aîné déclarait que toutes les pendules de la maison retardaient de cinq minutes, ce qui, la veille, l'avait mis en retard pour la classe.

Mon oncle gagnait en courant la porte du jardin, où il s'avisait qu'il n'avait emporté ni son sac ni son parapluie. Tous les enfants que ma tante n'arrivait pas à retenir galopaient après lui; deux d'entre eux luttant pour le parapluie, les autres se disputant le sac. Et c'est à leur retour seulement qu'on découvrait sur la table de l'antichambre l'objet le plus indispensable qu'il avait oublié et l'on se perdait en conjectures sur ce qu'il allait dire en rentrant.

---

Nous arrivâmes à Waterloo un peu après neuf heures et commençâmes immédiatement les expériences qu'avait projetées George. Nous ouvrîmes le bouquin au chapitre intitulé «A la Station des Fiacres» et, nous approchant d'un hansom-cab, nous soulevâmes nos chapeaux, disant poliment au cocher:

—Bonjour.

Cet homme ne voulut pas être en reste de politesse envers un étranger réel ou simulé. Et demandant à un ami du nom de «Charles» de lui «tenir sa jument», il sauta de son siège et nous remercia d'une révérence qui aurait fait honneur à Lord Brummell en personne. Parlant apparemment au nom de la nation, il nous souhaita la bienvenue en Angleterre, regrettant que Sa Majesté fût momentanément absente de Londres.

Nous fûmes incapables de lui répondre: ce genre de conversation n'était pas prévu dans le livre. Nous l'appelâmes «cocher», en réponse de quoi il s'inclina de nouveau jusqu'à toucher le pavé, et nous lui demandâmes s'il allait avoir l'extrême bonté de nous conduire à Westminster Bridge. Il mit la main sur son cœur, déclarant que tout le plaisir serait pour lui.

Prenant la troisième phrase du chapitre, George demanda quel serait le prix de la course.

Cette question, en introduisant un élément vil dans la conversation, eut l'air d'offenser ses sentiments. Il dit n'avoir jamais accepté d'argent de nobles étrangers, et suggéra un petit souvenir, une épingle de cravate en diamants, une tabatière en or, un petit rien de ce genre qui lui serait agréable et qui le ferait penser à nous.

Comme un léger rassemblement n'avait pas manqué de se former et que la plaisanterie tournait trop à l'avantage du cocher, nous montâmes en voiture sans plus de propos et partîmes au milieu des acclamations. Nous fîmes arrêter le fiacre un peu au delà d'Astley's Théâtre, devant la boutique d'un cordonnier. C'était une de ces boutiques qui débordent de marchandises. A terre et sur les rayons, il y avait des piles de boîtes remplies de chaussures.

Des bottines étaient accrochées en festons autour des portes et des fenêtres. Le store, telle une vigne grimpante, supportait des grappes de bottines noires et jaunes. Au moment où nous entrâmes, le patron était occupé à ouvrir avec un marteau et un ciseau une nouvelle caisse de chaussures.

George souleva son chapeau et dit:

—Bonjour.

L'homme ne se retourna même pas. Dès le début, il me fit l'effet d'un être désagréable. Il grogna quelque chose qui pouvait être ou ne pas être «Bonjour» et continua son travail.

George lui dit:

—Mon ami, M. X. m'a recommandé votre maison.

L'homme aurait dû répondre:

—M. X. est un monsieur fort honorable, et je serais très heureux d'être utile à un de ses amis.

Mais il dit au contraire:

—Connais pas: jamais entendu ce nom-là.

C'était ahurissant. Le livre donnait trois ou quatre méthodes pour l'achat de bottines. George avait choisi spécialement celle où intervenait «monsieur X.», la considérant comme la plus polie de toutes. Vous commenciez par entretenir longuement le marchand de ce «monsieur X.», et quand vous étiez arrivé par ce moyen à vous mettre sur un pied d'amitié et de bonne entente avec lui, vous passiez avec aisance et grâce à l'objet principal de votre visite, à votre désir d'acheter des bottines à bon marché, mais solides. Cet homme grossier et pratique n'avait pas l'air de se soucier des gentillesses de la vente au détail. Il était indispensable avec celui-là d'aborder la question brutalement. George abandonna «monsieur X.» et, feuilletant le bouquin, il prit une phrase au hasard. Son choix ne fut pas heureux; c'était une phrase qui aurait été superflue, adressée à n'importe quel marchand de chaussures. Dans la circonstance, entourés comme nous l'étions à en étouffer de monceaux de bottines, elle présentait le charme d'une imbécillité parfaite.

Voici la phrase:

—Quelqu'un m'a dit que vous aviez ici des bottines à vendre.

L'homme déposa enfin son marteau et son ciseau et nous regarda. Il parlait lentement d'une voix rauque et voilée.

—Pour quelle raison croyez-vous que j'aie toutes ces bottines? Pour les renifler?

Il était de ces hommes qui, débutant posément, sentent leur colère grossir au cours de la conversation.

—Qui croyez-vous que je sois? continua-t-il. Un collectionneur de bottines? Pourquoi pensez-vous que j'ai loué cette boutique? Pour raison de santé? Me supposez-vous amoureux de mes bottines au point de ne pouvoir me séparer d'une paire? Imaginez-vous que je les expose autour de moi pour jouir de leur vue? N'y en a-t-il pas assez? Où vous figurez-vous donc être? Dans une exposition internationale de chaussures? Peut-être que ces bottines-là forment une collection historique! Avez-vous jamais entendu parler d'un homme tenant boutique de chaussures, et n'en vendant pas? Il se pourrait que je m'en serve pour décorer ma boutique et pour l'embellir? Pour qui me prenez-vous? Pour un idiot fini?

J'avais toujours soutenu que ces manuels de conversation ne servent pas à grand'chose. Nous cherchions un équivalent d'une phrase allemande bien connue: *Behalten Sie Ihr Haar auf?*

Le livre ne contenait d'un bout à l'autre rien de ce genre. Il faut cependant admettre que George choisit la meilleure phrase qu'on pouvait y trouver et s'en servit. Il dit:

—Je reviendrai quand vous aurez davantage de bottines à me montrer. D'ici là, adieu!

Après quoi nous regagnâmes la voiture et partîmes, quittant le cordonnier qui, à la porte de sa boutique, debout entre ses piles de bottines, nous décochait quelques remerciements. Je ne pus comprendre ce qu'il disait, mais les passants parurent s'y intéresser.

---

George voulait s'arrêter chez un autre cordonnier et recommencer l'expérience; il dit avoir vraiment besoin d'une paire de pantoufles. Mais nous le décidâmes à différer leur acquisition jusqu'à notre arrivée dans une ville étrangère où les commerçants sont probablement plus habitués à cette sorte de langage ou ont un caractère plus aimable. Il fut cependant intraitable au sujet du chapeau. Il prétendait ne pas pouvoir s'en passer pour le voyage; nous nous arrêtâmes donc devant une petite boutique à Blackfriars Road. Le patron était un petit homme d'apparence gaie aux yeux rieurs, ce qui était plutôt pour nous encourager que pour nous retenir.

Quand George, selon le texte du livre, lui demanda: «Avez-vous des chapeaux?» il ne se fâcha point; il s'arrêta et se gratta le menton d'un air pensif.

—Des chapeaux, dit-il. Voyons; oui,—et là un sourire joyeux éclaira sa physionomie aimable,—oui, en y réfléchissant bien, je crois que j'ai un chapeau. Mais dites donc, pourquoi me demandez-vous cela?

George expliqua qu'il avait envie d'acheter une casquette, une casquette de voyage, mais à la condition *sine qua non* que cette casquette fût de bonne qualité.

Le visage de l'homme s'assombrit.

—Oh, remarqua-t-il, je crains bien de ne pouvoir vous satisfaire. Voyez-vous, s'il vous avait fallu une mauvaise casquette, ne valant pas son prix, une casquette juste assez bonne pour pouvoir vous servir à nettoyer des carreaux, une semblable casquette j'aurais pu vous la trouver. Mais une casquette de bonne qualité, non, nous n'en avons pas. Pourtant attendez une minute, continua-t-il devant l'expression de désappointement qui assombrit la figure de George; ne soyons pas trop pressés (Et allant vers un tiroir qu'il ouvrit): Voilà une casquette, ce n'est pas une casquette de bonne qualité, mais elle n'est pas aussi mauvaise que la plupart des casquettes que je vends.

Il la prit et nous la présenta entre ses doigts.

—Qu'en pensez-vous? demanda-t-il. Croyez-vous qu'elle puisse faire votre affaire?

George l'essaya devant la glace et, choisissant une autre remarque du livre, il dit:

—Ce chapeau me va assez bien, mais, dites-moi, trouvez-vous qu'il me flatte?

L'homme prit un peu de recul pour mieux embrasser le panorama.

—Pour être sincère, répondit-il, je ne pourrais pas dire oui.

Et, délaissant George, il s'adressa à Harris et à moi:

—La beauté de votre ami, dit-il, je la considérerais comme virtuelle. Elle existe en puissance, mais vous pourriez facilement passer devant lui et ne pas la voir. Avec cette casquette, par exemple, vous ne la remarquerez pas.

A ce moment George parut avoir eu assez d'amusement avec cet homme-là.

Il dit:

—Cela va bien. Ne manquons pas notre train. Combien?

Et l'homme de répondre:

—Le prix de cette casquette, monsieur, est de 4 sh 6, et c'est bien le double de sa valeur. La désirez-vous enveloppée dans du papier marron, monsieur, ou dans du blanc?

George dit qu'il allait la prendre telle quelle, paya les 4 sh 6 en espèces et quitta la boutique. Harris et moi, nous le suivîmes.

Arrivés à Fenchurch Street, nous transigeâmes avec notre cocher pour 5 sh. Il refit une révérence profonde en nous priant de le rappeler aux bons souvenirs de l'empereur d'Autriche.

Dans le train, George, qui était visiblement désappointé, jeta le bouquin par la portière.

Nous trouvâmes bagages et bicyclettes bien installés sur le bateau, et descendîmes la rivière avec la marée de midi.

---

# CHAPITRE CINQUIÈME

*Digression nécessaire amenée par une histoire très morale. Un des charmes de ce livre. Une revue littéraire qui ne provoque pas l'admiration des foules. Ses vantardises: l'instructif et l'amusant combinés. Problème: dire ce qui est instructif, dire ce qui est amusant. Opinion autorisée sur la loi anglaise. Un autre charme de ce livre. Une vieille chanson. Encore un troisième attrait du livre. Quel était le genre de forêt dans laquelle habitait la vierge. Description de la Forêt Noire.*

On raconte qu'un Ecossais, amoureux d'une jeune fille, désirait l'épouser. Mais il était prudent comme tous ceux de sa race. Il avait remarqué que dans son entourage trop d'unions des plus prometteuses avaient souvent eu pour conséquence désespoir et désillusions, et ceci uniquement parce que les fiancés s'étaient imaginé chacun épouser un être parfait. Il se jura que dans son cas il n'en serait pas de même. Et voilà pourquoi sa demande prit la forme suivante:

—Je ne suis qu'un pauvre gars, Jennie; je n'ai ni fortune ni terre à t'offrir.

—Oui, mais il y a toi, Davie!

—Eh! je désirerais qu'il y eût autre chose, petite. Je ne suis qu'un propre-à-rien et un mal fichu, Jennie.

—Que nenni, il y en a bien qui ne te valent pas, Davie.

—Je n'en connais pas, petite, et je me dis même que je ne tiendrais pas à en connaître.

—Mieux vaut un homme modeste mais franc et sûr, Davie, qu'un autre qui tourne autour des filles et vous amène des ennuis dans le ménage.

—Ne t'y fie pas trop Jennie; ce n'est pas toujours le meilleur coq qui a le plus de succès au poulailler. Je n'ai jamais cessé d'être un coureur de cotillons. Crois-moi, je suis un mauvais parti.

—Ah! mais tu as bon cœur, Davie, et tu m'aimes bien. J'en suis sûre.

—Je t'aime assez, Jennie; mais cela durera-t-il? Je suis bon garçon, tant qu'on fait mes volontés. Au fond, j'ai un caractère infernal, ma mère peut en témoigner; et je suis comme mon pauvre père, je ne deviendrai pas meilleur en vieillissant.

—Ouais! tu es sévère sur ton compte, Davie. Tu es un garçon honnête. Je te connais mieux que tu ne te connais et tu feras pour moi un bon mari.

—Peut-être, Jennie! Pourtant j'en doute. C'est une triste chose pour la femme et les enfants, quand le père ne peut résister à la boisson. Lorsque l'odeur du whisky me monte au nez, ma gorge est un abîme; il en descend, il en descend, et je n'arrive pas à me remplir.

—Tu seras un bon époux quand tu seras sobre, Davie.

—Crois-le si tu veux.

—Et tu me soutiendras, Davie, et travailleras pour moi?

—Je ne vois pas pourquoi je ne te soutiendrais pas, Jennie; mais ne viens pas me rebattre les oreilles avec le mot travail, je ne peux pas l'entendre.

—N'importe comment, Davie, tu feras de ton mieux et personne ne peut faire davantage, comme dit monsieur le curé.

—De mon mieux! ce ne sera pas encore fameux, Jennie, et je crains que ce soit si peu de chose, qu'il ne vaille pas la peine d'en parler. Tu aurais du mal à trouver homme plus faible, pécheur plus endurci.

—Bien des gars feraient les plus belles promesses à une pauvre fille pour lui briser le cœur ensuite. Toi, tu me parles franchement, Davie, et je compte t'épouser, on verra bien ce qui adviendra.

---

L'histoire se termine là et nous ne savons pas quel fut le résultat de cette union. Quoi qu'il en soit, Jennie avait perdu le droit de se plaindre et Davie aura eu la satisfaction de se dire qu'il ne méritait pas de reproche.

Soucieux, moi aussi, d'être franc, j'étalerai ici les tares de mon livre.

Ce livre ne contiendra pas d'information utile.

Celui qui croirait, guidé par lui, pouvoir entreprendre un voyage à travers l'Allemagne et la Forêt Noire, s'égarerait sûrement avant de s'embarquer. Et ce serait ce qui pourrait lui arriver de plus heureux. Plus il s'éloignerait de son pays natal, plus les difficultés iraient grandissant.

Je me considère comme inapte à donner des conseils pratiques. Je ne suis pas né avec cette conscience de mon incapacité: elle m'est venue à la suite d'expériences cruelles.

A mes débuts dans le journalisme, j'étais attaché à un périodique, précurseur de ces nombreuses revues populaires d'à présent. Nous nous vantions d'allier l'utile à l'agréable: au lecteur de déterminer ce qu'il y avait là d'amusant et ce qui devait y être considéré comme instructif. Nous donnions des conseils à ceux qui allaient se marier,—des conseils sérieux et détaillés qui, s'ils avaient été suivis, auraient fait de notre public la fleur de la gent maritale. Nous montrions à nos abonnés la manière de s'enrichir en élevant des lapins, avec exemples et chiffres à l'appui. Ce qui eût dû les surprendre, c'est que nous n'abandonnassions pas le journalisme pour nous mettre à l'élève du lapin. J'ai maintes et maintes fois établi, d'après des sources autorisées, qu'au bout de trois ans un homme qui commence avez douze lapins de choix et un peu de jugeotte arrive inéluctablement à un revenu annuel de 2000 livres sterling, chiffre qui doit croître vite. Peut-être que l'éleveur n'a pas besoin de cet argent. Il ne sait peut-être même pas qu'en faire, une fois qu'il l'a. Mais l'argent est là; il n'a qu'à le ramasser. Personnellement je n'ai jamais rencontré d'éleveur de lapins qui eût un revenu de 2000 livres, quoique j'en aie vu pas mal se mettre en route avec les douze lapins de choix obligatoires. Toujours quelque chose clochait quelque part; il se peut que l'atmosphère d'une ferme à lapins annihile à la longue les facultés.

Nous tenions nos lecteurs au courant du nombre d'hommes chauves que renfermait l'Islande et pour ce que nous en savions, nous pouvions être dans le vrai; du nombre de harengs saurs qu'il faudrait mettre bout à bout pour couvrir la distance de Londres à Rome, information précieuse pour celui qui aurait envie de tracer une ligne de harengs saurs de Londres à Rome, car il serait à même d'en commander du premier coup la quantité nécessaire; du nombre de paroles prononcées chaque jour par une femme, et autres informations de ce genre, destinées à rendre nos lecteurs plus savants et mieux armés que ceux des autres feuilles.

Nous leur enseignions comment guérir les chats atteints de convulsions. Je ne crois pas (et je ne croyais pas alors) qu'on puisse guérir de ses convulsions un chat. Si je possédais un chat sujet aux convulsions, je tâcherais de m'en défaire; je mettrais une annonce dans les journaux pour le vendre ou même j'en ferais cadeau à quelqu'un. Mais le devoir professionnel nous obligeait à donner des conseils à ceux qui en demandaient. Un imbécile nous avait écrit, nous suppliant de le renseigner à ce sujet; il me fallut toute une matinée de recherches pour me documenter. Je finis par découvrir ce que je cherchais à la fin d'un vieux recueil de recettes de cuisine. Je n'ai jamais pu comprendre ce que cela venait y faire. Cela n'avait aucun rapport avec le véritable sujet du livre. Ce livre ne contenait aucune recette pour accommoder un chat même guéri de ses convulsions et en faire un plat savoureux. L'écrivain avait dû ajouter ce paragraphe par pure générosité. J'avoue qu'il eût été préférable qu'il ne l'ajoutât pas; car cet épisode donna lieu à une correspondance longue et épineuse et entraîna la perte de quatre abonnés, sinon davantage. L'homme écrivit que, pour avoir suivi notre conseil, il lui en avait coûté un dommage de deux livres sterling à sa batterie de cuisine, sans compter un carreau de cassé et pour lui-même un probable empoisonnement du sang; inutile de dire que les convulsions du chat n'avaient fait qu'empirer. Et pourtant la médication était fort simple. Vous mainteniez le chat entre vos jambes avec douceur pour ne pas le blesser et avec une paire de ciseaux vous lui faisiez dans la queue une entaille nette. Vous n'enleviez aucune partie de la queue, deviez même bien prendre garde à cet accident: vous ne pratiquiez qu'une incision.

Ainsi que nous l'expliquâmes à notre homme, mieux eût valu procéder à l'opération dans un jardin ou dans une cave à charbon; un idiot seul pouvait imaginer de s'y risquer, sans aide, dans une cuisine.

Nous leur donnions des conseils sur l'étiquette: comment s'adresser à un pair d'Angleterre, à un évêque et manger élégamment le potage. Nous indiquions à des jeunes gens timides la façon de se tenir avec grâce dans un salon. Nous enseignions la danse aux deux sexes à l'aide de diagrammes. Nous résolvions leurs scrupules religieux et leur procurions un code de morale qui aurait fait honneur à des saints de vitraux.

Le journal n'eut aucun succès financier, étant de plusieurs années en avance sur son temps; aussi son état-major était-il limité. Mon département, je m'en souviens, comprenait: les «Conseils aux jeunes mères» (je les rédigeais avec l'assistance de ma propriétaire qui, ayant divorcé une fois et ayant enterré quatre enfants, me paraissait une autorité compétente, touchant toutes les questions domestiques); des «Avis sur l'ameublement et la décoration artistique d'un intérieur avec des dessins»; une colonne de «Conseils littéraires aux jeunes écrivains» (j'espère sincèrement que mes renseignements leur furent d'un meilleur profit qu'à moi-même); et notre article hebdomadaire «Propos amicaux à des jeunes gens», signé «Oncle Henri». Cet «Oncle Henri» était un être jovial, un bon vieux qui avait une expérience vaste et variée et qui était plein de sympathie pour la nouvelle génération. Il avait eu à lutter dans son jeune temps et avait acquis de profondes connaissances en toutes choses. Même encore maintenant je lis les «Propos de l'Oncle Henri» et, quoique ce ne soit pas à moi de le dire, ses conseils me paraissent bons et salutaires. Je me dis souvent que j'aurais dû suivre plus à la lettre ces «Propos de l'Oncle Henri»; cela m'aurait rendu plus sage, j'aurais commis moins d'erreurs et serais aujourd'hui plus satisfait de moi-même.

Une modeste petite femme qui habitait une chambre meublée du côté de Tottenham Court Road, et dont le mari était dans un asile d'aliénés, nous écrivait notre «Article sur la Cuisine», les «Conseils sur l'Education»,—nous regorgions de conseils,—et aussi une page et demie de «Chronique Mondaine», dans ce style personnel et vif qui n'a pas encore disparu entièrement, me dit-on, du journalisme moderne: «Il faut que je vous parle de la toilette divine que j'ai portée à Ascot la semaine dernière. Le prince C...—mais, là, je ne devrais vraiment pas vous répéter toutes les fadaises que ce garçon absurde m'a dites, il est trop fou, et la chère comtesse était, je le crains, quelque peu jalouse, etc., etc.»

Pauvre petite femme! je la vois encore dans sa robe d'alpaga gris rapée et tachée d'encre. Un jour passé à Ascot ou ailleurs au grand air aurait peut-être un peu coloré ses joues pâles.

Notre directeur, l'homme le plus effrontément ignare qu'on pût rencontrer, écrivait, en puisant dans une encyclopédie à bon marché, les pages dédiées aux «Informations Générales» et s'en tirait en somme très bien; pendant ce temps notre groom, assisté d'une excellente paire de ciseaux, collaborait à notre rubrique «Mots d'esprit».

On travaillait dur et l'on était peu payé; ce qui nous soutenait était la conscience que nous avions d'instruire et d'aider nos concitoyens. Le jeu le plus répandu, le plus éternellement et universellement populaire est de jouer à l'école. Réunissez six enfants, faites-les asseoir sur les marches d'un perron et promenez-vous devant eux, en tenant à la main un livre et une canne. Nous jouions à cela étant enfants, nous y jouons grands garçons et fillettes, nous y jouons hommes et femmes; nous y jouerons encore, quand chancelants et penchés, nous nous acheminerons vers la dernière demeure. Jamais, nous ne nous en lassons, jamais cela ne nous ennuie. Une seule chose nous contrarie: c'est la tendance qu'ont les six enfants à se lever à tour de rôle pour prendre en main livre et canne. Je suis sûr que la vogue du métier de journaliste, malgré ses nombreux déboires, réside dans le fait suivant: chaque journaliste croit être celui qui doit aller et venir, le livre et la canne à la main. Les Gouvernements, les Classes Supérieures, le Peuple, la Société, l'Art et la Littérature, ce sont les autres enfants, assis sur les marches du perron. C'est lui, le journaliste, qui les instruit, qui élève leur âme.

Mais je m'égare. J'ai rappelé tout cela pour expliquer l'aversion profonde qui m'empêche maintenant de fournir des informations pratiques. Donc revenons à notre point de départ.

Quelqu'un signant «Ballonist» nous avait écrit pour se renseigner sur la fabrication du gaz hydrogène. Ce n'était pas difficile à fabriquer, autant que je pus en juger d'après ce que j'en avais lu au British Museum; je prévins cependant le susnommé «Ballonist» de prendre toutes sortes de précautions contre un accident possible. Qu'aurais-je pu faire de plus? Dix jours plus tard nous reçûmes au bureau la visite d'une dame au teint coloré qui tenait par la main ce qui selon son explication était son fils, âgé de douze ans. La physionomie de ce garçon était inintéressante à un degré positivement remarquable. Sa mère le fit avancer et lui enleva son chapeau. Je pus alors saisir le pourquoi du geste. Il n'avait pas trace de sourcils et rien ne subsistait de ses cheveux, sauf une ombre grisâtre, poussiéreuse, faisant ressembler sa tête à un œuf dur dépouillé de sa coquille et saupoudré de poivre noir.

—Il y a huit jours, c'était un beau petit garçon dont les cheveux bouclaient naturellement, expliqua la dame (et le ton de sa voix allait s'élevant, signe précurseur d'un orage).

—Qu'est-ce qui lui est arrivé? demanda notre directeur.

—Voilà ce qu'il lui est arrivé, proféra la dame. (Elle tira de son manchon le numéro contenant mon article sur l'hydrogène, marqué au crayon rouge, et le lui jeta au nez. Notre directeur le prit et le parcourut.)

—C'était donc lui, «Ballonist»? questionna-t-il.

—C'était lui, «Ballonist», acquiesça la dame, le pauvre innocent, et regardez-le maintenant!

—Ils repousseront peut-être, suggéra notre directeur.

—Ils repousseront peut-être, repartit la dame (sa voix continuant à s'élever), mais peut-être qu'ils ne repousseront pas. Ce que je voudrais savoir, c'est ce que vous comptez faire pour lui.

Notre directeur proposa une lotion capillaire. J'eus peur à ce moment qu'elle ne lui sautât au visage; mais elle se résigna à se répandre en paroles. Il parut qu'elle ne s'attendait pas à ce qu'on proposât une lotion, mais une indemnité. Elle fit aussi quelques observations sur le caractère de notre journal en général, son utilité, ses prétentions à élever l'esprit du public, et sur la science et l'intelligence de ses collaborateurs.

—Je ne vois vraiment pas en quoi nous sommes fautifs, plaida notre directeur (c'était un homme aux manières timides); il nous avait demandé des renseignements et il les a eus.

—N'essayez pas d'être spirituel, vous, répliqua la dame (il n'avait eu nullement l'intention de faire de l'esprit, sûrement pas; il ne prenait pas les choses à la légère, ce n'était pas là son défaut), ou bien vous recevrez quelque chose que vous n'avez pas demandé. Mais qu'est-ce qui me retient, s'écria la dame si subitement que nous nous retirâmes en toute hâte comme des poules effarées derrière nos chaises respectives, attendez un peu que je rende vos têtes pareilles!

Je suppose, qu'elle voulait dire pareilles à celle de son fils. Elle ajouta encore quelques réflexions de bien mauvais goût sur le physique de notre directeur. Ça n'était certainement pas une femme distinguée.

---

Pour moi, j'étais d'avis que, si elle avait intenté le procès dont elle nous menaçait, elle n'aurait pas obtenu gain de cause; mais notre chef, ayant eu autrefois des déboires avec la justice, avait pour principe d'éviter les ennuis. Je l'ai entendu dire:

—Si un homme dans la rue m'accostait pour me demander ma montre, je la lui refuserais. S'il me menaçait de la prendre par la force, je crois, sans être d'une nature combative, que je ferais de mon mieux pour la défendre. S'il affirmait son intention de l'obtenir en m'intentant un procès devant un tribunal quelconque, je la sortirais de ma poche, la lui donnerais et je m'estimerais heureux d'en être quitte à si bon compte.

Il arrangea l'affaire avec la dame au teint fleuri moyennant un billet de cinq livres, ce qui devait représenter les bénéfices d'un mois du journal; et elle décampa, emmenant son rejeton endommagé. Après son départ, le chef vint me parler affectueusement. Il me dit:

—Ne croyez pas que je vous donne tort; ce n'est pas de votre faute, c'est la faute du destin. Continuez de vous occuper des conseils moraux et de la critique,—en cela vous vous distinguez,—mais abstenez-vous de donner d'autres informations utiles. Vous n'êtes pas fautif, je le répète. Votre renseignement était assez exact, il n'y a rien à lui reprocher; vous n'avez pas la main heureuse, voilà tout.

Je regrette de ne pas toujours avoir suivi ce conseil, cela m'aurait épargné des ennuis à moi-même et à d'autres. Je n'en vois pas la raison, mais c'est un fait, je n'ai qu'à indiquer à quelqu'un le meilleur itinéraire entre Londres et Rome, pour qu'il égare ses bagages en Suisse, ou bien qu'il fasse presque naufrage sitôt après avoir quitté Douvres. Si je renseigne un quidam pour l'achat d'un kodak, il a des difficultés avec la police germanique pour avoir photographié des forteresses. Je me suis donné une fois beaucoup de mal pour expliquer à un homme la façon d'épouser la sœur de sa défunte femme à Stockholm. J'avais trouvé pour lui l'heure du départ du bateau de Hull et les meilleurs hôtels où s'arrêter en route. Je n'avais fait aucune erreur dans les notes que j'avais rédigées à son usage, rien ne clochait nulle part; cependant il ne m'a jamais plus adressé la parole. Et voilà pourquoi je suis arrivé à refréner ma passion de donner des conseils et voilà pourquoi vous ne trouverez pas trace de renseignements pratiques dans ce livre si je peux m'en abstenir. Vous n'y trouverez pas de descriptions de villes, ou de monuments, pas de réminiscences historiques, ni de discours moraux.

J'ai demandé un jour à un étranger distingué ce qu'il pensait de Londres. Il me répondit:

—C'est une très grande ville.

—Qu'est-ce qui vous y a frappé le plus?

—Les gens.

—Qu'en pensez-vous, comparé à d'autres villes: Paris, Rome, Berlin?

Il haussa les épaules:

—C'est plus grand, que voulez-vous que je vous dise de plus?

Une fourmilière ressemble beaucoup à une autre fourmilière: avenues, larges ou étroites, dans lesquelles les petits êtres se bousculent dans une confusion étrange, ceux-ci affairés, importants, ceux-là s'arrêtant pour caqueter, ceux-ci ployant sous de lourdes charges, ceux-là se chauffant au soleil; greniers remplis de nourriture; cellules où ces petits êtres dorment, mangent et aiment, et le coin où reposent leurs petits ossements tout blancs. Telle agglomération est plus vaste, telle autre plus petite. L'une n'est construite que d'hier, tandis que l'autre a été façonnée il y a longtemps, longtemps, avant même l'arrivée des hirondelles...

Et on ne trouvera pas non plus dans ce livre des histoires d'amour, des contes populaires.

Toute vallée qui abrite un hameau a ses légendes. Je vous en dirai le canevas; vous pourrez à votre guise le mettre en vers ou en musique:

Il y avait une jeune fille; il arriva un garçon; ils s'aimèrent; puis il s'en alla. C'est une romance monotone, qui existe dans toutes les langues, car ce jeune homme a dû être un voyageur extraordinaire. On se souvient bien de lui dans l'Allemagne sentimentale. De même les habitants des montagnes bleues d'Alsace se rappellent son arrivée parmi eux; et il a aussi visité les rives d'Islande, si je ne me trompe. C'était un vrai Juif Errant; et encore maintenant, dit-on, la jeune fille imprudente continue à prêter l'oreille au bruit des sabots de son cheval qui se perd dans le lointain.

Dans tel pays, aujourd'hui désert, mais qui comptait au temps passé beaucoup de maisonnettes remplies d'animation, de nombreuses légendes sommeillent; et encore une fois je vous en livre les ingrédients en vous abandonnant le soin d'accommoder votre plat. Prenez un cœur humain, ou deux cœurs humains assortis, un bouquet de passions humaines, il n'en existe pas des masses, une demi-douzaine au plus; assaisonnez-les avec un mélange de bien et de mal; relevez le tout d'une pointe funèbre, et servez quand et où bon vous semblera. «La Cellule du Saint», «d'Abri Hanté», «le Tombeau du Donjon», «le Saut de l'Amant»,—nommez-le à votre guise, le ragoût est partout le même.

Et enfin, ce livre ne contiendra pas de descriptions de paysages. Ce n'est pas paresse. Rien n'est plus facile que de décrire un paysage; rien n'est plus ennuyeux et inutile à lire. Du temps où Gibbon devait se fier au récit des voyageurs pour décrire l'Hellespont, et où les étudiants anglais ne connaissaient les rives du Rhin que par les Commentaires de Jules César, il seyait à tout voyageur illustre de décrire tant bien que mal ce qu'il avait vu. Le docteur Johnson, qui n'avait presque rien visité en dehors des paysages de Fleet Street, devait lire avec plaisir et profit la description des marais de Yorkshire. Le compte-rendu du Snowdon a dû paraître merveilleux à un enfant de Londres n'ayant jamais aperçu un mont plus haut que le Hog's Back en Surrey. Mais de nos jours la machine à vapeur et l'appareil photographique ont changé tout cela. Celui qui tous les ans fait sa partie de tennis au pied du Cervin et sa partie de billard sur le sommet du Righi ne vous sait aucun gré d'une description minutieuse et soignée des collines de Grampian. Quand on a vu une douzaine de peintures à l'huile, une centaine de photographies, un millier de reproductions dans des journaux illustrés et quelques panoramas du Niagara, une description détaillée d'une chute d'eau semblera fastidieuse.

Un de mes amis, un Américain très instruit, qui aime la poésie pour elle-même, me dit s'être fait une idée bien plus exacte et plus engageante des districts des Lacs d'après quelques photographies contenues dans un bouquin à bon marché que d'après la lecture des Coleridge, Southey et Wordsworth réunis. Qu'un auteur lui décrivît un paysage, mon ami ne lui en savait pas plus de gré que d'une relation éloquente de ce qu'il venait de manger à son dîner. Selon lui, chaque art a son département propre, et si la peinture-en-paroles est un piètre interprète des formes et de la lumière, la toile et les couleurs ne valent pas mieux pour traduire les jeux de la pensée.

---

Ce sujet me remet en mémoire une chaude après-midi de collège. La littérature anglaise se trouvant au programme, le cours commença par la lecture d'un certain poème plutôt long, mais ne donnant lieu à aucune remarque intéressante. J'avoue à ma honte avoir oublié le nom de l'écrivain et le titre de l'œuvre. La lecture terminée, nous fermâmes nos livres et le professeur, un indulgent vieux monsieur aux cheveux blancs, nous demanda de lui faire un compte-rendu oral et personnel de ce que nous venions de lire.

—Dites-moi, fit le professeur d'un ton encourageant, de quoi parle-t-on dans ce livre?

—Monsieur, dit le meilleur élève de la classe (il parlait la tête basse et visiblement à contre-cœur), il s'agit d'une vierge.

—Oui, convint le professeur, mais je vous demanderais de me le dire avec des termes à vous. Nous ne disons pas «vierge», n'est-ce pas? nous disons «jeune fille». Oui, on y parle d'une jeune fille. Continuez.

—Une jeune fille, répéta le premier élève (cette substitution avait l'air d'augmenter son embarras) qui vivait dans une forêt.

—Quel genre de forêt?

Le premier élève se mit à inspecter son encrier avec soin, puis regarda le plafond.

—Allons, insistait le professeur, s'impatientant, vous venez de lire pendant dix minutes une description de ce bois. Vous pourrez certainement me dire quelque chose à son sujet.

—Les arbres noueux, aux branches entrelacées, reprit le premier élève.

—Non! non! interrompit le professeur, je ne vous demande pas de réciter le poème. Je veux que vous me disiez, avec des mots de votre façon, quel était le genre de forêt où vivait cette jeune fille.

Et comme le professeur tapait du pied, le premier élève lança cette phrase avec vigueur:

—Monsieur, c'était une forêt comme les autres forêts.

—Dites-lui quel genre de forêt, dit le professeur, s'adressant au deuxième élève.

Le deuxième élève déclara que la forêt était verte.

Cela accrut l'énervement du professeur: il traita le deuxième élève d'imbécile, je ne vois du reste pas pourquoi, et passa au troisième, qui depuis un moment avait l'air d'être sur des charbons ardents et brandissait son bras droit comme un sémaphore détraqué. Il avait du mal à se contenir, l'émotion l'empourprait; il fallait que sa science fit irruption sur le champ, que le professeur le questionnât ou non.

—Une forêt sombre et obscure, s'écria le troisième, visiblement soulagé.

—Une forêt sombre et obscure, répéta le professeur, approuvant évidemment. Et pour quelle raison était-elle sombre et obscure?

Le troisième se montra encore à la hauteur de la question.

—Parce que le soleil ne pouvait pas y pénétrer.

—Le professeur eut la sensation d'avoir découvert le poète de la classe.

—Parce que le soleil ne pouvait pas y pénétrer, ou plutôt parce que les rayons du soleil ne pouvaient pas y pénétrer. Mais pourquoi n'y pouvaient-ils pas pénétrer?

—Monsieur, parce que les feuilles étaient trop épaisses.

—Très bien, dit le professeur. La jeune fille vivait dans une forêt sombre et obscure, à travers le feuillage de laquelle les rayons du soleil n'arrivaient pas à pénétrer. Et maintenant dites-moi ce qui poussait dans ce bois. (Il désignait le quatrième.)

—Oui, monsieur, des arbres, monsieur.

—Et quoi encore?

—Des champignons, monsieur. (Ceci fut dit après une pause.)

Le professeur, n'étant pas tout à fait sûr des champignons, eut recours au texte et trouva que le garçon avait raison; les champignons avaient été mentionnés.

—Et quoi encore? Que trouvez-vous aux pieds des arbres dans une forêt?

—De la terre, monsieur.

—Non, non, que pousse-t-il dans une forêt à part les arbres?

—Oh, des buissons, monsieur.

—Des buissons, très bien. Maintenant nous sommes dans la bonne voie. Il y avait dans cette forêt des arbres et des buissons. Et quoi encore?

Il s'adressait à un petit garçon assis à l'autre bout du rang. Ayant jugé la forêt trop éloignée de lui personnellement pour qu'elle pût lui causer de l'embarras, cet élève occupait ses loisirs à jouer au jeu de croix et zéros avec lui-même. Ennuyé, ahuri, mais sentant l'obligation d'ajouter quelque chose à cet inventaire, il hasarda:

—Des ronces.

C'était une erreur, le poète n'avait pas parlé de ronces.

—Klobstock naturellement pense à quelque chose qui peut se manger, commenta le professeur, qui se flattait d'avoir la repartie vive. (Cela fit éclater contre Klobstock des rires, qui plurent au professeur.)

—A vous, continua-t-il, faisant signe à un garçon assis au milieu. Qu'y avait-il encore dans cette forêt, à part les arbres et les buissons?

—Il y avait un torrent, monsieur.

—Très bien, et que faisait le torrent?

—Il murmurait, monsieur.

—Non pas. Les ruisseaux murmurent, les torrents...?

—Mugissent, monsieur.

—Il mugissait. Et qu'est-ce qui le faisait mugir?

C'était une question embarrassante. Un des garçons—j'admets que ce n'était pas le plus intelligent—suggéra la jeune fille. Le professeur changea la forme de la question pour nous venir en aide.

—Quand mugissait-il?

Notre troisième meilleur élève, venant de nouveau à notre secours, expliqua qu'il mugissait quand il tombait sur les rochers. Je suppose que plusieurs parmi nous eurent l'idée vague, que ce devait être un torrent pusillanime, puisqu'il faisait tant de bruit pour si peu de chose; un torrent plus courageux, estimions-nous, se serait relevé et aurait poursuivi son chemin, sans dire un mot de plus. Un torrent qui beuglait chaque fois qu'il tombait sur un rocher, nous le considérions comme un torrent bien faiblard; mais le professeur, lui, ne semblait pas en être choqué.

—Et qui habitait cette forêt, outre la jeune fille?

—Des oiseaux, monsieur.

—Oui, il y avait des oiseaux dans cette forêt. Et puis quoi encore?

Les oiseaux avaient dû épuiser nos facultés.

—Allons, dit le professeur, quels sont ces animaux à queue qui grimpent si lestement le long des arbres?

Nous restâmes cois un moment, puis l'un de nous suggéra des chats.

Erreur, le poète n'avait pas parlé de chats; des écureuils, voilà à quoi le professeur voulait en venir.

Je ne me souviens pas d'autres détails au sujet de cette forêt. Je me rappelle seulement qu'on mentionnait aussi le ciel. En levant les yeux, vous pouviez apercevoir le ciel là où il y avait des éclaircies entre les arbres; souvent ce ciel était voilé par des nuages et quelquefois, si mes souvenirs ne me trompent pas, la jeune fille était mouillée par une averse.

Je me suis arrêté à cet exemple, parce qu'il me semble être le type des descriptions de paysages en littérature. Je ne comprenais pas à ce moment-là et je ne saisis encore pas aujourd'hui pourquoi le résumé du premier élève n'aurait pas été suffisant. Malgré tout le respect dû au poète quel qu'il ait été, on ne peut nier que cette forêt n'a été et n'aurait pu être autre chose qu'une forêt comme toutes les autres.

Je pourrais vous décrire la Forêt Noire très longuement. Je pourrais traduire Hebel, le poète de la Forêt Noire. Je pourrais écrire des pages sur ses gorges rocheuses et ses vallées riantes, ses pentes couvertes de sapins, ses cimes couronnées de roches, ses ruisseaux écumants (là où le Germain ordonné ne les a pas condamnée à couler respectablement dans des canalisations en bois ou dans des rigoles), sur ses villages blancs, ses hameaux isolés.

Mais un soupçon me poursuit: vous sauteriez tout ce passage. Et si vous étiez assez consciencieux ou assez faible pour le lire, je n'arriverais encore qu'à vous donner de ce pays, une idée qu'expriment beaucoup plus simplement ces paroles d'un guide sans prétention:

«Une contrée montagneuse et pittoresque, limitée au sud et à l'ouest par la vallée du Rhin, vers laquelle ses éperons s'abaissent rapidement. Son sol, au point de vue géologique, est formé pour la plus grande partie de grès jaspé et de granit; ses hauteurs moyennes sont couvertes de vastes forêts de sapins. Elle est arrosée de nombreux cours d'eau et ses vallées très peuplées sont fertiles et bien cultivées. Les auberges y sont bonnes, mais on ne devrait user qu'avec discrétion des vins du pays.»

---

# CHAPITRE SIXIÈME

*Pourquoi nous allâmes à Hanovre. Quelque chose qu'on fait mieux sur le continent. L'art de se servir élégamment des langues étrangères, d'après les méthodes scolaires anglaises. Une histoire vraie, racontée ici pour la première fois. La farce française, pour l'amusement de la jeunesse britannique. Les instincts paternels de Harris. Le cantonnier considéré comme un artiste. Patriotisme de George. Ce que Harris aurait dû faire. Ce qu'il fit. Nous sauvons la vie de Harris. Une ville sans sommeil. Le cheval de fiacre critique.*

Nous arrivâmes à Hambourg le vendredi après une traversée calme et sans événements; et nous voyageâmes de Hambourg à Berlin en passant par Hanovre. Ce qui n'est pas la route la plus directe. Je peux seulement me justifier à la manière du nègre que le juge questionnait sur sa présence dans le poulailler du pasteur.

—Oui, monsieur, le garde-champêtre dit la vérité, j'y ai été, monsieur.

—Ah! vous en convenez donc? Et qu'aviez-vous à faire, avec un sac, dans le poulailler du pasteur Abraham à minuit, s'il vous plaît?

—J'étais en train de vous le dire, monsieur, oui, monsieur. J'étais allé porter un sac de melons à massa Jordan. Oui, monsieur, et massa Jordan a été très aimable et m'a prié d'entrer chez lui.

—Et alors?

—Oui, monsieur, un homme bien aimable que massa Jordan. Et nous sommes restés là à causer, à causer.

—C'est fort probable. Ce que nous voulons savoir, c'est ce que vous aviez à faire dans le poulailler du curé.

—Monsieur, j'allais y arriver. Il était très tard quand j'ai quitté massa Jordan, et alors je me suis dit: «S'agit de prendre tes jambes à ton cou, Ulysse», me suis-je dit, «pour ne pas avoir des embêtements avec la vieille. C'est une femme très bavarde, monsieur, oui, très.»

—Laissez-la de côté; il y a d'autres personnes très bavardes dans cette ville. La maison du pasteur Abraham est à une demi-lieue de la route qui mène de massa Jordan chez vous. Comment y êtes-vous arrivé?

—C'est ce que je m'en vais vous expliquer, monsieur.

—Cela me fera plaisir; de quelle manière allez-vous vous y prendre?

—Eh bien, monsieur, je pense que j'ai dû m'écarter de ma route.

J'admets que nous nous soyons un peu écartés de la nôtre.

Au premier abord, pour une raison ou pour une autre, Hanovre semble peu intéressante, mais elle gagne à être connue. Elle se compose de deux villes: l'une, aux belles rues larges et modernes et aux jardins tracés avec goût, s'adosse à une ville du XVIe siècle. Dans celle-ci, de vieilles maisons en bois surplombent d'étroites ruelles; par des voûtes basses on aperçoit des cours à galeries. Jadis ces cours retentirent du sabot des chevaux caracolants, et je me représente un encombrement de lourds carrosses attelés à six qui attendaient leur riche propriétaire et sa placide et majestueuse épouse. Aujourd'hui des enfants et des poules trottinent là à leur guise, et du haut des galeries sculptées, de pauvres hardes pendent.

Une atmosphère étonnamment anglaise plane sur Hanovre, spécialement le dimanche, lorsque ses magasins fermés et ses sonneries de cloches évoquent un Londres plus ensoleillé. Je n'avais pas seul été frappé de cette atmosphère de dimanche anglais, sinon j'aurais pu mettre cette impression sur le compte de mon imagination. George aussi l'avait ressentie. Harris et moi, nos cigares à la bouche, revenant d'une courte promenade ce dimanche après déjeuner, le trouvâmes doucement endormi dans le meilleur fauteuil du fumoir.

—Après tout, dit Harris, quiconque a du sang anglais dans les veines conserve une impression durable de son dimanche britannique. Je regretterais de le voir disparaître complètement, quoi qu'en pense la nouvelle génération.

Et, prenant chacun possession d'un bout du long canapé, nous tînmes compagnie à George.

On dit qu'on peut apprendre au Hanovre l'allemand le plus pur; soit, mais une fois sorti du Hanovre, qui n'est qu'une petite province, personne ne comprend cet allemand parfait. Dilemme: parler un bon allemand et rester au Hanovre, ou parler un mauvais allemand et voyager. L'Allemagne, divisée pendant tant de siècles en une douzaine de principautés, a le malheur de posséder un grand choix de dialectes. Les Allemands de Posen qui désirent converser avec les habitants du Wurtemberg sont souvent obligés d'avoir recours au français ou à l'anglais. Et les jeunes filles qui ont reçu une éducation coûteuse en Westphalie étonnent et désolent leurs parents en se montrant incapables de comprendre une parole dite dans le Mecklembourg. Il est vrai qu'un étranger qui parle anglais se trouvera non moins déconcerté dans la campagne du Yorkshire ou dans les parages de Whitechapel; mais le cas n'est pas le même: vous constaterez en traversant l'Allemagne que les dialectes provinciaux ne sont pas uniquement parlés par les gens sans éducation ou par les campagnards. En fait, chaque province possède son idiome, dont elle est fière et auquel elle tient. Un Bavarois instruit admettra sans peine qu'au point de vue académique le dialecte allemand du nord est plus correct; il continuera néanmoins à parler celui du sud et l'enseignera à ses enfants.

Je suis porté à croire que l'Allemagne arrivera au courant des siècles à résoudre cette difficulté en parlant anglais. Paysans exceptés, tous les petits garçons, toutes les petites filles parlent anglais. L'anglais sans doute deviendrait en peu d'années la langue mondiale, si la prononciation en était moins arbitraire. Les étrangers s'accordent à dire que, grammaticalement, c'est la langue la plus facile. Un Allemand, la comparant à sa propre langue, où chaque mot de chaque phrase dépend d'au moins quatre règles, nous dira que l'anglais n'a pas de grammaire. Certes, pas mal d'Anglais paraissent être arrivés à la même conclusion; mais ils ont tort. Il existe, en effet, une grammaire, anglaise; un de ces jours nos écoles vont se rendre à cette évidence et on l'enseignera à nos enfants; elle arrivera, qui sait? à pénétrer même dans nos milieux littéraires et journalistiques. Mais pour le moment nous paraissons être de l'avis de l'étranger, qui la considère comme une quantité négligeable. La prononciation anglaise est la pierre d'achoppement de notre langue. On dirait que l'orthographe anglaise a surtout pour but de travestir la prononciation. Il semble que ce soit à dessein d'abattre la suffisance de l'étranger qui, sans cela, l'apprendrait en un an.

Car ils ont en Allemagne, pour enseigner les langues, une méthode qui n'est pas notre méthode; le jeune Allemand ou la jeune Allemande sortant du lycée ou de l'école supérieure à quinze ans, «cela» (comme on peut dire en allemand pour les deux sexes) peut comprendre et parler la langue que «cela» a apprise. Nous avons en Angleterre une méthode pour obtenir le moins de résultat possible avec un maximum de temps et d'argent. Un jeune Anglais, ayant fait des études en Angleterre dans une bonne école moyenne, parvient, avec lenteur et difficulté, à parler à un Français de tantes et de jardiniers, conversation que celui qui ne possède ni les unes ni les autres risque de trouver insipide. Peut-être, s'il est une exception brillante, sera-t-il capable de dire l'heure ou de risquer timidement quelques observations au sujet du temps. Il pourra sans doute réciter de mémoire un assez grand nombre de verbes irréguliers; mais le fait est qu'il existe peu d'étrangers avides d'écouter leurs propres verbes irréguliers conjugués par de jeunes Anglais. Il pourrait également rappeler un choix d'idiotismes grotesques de la langue française, qu'aucun Français actuel n'aurait jamais entendus et ne comprendrait, même en les entendant. Ceci s'explique par le fait qu'il a appris le français neuf fois sur dix dans l' «Ahn, cours élémentaire.» L'histoire de ce volume célèbre est curieuse et instructive. Il avait été rédigé par un Français spirituel qui avait habité l'Angleterre pendant quelques années et qui avait eu l'intention d'écrire un livre humoristique, une satire sur les ressources de conversation de la société britannique. Le sujet, à ce point de vue, était remarquablement traité.

Il le proposa à une maison d'édition de Londres. Le directeur était un homme malin. Il parcourut le volume. Puis il envoya chercher l'auteur.

—Votre livre, lui dit-il, est pétillant d'esprit. Il m'a fait rire aux larmes.

—Je suis enchanté de l'apprendre, répondit le Français, flatté. J'ai essayé d'être véridique sans devenir inutilement agressif.

—Il est très amusant, poursuivit le directeur, et cependant j'ai le sentiment que ce sera un demi-succès si nous le publions comme une plaisanterie.

La figure de l'auteur s'allongea.

—Son humour, continua le directeur, serait jugé extravagant et forcé. Les intellectuels et les penseurs en seraient amusés, mais au point de vue commercial, cette partie du public est négligeable. Or, j'ai une idée. (D'un rapide coup d'œil circulaire, il s'assura qu'ils étaient seuls, puis, se penchant vers l'auteur, et sa voix ne fut plus qu'un souffle:) J'ai l'intention de le publier comme ouvrage sérieux, à l'usage des écoles!

L'auteur le regarda, effaré.

—Je connais l'instituteur anglais, insista le directeur, ce livre aura son approbation. Il conviendra exactement à sa méthode. Notre instituteur ne saurait rien trouver de plus stupide, rien de moins opportun. Il s'en léchera les babines, comme une jeune chien qui lèche du cirage.

L'auteur acquiesça, sacrifiant l'art à l'intérêt. Ils changèrent le titre et ajoutèrent un vocabulaire, laissant, à part cela, le livre tel quel.

Le résultat en est connu de tous les élèves. «Ahn» est devenu le fondement de l'éducation philologique anglaise. S'il n'a pas conservé sa prépondérance, c'est qu'on a inventé depuis quelque chose d'encore moins adapté au but.

Au cas où l'écolier britannique tirerait de l'enseignement d'Ahn quelque faible connaissance du français, la méthode pédagogique anglaise réussirait à annuler ce résultat, grâce à ce qu'on appelle dans les prospectus «un professeur indigène». Ce Français de naissance, entre parenthèses généralement un Belge, est sans aucun doute un personnage fort respectable, et certainement comprend et parle assez couramment sa propre langue. Mais là s'arrêtent ses facultés. C'est invariablement un monsieur remarquable par son incapacité à enseigner quoi que ce soit à qui que ce soit. Il semble, en effet, avoir été choisi plutôt pour amuser la jeunesse que pour l'instruire. C'est toujours un être comique. Nul Français d'apparence distinguée ne serait accepté dans aucune école anglaise. Il est d'autant plus estimé par ses chefs que la nature l'a gratifié de quelques particularités susceptibles de provoquer l'hilarité. La classe le considère naturellement comme un pantin. Les trois ou quatre heures hebdomadaires affectées à cette farce surannée sont attendues par les élèves comme un intermède amusant dans une existence monotone. Et quand, par la suite, les parents pleins d'orgueil emmènent leur fils et héritier à Dieppe pour découvrir que le jeune homme n'en sait pas assez pour héler un fiacre, ils ne blâment pas la méthode, mais sa victime innocente. Je borne ma critique au français, car c'est la seule langue que nous essayions d'enseigner à notre jeunesse. Un jeune Anglais qui saurait parler l'allemand serait considéré comme peu patriote. Je n'ai jamais pu comprendre pourquoi nous perdions notre temps à enseigner le français même d'après cette méthode. Il est respectable d'ignorer totalement une langue. Mais à part les journalistes humoristes et les dames romancières pour qui la nécessité en est évidente, cette connaissance superficielle du français, de laquelle nous sommes si fiers, ne sert qu'à nous rendre ridicules.

La méthode dans les écoles allemandes est tout autre. On consacre une heure par jour à la même langue avec l'intention de ne pas laisser aux élèves le temps d'oublier entre deux leçons ce qu'ils viennent d'apprendre. On ne leur procure pas des étrangers comiques pour les divertir. La langue choisie est enseignée par un professeur allemand, qui la connaît à fond, aussi complètement qu'il connaît la sienne. Ce système ne permettra peut-être pas au jouvenceau germanique de s'approprier cet accent parfait, grâce auquel le touriste britannique a acquis une renommée si méritée dans les pays étrangers, mais il présente d'autres avantages. Les élèves ne surnomment pas leur professeur «la Grenouille» ou bien «le Boudin», ni n'amassent en vue de cette leçon de français ou d'anglais des provisions de plaisanteries d'un goût calamiteux. Ils se contentent d'y assister et essaient de s'assimiler cette langue étrangère dans leur propre intérêt et au prix du moindre effort pour eux et le professeur. Sortant de l'école, ils seront à même de ne pas parler seulement de canifs, de tantes ou de jardiniers, mais de discuter politique européenne, histoire, Shakespeare ou tours d'acrobates, selon les hasards de la conversation.

Observant le peuple allemand au point de vue anglo-saxon, j'aurai peut-être dans ce livre l'occasion de le critiquer, mais il y a chez eux pas mal de choses que nous ferions bien d'imiter et, en matière d'éducation, ils peuvent nous rendre quatre-vingt-dix-neuf points sur cent et gagner haut la main.

Hanovre est entouré au sud et à l'ouest par la belle forêt d'Eilenriede, théâtre d'un événement tragique où Harris eut un rôle prépondérant.

Cette forêt est un lieu très fréquenté par les Hanovriens dans les jours de soleil et ses routes ombragées sont alors remplies d'une foule heureuse et insouciante. Nous traversâmes la forêt sur nos machines le lundi après-midi, entourés de beaucoup d'autres cyclistes, parmi lesquels une demoiselle jeune et belle, sur une machine neuve. Elle était selon toute apparence novice dans l'art de monter à bicyclette. On avait d'instinct la sensation qu'elle allait avoir besoin d'assistance à un moment donné, et Harris, selon sa nature chevaleresque, proposa de rester à proximité. Harris, ainsi qu'il a l'habitude de nous l'expliquer à George et à moi, a lui-même des filles ou plus exactement il a une fille qui, le temps aidant, cessera sans doute de faire des culbutes dans le jardin devant la maison et deviendra une jeune fille comme il faut. C'est ce qui donne à Harris le droit de s'intéresser à toutes les belles demoiselles qui n'ont pas dépassé trente-cinq ans; elles lui rappellent, dit-il, son home.

Après avoir parcouru deux lieues, nous aperçûmes non loin de nous, à un endroit où cinq chemins se rencontrent, un homme qui arrosait les routes, un tuyau à la main. Ce tuyau, supporté à chaque articulation par une paire de toutes petites roulettes, serpentait derrière lui, en suivant ses mouvements, ver gigantesque qui de sa gueule ouverte projetait un fort jet d'eau d'un gallon environ à la seconde. Tantôt il s'élevait vers le ciel, ce jet, et tantôt inondait la terre, au gré de l'homme qui des deux mains serrait solidement la partie antérieure du monstre.

—Voilà une méthode bien préférable à la nôtre, observa Harris, plein d'enthousiasme. (Harris a la manie de critiquer sévèrement tout ce qui se fait en Angleterre.) Combien elle est plus simple, plus rapide et plus économique! Vous voyez, elle permet à un seul homme d'arroser en cinq minutes une étendue de route que nous, avec nos camions d'arrosage lourds et encombrants, n'arriverions pas à couvrir en une demi-heure.

George, qui était en tandem derrière moi, dit:

—Oui, et c'est également un moyen, pour un cantonnier un peu insouciant, d'arroser beaucoup de personnes en beaucoup moins de temps qu'il ne leur en faudrait pour se garer.

George, à l'opposé de Harris, est anglais jusqu'au plus profond de son cœur. Je me rappelle avoir vu George chauvinement indigné contre Harris qui vantait les avantages de la guillotine et désirait la voir introduire en Angleterre.

—C'est tellement plus propre, disait-il.

—Je m'en moque, répondait George, je suis un Anglais; la pendaison suffit à mon bonheur.

—Notre voiture d'arrosage a peut-être des désavantages, continua George, mais elle ne peut tout au plus que vous humecter un peu les jambes, désagrément facile à éviter, tandis qu'avec cette machine un homme peut vous suivre au tournant d'une rue et aux étages supérieurs.

—Je regarde les arroseurs de rue et ils me fascinent, dit Harris. Ils sont si adroits! J'en ai vu un à Strasbourg qui, placé au coin d'un grand carrefour très animé, arrosait chaque pouce de terrain sans seulement mouiller le ruban d'un tablier. Leur appréciation des distances est mathématique. Ils enverront leur eau mourir au bout de vos pieds, puis, par dessus vos têtes, la feront tomber à la limite de vos talons. Ils savent.

—Ralentis une minute, dit George.

—Pourquoi?

—J'ai l'intention, me répondit-il, de descendre et d'observer de derrière un arbre la suite de cette représentation. Il y a peut-être dans ce métier quelques sujets très perfectionnés, selon l'avis de Harris, mais cet artiste-là ne me paraît pas tout à fait à la hauteur. Il vient de saucer un chien, et en ce moment il est en train d'arroser un poteau indicateur. Je m'en vais attendre qu'il ait fini.

—Voyons, il ne vous mouillera pas, dit Harris.

—C'est justement de quoi je voudrais m'assurer d'abord, répondit George.

Ce disant, il sauta à terre et, prenant position derrière un orme magnifique, il tira sa pipe et commença à la bourrer.

Je n'avais aucune envie d'actionner le tandem à moi seul; je sautai donc également à terre et le rejoignis. Harris nous cria que nous étions une honte pour le pays qui nous avait vus naître et poursuivit sa route.

Une seconde plus tard, j'entendis le cri de détresse d'une femme. En jetant un coup d'œil de derrière le tronc de l'orme, je me rendis compte qu'il provenait de cette jeune dame, élégante, mentionnée plus haut, et qu'intéressés par les manœuvres du cantonnier nous avions oubliée. Elle montait sa machine avec constance et sans regarder ni à droite ni à gauche, poussant en ligne directe à travers un torrent provenant du tuyau. Elle semblait paralysée au point de ne pouvoir ni descendre de sa bicyclette, ni changer la direction. Elle était de plus en plus trempée, car l'homme au tuyau, qui devait être aveugle ou ivre, continuait à l'arroser avec une parfaite indifférence. Une douzaine de voix se mirent à l'invectiver, ce qui le laissa impassible.

Les sentiments paternels de Harris, profondément remués, lui dictèrent alors une conduite raisonnable et appropriée aux circonstances. S'il avait continué à montrer le même sang-froid, il eût été le héros du jour, au lieu d'avoir à se sauver, ainsi qu'il fit, sous les huées. Sans un moment d'hésitation il se dirigea sur l'homme, sauta à terre et, saisissant la lance par l'embouchure, il essaya de la lui arracher.

Ce qu'il aurait dû faire et ce que tout homme réfléchi eût fait, c'eût été de fermer le robinet dès qu'il eut pris l'appareil en main. C'est alors qu'il aurait pu disposer du cantonnier comme d'un football, ou bien comme d'une balle de tennis, à sa guise; et il aurait eu l'approbation des vingt ou trente personnes accourues pour voir la scène. Il avait été guidé par le désir, comme il nous l'expliqua plus tard, de saisir le tuyau et de diriger un jet vengeur sur l'imbécile en personne. L'arroseur avait apparemment la même idée, savoir, de retenir le tuyau et de s'en servir comme d'une arme pour inonder Harris. Ils arrivèrent naturellement à eux deux à ce seul résultat de saucer tout, hommes et choses, à cinquante yards à la ronde, à l'exception d'eux-mêmes. Un furieux, trop trempé déjà pour se soucier de ce qui adviendrait encore, bondit dans l'arène et prit une part active au combat. A eux trois, ils eurent tôt fait de vider les alentours à l'aide de ce tuyau. Ils le dirigèrent vers le ciel et l'eau retomba sur les assistants en un déluge équatorial. Ils l'abaissèrent vers la terre et envoyèrent l'onde en torrents bondissants qui, soulevant les gens, leur faisaient perdre pied ou, les prenant à la taille, les faisaient tourbillonner. Aucun d'eux ne voulait lâcher prise, aucun d'eux ne pensait à couper le jet. Vous auriez pu croire qu'ils luttaient contre quelque force préhistorique et naturelle. En moins de quarante-cinq secondes, d'après George, qui chronométrait, ils avaient balayé ce rond-point, où il n'y avait plus trace d'être vivant à l'exception d'un chien qui, ruisselant comme une ondine, roulé de ci et de là par la violence de l'eau, arrivait à se remettre vaillamment de temps en temps sur ses pieds, aboyant par défi contre ce qu'il considérait sans doute comme les forces déchaînées d'un enfer à rebours.

Hommes et femmes avaient abandonné leurs machines sur le terrain et s'étaient sauvés dans la forêt. Derrière chaque arbre un peu important apparaissaient des têtes mouillées et furibondes. Enfin un nomme de bon sens fit son entrée sur la scène. Bravant les événements, il se faufila jusqu'à la prise d'eau, saisit la clef de fer et la tourna. Alors de derrière quarante arbres sortirent des êtres humains plus ou moins trempés: et chacun avait à placer son mot.

Je commençai par me demander lequel des deux, ou du brancard, ou du panier à linge, serait plus utile au transport de la dépouille mortelle de Harris à l'hôtel. J'estime que c'est grâce à la promptitude que montra George en cette occurrence, que la vie de Harris fut épargnée. Ayant pu se maintenir sec et, pour cette raison, plus alerte, il put devancer la foule. Harris tenait à donner des explications, mais George coupa court.

—Enjambez-moi cela, dit-il, en lui passant sa bicyclette, et filez. Ils ne savent pas que nous sommes ensemble et, vous pouvez vous fier aveuglément à nous, nous ne divulguerons pas ce secret. Nous allons vous suivre de façon nonchalante et nous les empêcherons d'avancer. Allez en zigzaguant de crainte des balles.

Désirant conserver à la relation de cette scène son caractère strictement véridique, j'en ai lu la description à Harris, afin qu'elle ne contînt rien autre que la vérité pure. Harris la trouva amplifiée, mais voulut bien admettre qu'une ou deux personnes avaient été «légèrement aspergées». Je lui proposai de diriger sur lui un tuyau d'arrosage à la distance de vingt mètres pour voir s'il continuerait à se considérer comme «légèrement aspergé»; mais il se déroba à l'expérience. Il prétendit de même qu'il y avait eu au plus une demi-douzaine de victimes en cette algarade et que le nombre de quarante est une exagération ridicule. Je lui proposai de retourner à Hanovre en sa compagnie et de faire une enquête sérieuse sur cette affaire; mais cette offre fut également déclinée. C'est pourquoi je maintiens l'intégrité de mon rapport sur ces événements dont aujourd'hui encore un certain nombre de Hanovriens se souviennent avec amertume.

Nous quittâmes Hanovre le même soir et arrivâmes à Berlin à temps pour dîner et faire ensuite une petite promenade. Berlin est une ville décevante. Le centre est une cohue, les faubourgs sont presque un désert; *Unter den Linden*, la seule avenue réputée, beaucoup trop large pour sa longueur, est singulièrement peu imposante, malgré le vain désir qu'on y sent de combiner Oxford Street avec les Champs-Elysées; ses théâtres sont coquets et charmants, on y attache plus d'importance au jeu des acteurs qu'à la mise en scène ou aux costumes; on ne maintient pas une œuvre au répertoire pendant des mois, et les pièces à succès y sont jouées et reprises, en alternant, ce qui permet d'aller au même théâtre une semaine, chaque soir avec un nouveau spectacle; son Opéra n'est pas digne de la capitale, ses music-halls sont mal agencés et beaucoup trop vastes pour être beaux, je ne parle pas de l'atmosphère de vulgarité qui y règne. L'heure de l'affluence dans les cafés et les restaurants est de minuit à trois heures du matin; cependant la plupart des personnes qui y fréquentent se lèvent à sept heures: le Berlinois a-t-il résolu le grand problème de la vie moderne, vivre sans dormir, ou comme Carlyle se réserve-t-il pour l'éternité?

---

Personnellement je ne connais pas d'autres villes où l'on se couche aussi tard, excepté Petersbourg. Seulement notre Petersbourgeois ne se lève pas d'aussi bonne heure. Les music-halls à Petersbourg, où il est de mode de n'aller qu'après le théâtre, ne commencent pas avant minuit, car on doit compter une demi-heure pour s'y rendre avec un traîneau rapide. Pour traverser la Néva à quatre heures du matin, il faut littéralement se frayer un passage. Les voyageurs choisissent de préférence les trains qui partent à cinq heures du matin. Ces trains épargnent au Russe l'ennui de se lever de bonne heure. Il souhaite une «bonne nuit» à ses amis et s'en va à la gare après un souper confortable, sans mettre sa maison en révolution.

Berlin possède son Versailles, c'est Potsdam, une très jolie petite ville située entre des lacs et des forêts. Là, dans les allées ombragées de ce parc calme et vaste de Sans-Souci, on évoque aisément Frédéric, décharné et barbouillé de tabac selon son habitude, se promenant avec Voltaire à la voix aiguë.

Cédant à mon avis, George et Harris consentirent à ne pas s'arrêter longtemps à Berlin, mais à hâter notre départ pour Dresde. Berlin n'offre pas de curiosités qu'on ne puisse voir en mieux ailleurs et nous décidâmes de nous contenter d'une promenade à travers la ville. Le portier de l'hôtel nous fit faire la connaissance d'un cocher de fiacre qui, nous affirma-t-il, allait nous montrer tout ce qui en vaudrait la peine dans le moins de temps possible. Il vint nous prendre à neuf heures du matin. C'était vraiment le guide rêvé. Il paraissait d'une intelligence vive et bien informée; son allemand était compréhensible et quelques bribes d'anglais servaient à combler les lacunes. Aucune objection contre cet homme, mais son cheval était bien l'animal le moins sympathique derrière lequel je me sois jamais trouvé assis.

Il nous prit en grippe dès qu'il nous aperçut. Je fus le premier à sortir de l'hôtel. Il tourna la tête vers moi et me toisa de haut en bas, de son œil froid et vitreux; puis il se tourna vers un autre cheval, un ami, qui se trouvait en face de lui. Je sais ce qu'il lui dit. Il avait une physionomie expressive et ne fit aucun effort pour déguiser sa pensée. Il dit:

—Drôles de corps que l'on rencontre en été, hein?

George me suivit de près et s'arrêta derrière moi. De nouveau le cheval tourna la tête vers nous et regarda. Jamais je n'avais vu un cheval capable de se contorsionner comme celui-là. J'ai bien vu une girafe faire avec son cou des mouvements, qui forçaient l'attention. Mais ce cheval éveillait plutôt l'idée d'une apparition de cauchemar après une journée poussiéreuse passée à Ascot et suivie d'un bon dîner avec six vieux camarades. Si j'avais vu ses yeux me fixer à travers ses membres postérieurs, je crois que je ne m'en serais pas étonné outre mesure.

L'apparition de George parut l'amuser encore beaucoup plus que la mienne. Il se tourna vers son ami:

—Extraordinaire, n'est-ce pas? remarqua-t-il; il doit exister un endroit, quelque part sur la terre, où on les élève.

Puis il se mit à chasser avec sa langue les mouches qui couvraient son épaule gauche. Je commençais à me demander si, ayant perdu sa mère tout enfant, il n'avait pas été recueilli par un chat.

George et moi grimpâmes dans la voiture et attendîmes Harris. Il arriva un moment après. J'étais enclin à penser que son aspect était plutôt soigné. Il portait un costume en flanelle blanche à culotte courte, qu'il s'était spécialement fait tailler pour monter à bicyclette en été; son chapeau peut-être sortait un peu de l'ordinaire, mais l'abritait d'une manière vraiment efficace contre le soleil.

Le cheval le toisa d'un seul regard, dit: «*Gott im Himmel!*» aussi clairement que jamais cheval ait parlé et se mit à trotter d'une allure rapide le long de la Friedrichstrasse, abandonnant Harris et le cocher sur le trottoir. Son patron lui ordonna de s'arrêter, mais il ne s'en préoccupa pas. Ils coururent après nous et purent nous arrêter au coin de la Dorotheenstrasse. Je ne pus saisir ce que l'homme dit au cheval, il parla vite et avec excitation; mais je comprenais quelques bribes de phrases telles que:

—Je suis bien forcé de gagner ma vie, hein? Qui t'a demandé ton avis? Ah, tu t'en moques pas mal, tant que tu as à boire!

Le cheval coupa court en prenant la Dorotheenstrasse de son propre chef. Je pense qu'il lui répondit:

—En route alors, et n'en parlons plus! Tâchons d'en finir avec cette plaisanterie et prenons autant que possible les rues les moins fréquentées.

En face du Brandenburger Thor notre cocher attacha les guides autour du fouet, descendit de son siège et vint vers nous pour nous donner des explications. Il nous montra le Thiergarten, puis nous détailla le Reichstags Haus. Il nous précisa sa longueur exacte, sa hauteur et sa largeur selon la manière des guides. Il appela ensuite notre attention sur le Thor. Il le dit construit en grès, imitant les «Properleer» d'Athènes.

A ce moment-là, le cheval, qui avait occupé ses loisirs à se lécher les jambes, tourna la tête. Il ne proféra pas une parole, il ne fit que regarder.

L'homme reprit, nerveusement. Cette fois-ci il dit que c'était en imitation des «Propeyedliar».

Le cheval alors se mit à parcourir les Linden et rien ne put le déterminer à ne pas prendre par les Linden. Son patron discuta avec lui, mais il continua à trotter. Il avait une manière de hausser les épaules tout en marchant, qui, à mon avis, signifiait:

—Ils ont vu le Thor, n'est-ce pas? Eh bien, c'est tout ce qu'il faut. Quant au reste, vous ne savez pas de quoi vous parlez et ils ne vous comprendraient pas, même si vous le saviez. Parlez donc allemand.

Et ce fut ainsi tout le long des Linden. Le cheval consentit à s'arrêter tout juste assez de temps pour que nous pussions jeter un long regard sur ce qu'il y avait à voir et en entendre le nom. Il coupa court à toute explication ou description par le procédé simple qui consistait à continuer son chemin.

Il a dû se dire: «Ces messieurs ne veulent pas autre chose que pouvoir dire aux gens, en rentrant chez eux, qu'ils ont vu tout cela. Si je les juge avec injustice et qu'ils soient plus intelligents qu'ils n'en ont l'air, ils trouveront dans un guide des informations bien plus précises que celles que mon vieil idiot peut leur donner. Qui aurait envie de savoir la hauteur d'un clocher? On l'oublie cinq minutes après. Ce qu'il me fatigue avec son babil! Pourquoi ne se dépêche-t-il pas, qu'on puisse rentrer déjeuner?»

Réflexion faite, peut-être bien que ce vieil animal borgne était dans le vrai. Il est certain que je me suis déjà trouvé en compagnie d'un guide dans des circonstances où j'aurais apprécié l'intervention de ce cheval.

Mais on ne reconnaît jamais les bienfaits de l'heure, puisque dans la circonstance nous l'avons maudit au lieu de le bénir.

---

# CHAPITRE SEPTIÈME

*George s'étonne. L'amour germanique de l'ordre. Le concert de merles dans la Forêt Noire aura lieu à sept heures du matin. Le chien en porcelaine. Sa supériorité sur tous les autres chiens. Une contrée bien entretenue. Comment devrait être aménagée une vallée dans les montagnes d'après l'idéal allemand. Comment se fait l'écoulement des eaux en Allemagne. Le scandale de Dresde. Harris donne une représentation. Elle reste inappréciée. George et sa tante. George, un coussin et trois demoiselles.*

A un certain moment, entre Berlin et Dresde, George, qui était resté pendant le dernier quart d'heure à regarder très attentivement par la portière, nous déclara:

—Pourquoi a-t-on l'habitude en Allemagne d'accrocher au haut des arbres les boîtes aux lettres? Pourquoi ne pas les fixer à la grande porte, comme on fait chez nous? Il me semble que je détesterais grimper au sommet d'un arbre pour prendre mon courrier, sans compter la corvée inutile imposée au facteur. J'ajoute que la tournée de cet employé doit être des plus fatigantes, pour peu qu'il soit corpulent, et même dangereuse par des nuits de tempête. S'ils tiennent absolument à suspendre leur boîte à un arbre, pourquoi ne pas l'attacher aux branches basses, au lieu de choisir les branches les plus élevées? Mais il est possible que j'émette un jugement téméraire sur ce pays, continua-t-il, une nouvelle idée se présentant à lui. Il est probable que les Allemands, qui nous devancent en beaucoup de points, ont perfectionné le service des pigeons voyageurs. Mais, même en ce cas, je ne peux m'empêcher de remarquer qu'il eût été plus simple, pendant qu'ils y étaient, de dresser les oiseaux à déposer leurs messages plus près de la terre. Ce doit être un travail pénible, même pour un Allemand adulte de force moyenne, de retirer son courrier de ces boîtes.

Je suivis son regard à travers la portière et lui dis:

—Ce ne sont pas des boîtes aux lettres, ce sont des nids. Il faut que vous pénétriez cette nation. L'Allemand aime les oiseaux, mais il n'aime que les oiseaux soigneux. Un oiseau abandonné à lui-même construit son nid n'importe où. Le nid n'est pas un bel objet, suivant la conception allemande du beau. On n'y trouve pas trace de peinture, pas trace de décoration, pas même un drapeau. Une fois qu'il l'a terminé, l'oiseau recommence à aller et venir et laisse tomber sur les pelouses des brindilles, des tronçons de vers, une foule de choses. Il est inconvenant. Il fait la cour à sa femme ou se chamaille avec elle, il donne la becquée à ses petits, et tout cela en public. Le propriétaire allemand en est choqué. Il dit à l'oiseau: «Je t'affectionne pour beaucoup de raisons. J'aime te voir, j'aime t'entendre chanter, mais je n'aime pas tes manières. Prends cette petite boîte, mets-y toutes tes petites affaires, pour que je ne les voie pas. Sors-en, lorsque l'envie te prendra de chanter, mais vis-y ta vie intime. Reste dans ta boîte, et surtout ne salis pas le jardin.»

---

En Allemagne on respire l'amour de l'ordre en même temps que l'air; en Allemagne les bébés battent la mesure avec leur hochet, et l'oiseau allemand en est arrivé à être fier de sa boîte, et à mépriser les quelques incivilisés qui continuent à construire leurs nids sur les branches et dans les haies. Dans la suite des temps, on peut en être sûr, chaque oiseau allemand aura sa place marquée dans les concerts d'oiseaux. Le chant confus et irrégulier de la gent emplumée doit, on le sent, irriter au plus haut point l'esprit si précis des Allemands, il manque de méthode; l'Allemand, amoureux de musique, y mettra de l'ordre. Quelque oiseau de forte taille et de belle prestance sera dressé à tenir le rôle de chef d'orchestre. Pour qu'ils ne gâchent plus le meilleur de leur talent dans un bois à quatre heures du matin, il les fera chanter dans un Biergarten, accompagnés d'un piano. Telle est la tournure que prendront les choses.

L'Allemand aime la nature, mais sa conception de la nature est artificielle et symétrique. Il s'intéresse beaucoup à son jardin; il plante sept rosiers du côté nord, sept du côté sud, et s'ils n'atteignent pas tous la même hauteur et n'ont pas tous la même silhouette, il en perd le sommeil. Chaque fleur, il l'attache après un bâton. Cela nuit à la beauté de la plante, mais il a, par contre, la satisfaction de savoir qu'elle est là et qu'elle se conduit bien. Il a également un bassin revêtu de zinc; une fois par semaine il le retire, l'emporte dans sa cuisine et le récure. Il place un chien de faïence au centre géométrique de la pelouse, qui souvent ne dépasse pas la largeur d'une nappe et est généralement entourée d'arceaux. Les Allemands adorent les chiens, mais en général ils les préfèrent en faïence. Le chien de faïence ne creuse pas de trous dans les parterres pour y enterrer des os, ni ne disperse les fleurs à tous les vents avec ses pattes de derrière. Au point de vue allemand, c'est le chien idéal. Il ne s'enfuit pas de l'endroit où on le pose, et on ne le rencontre pas en des lieux où sa présence est gênante. On peut le choisir parfait en tous points, d'après les derniers engouements de l'exposition canine; ou bien on peut suivre sa propre fantaisie et avoir quelque chose d'unique; on n'est pas, comme avec les autres chiens, limité dans son choix par les rigueurs de l'hérédité. En faïence on peut avoir un chien rose, un chien bleu. Moyennant une petite augmentation on aura même un chien à deux têtes.

A date fixe, en automne, l'Allemand couche les plantes de son jardin et les couvre d'une natte. A date fixe, au printemps, il les découvre et les redresse. Si d'aventure l'automne était exceptionnellement doux ou le printemps exceptionnellement sévère, tant pis pour les malheureux végétaux. Aucun véritable Allemand ne songerait à sacrifier la pureté d'un rite aux fantaisies incontrôlées des saisons; incapable de régler le temps, il l'ignore.

Aux autres arbres notre Allemand préfère le peuplier. Certaines nations moins disciplinées pourront chanter les beautés du chêne rugueux, du marronnier ombrageux, de l'orme ondulant sous la brise. Ces arbres capricieux et volontaires choquent les yeux allemands. Le peuplier pousse où on l'a planté et comme on l'a planté. Il n'a aucune idée originale ou inconvenante. Ce n'est pas lui qui songerait à étaler des rameaux d'ombre, autour d'un tronc tourmenté. Il pousse simplement droit, tout droit, comme doit pousser un arbre allemand. Les Allemands déracineront peu à peu les autres arbres pour les remplacer par des peupliers.

L'Allemand aime la campagne, mais, comme disait la dame qui avait vu un sauvage, «il la préfère plus habillée». Il aime à se promener dans les bois... vers un restaurant; mais le sentier doit être bordé d'un caniveau en briques pour l'écoulement régulier des eaux et, tous les quinze mètres environ, posséder un banc sur lequel le promeneur pourra se reposer et s'éponger le front; car l'Allemand ne songe pas plus à s'asseoir sur l'herbe qu'un évêque anglican ne songerait à dévaler en dégringolade une pente abrupte. Il aimera contempler du sommet d'un mont la nature, mais il veut, sur ce sommet, une table panoramique qui lui expliquera ce qu'il voit et une autre table avec un banc où s'asseoir pour un frugal repas, «belegte Semmel» et bière, dont il a eu la précaution de se munir au départ. Si en outre il est assez heureux pour apercevoir, accroché à un arbre, un arrêté de police lui interdisant de faire ceci ou cela, il éprouvera une sensation particulière de confort et de sécurité.

L'Allemand n'est pas ennemi d'un paysage sauvage, pourvu que ce paysage ne soit pas sauvage par trop. S'il le considère comme tel, il s'efforcera de le dompter. Je me rappelle, proche de Dresde, une vallée étroite et pittoresque, conduisant vers l'Elbe. Les lacets de la route y suivent un torrent qui, entre des rives ombreuses écume et bondit parmi les galets et les rocs pendant environ un kilomètre. Je le suivais enchanté, lorsque, à un tournant, je me trouvai face à face avec une équipe d'ouvriers occupés à mettre de l'ordre dans cette vallée et à donner au cours d'eau un aspect respectable. Ils enlevaient soigneusement toutes les pierres qui l'obstruaient. Ils cimentaient les rives; ils arrachaient ou taillaient les buissons et les arbres qui dépassaient les bords, les vignes vierges et les plantes grimpantes. Un peu plus loin le travail était déjà au point et je contemplai ce que doit être une vallée d'après les idées allemandes. L'eau, massée maintenant en un courant large et noble, coulait dans un lit aplani et sablonneux entre deux murs couronnés d'une crête imposante. Tous les cent mètres elle descendait gentiment trois marches en bois. Sur chaque rive une petite étendue de terrain avait été défrichée et à intervalles réguliers on y avait planté des peupliers. Chaque arbrisseau était protégé par un treillage d'osier et soutenu par une baguette de fer. Le conseil municipal espère dans la suite des temps «finir» la vallée d'un bout à l'autre et en faire une promenade digne de l'amateur pointilleux d'une nature à l'allemande. On y trouvera un banc tous les cinquante mètres, un arrêté de police tous les cent et un restaurant tous les cinq cents.

Et voilà ce qu'ils font depuis le Memel jusqu'au Rhin: mettre en ordre leur pays. Je me souviens parfaitement du Wehrtal. Ce fut jadis la vallée la plus romanesque qu'on pût trouver dans la Forêt Noire. La dernière fois que je la descendis, j'y rencontrai un campement d'une centaine d'Italiens: ils étaient en plein travail, traçant à la petite Wehr sauvage le chemin qu'elle devait suivre; ils embriquetaient les rives, ils faisaient sauter les rochers, lui fabriquaient des marchés en ciment pour qu'elle voyageât avec décence et sobriété.

Car en Allemagne on ne badine pas avec la nature indisciplinée, on ne lui permet pas de faire ses quatre volontés. En Allemagne la nature est arrivée à bien se conduire et à ne pas donner le mauvais exemple aux enfants. Un poète allemand, apercevant une chute d'eau, ne s'arrêterait pas, comme le fit Southey devant celles de Lodore, pour la décrire en des vers pleins d'allitérations,—il s'empresserait d'avertir la police, et dès lors les minutes de la belle chute seraient comptées.

—Voyons, voyons, pourquoi tout ce bruit? dirait aux eaux la voix sévère de l'autorité; vous savez que nous ne pouvons pas tolérer cet état de choses, descendez doucement. Où croyez-vous donc être?

Et le conseil municipal pourvoirait ces eaux de tuyaux de zinc, de caniveaux de bois et d'un escalier en colimaçon et leur montrerait comment descendre raisonnablement, d'après l'idéal allemand.

C'est un pays bien ordonné que l'Allemagne.

---

Nous arrivâmes à Dresde le mercredi soir avec l'intention d'y rester jusqu'au lundi.

A certains points de vue Dresde est peut-être la ville la plus agréable de l'Allemagne. Elle mérite mieux qu'une visite hâtive. Ses musées, ses galeries, ses palais, ses jardins, ses environs riches de souvenirs historiques recèlent du plaisir pour tout un hiver, mais ne font qu'ahurir si l'on n'y reste qu'une semaine. Dresde n'a pas cette gaieté de Paris ou de Vienne, dont on est si vite las; ses attractions sont plus solidement allemandes et plus durables. C'est la Mecque de la musique. Pour cinq shillings à Dresde on se procure une stalle à l'Opéra, mais on y gagne en même temps, hélas! une aversion violente pour les représentations d'opéras en Angleterre, en France et en Amérique.

La chronique scandaleuse s'occupe encore, de nos jours, d'Auguste le Fort, «d'Homme aux Péchés», comme l'appelait Carlyle, qui a affligé l'Europe, dit-on, de plus d'un millier d'enfants. On visite encore les châteaux où il emprisonnait telle ou telle de ses maîtresses disgraciées; on parle de l'une d'elles, qui mourut dans l'un d'eux après quarante ans de captivité. Des châteaux mal famés sont épars un peu partout dans les environs, comme des squelettes sur un champ de bataille, et la plupart des histoires que racontent les guides sont telles que des «jeunes personnes» élevées en Allemagne auraient avantage à ne pas les entendre. Son portrait grandeur nature est accroché dans le beau «Zwinger», construit d'abord pour servir d'arène aux combats entre animaux sauvages, lorsque le peuple fut las de voir ces combats sur la place du Marché. C'était un homme aux sourcils épais, à l'air franchement bestial, mais non sans une pointe de culture et de goût, qualités qui souvent laissent leur empreinte sur ces physionomies-là. La Dresde moderne lui doit certainement beaucoup.

Mais ce qui y frappe le plus les étrangers, ce sont les tramways électriques. Ces véhicules énormes filent à travers les rues à une vitesse de dix à vingt kilomètres à l'heure, prenant les virages à la manière des cochers irlandais. Tout le monde s'en sert, sauf les officiers en uniforme, qui n'en ont pas le droit. Les dames en toilette de soirée allant au bal ou à l'Opéra, les garçons de livraison avec paniers s'y trouvent côte à côte. Ils sont omnipotents dans la rue et tout, bêtes ou gens, s'empresse de se garer. Si on ne leur cède pas la place, et si d'aventure on se retrouve vivant quand on a été relevé, on est condamné, lorsqu'on revient à soi, à payer une amende pour s'être mis sur leur chemin. Cela apprend au public à s'en méfier.

Une après-midi Harris avait fait une «balade» en cavalier seul. Le soir pendant que nous étions assis au Belvédère, écoutant la musique, il dit soudain, sans raison apparente:

—Ces Allemands n'ont aucun sens de l'humour.

—Pourquoi dites-vous cela? demandai-je.

—Parce que, cet après-midi, j'ai sauté sur un de ces trams électriques. Voulant voir la ville, je restai debout sur la petite plate-forme extérieure, comment l'appelez-vous?

—Le Stehplatz.

—C'est cela, dit Harris. Vous savez à quel point il vous secoue et comme il faut se méfier des tournants, des arrêts et des départs!

Je fis signe que oui. Il continua.

—Nous étions à peu près une demi-douzaine sur cette plate-forme; moi, naturellement, je manquais d'expérience. Le tram démarra subitement, cela me projeta en arrière. Je tombai sur un monsieur corpulent qui se trouvait juste derrière moi. Il ne se maintenait lui-même pas très ferme et, à son tour, tomba en arrière, écrasant un gosse qui portait une trompette dans une housse en feutre vert. Aucun d'eux ne sourit, ni l'homme ni le gamin à la trompette; ils se contentèrent de se redresser, l'air renfrogné. J'allais m'excuser, mais avant que j'aie pu dire un mot, le tram ralentit pour une raison quelconque, et cela naturellement me projeta en avant. J'allai buter dans un vieux bonhomme à cheveux blancs qui me sembla être un professeur. Eh bien, lui non plus ne sourit pas, pas un de ses muscles ne broncha.

—Peut-être, hasardai-je, pensait-il à autre chose.

—Cela n'est pas possible pour ce cas particulier, répliqua Harris, car pendant ce voyage j'ai dû tomber au moins trois fois sur chacun d'eux. Vous voyez, expliqua-t-il, ils savaient à quel moment on allait arriver à un tournant et dans quelle direction ils devaient se pencher. Moi, comme étranger, j'étais naturellement handicapé. La façon dont je roulais et tanguais sur cette plate-forme, m'accrochant désespérément tantôt à l'un, tantôt à l'autre, devait être du plus haut comique. Je ne dis pas que c'était d'un comique raffiné, mais il aurait diverti n'importe qui. Ces Allemands ne semblaient pas y trouver d'amusement; ils paraissaient inquiets. Un homme, un petit homme se tenait adossé contre le frein. Je tombai cinq fois sur lui,—j'ai compté. On aurait pu s'attendre, à la cinquième, à le voir éclater de rire; mais non: il eut simplement l'air fatigué. C'est une race triste.

George eut aussi son aventure. Il y avait proche l'Altmarkt un magasin à la vitrine duquel étaient exposés quelques coussins. Le véritable commerce de la boutique était la verrerie et la porcelaine, les coussins semblaient ne devoir être qu'un essai. C'étaient de fort beaux coussins de satin, enjolivés de broderies à la main. Nous passions souvent devant cette vitrine et, chaque fois, George s'arrêtait pour les admirer. Il disait que certainement sa tante aimerait en posséder un.

George s'est montré plein d'attention envers cette tante depuis le début du voyage. Il lui a écrit une longue lettre chaque jour, et de chaque ville où nous nous arrêtions lui a envoyé un souvenir. A mon avis il exagère, et plus d'une fois je le lui ai dit. Sa tante va rencontrer d'autres tantes et elles causeront; toute cette espèce en sera bouleversée et en deviendra intraitable. Comme neveu je m'oppose à cet état de trouble que George est en train de créer. Mais il ne veut rien entendre.

Voilà pourquoi il nous quitta le samedi après le déjeuner, expliquant qu'il se rendait à ce magasin afin d'acheter un coussin pour sa tante. Il dit qu'il ne serait pas longtemps parti et il nous engagea à l'attendre.

Nous l'attendîmes un temps qui me sembla interminable. Quand il nous revint, il avait les mains vides et l'air ennuyé. Nous lui demandâmes ce qu'il avait fait du coussin. Il nous dit qu'il n'en avait pas acheté, qu'il avait changé d'avis; il ajouta qu'au fond sa tante n'aurait pas tenu tellement à ce coussin. Certainement il s'était passé quelque chose de contrariant. Nous essayâmes de connaître le fond de l'histoire, mais il ne se montra pas communicatif; même, à notre vingtième question, il finit par nous répondre sèchement.

Cependant dans la soirée, comme nous étions en tête à tête, il commença de lui-même:

—Les Allemands sont quand même un peu bizarres pour certaines choses.

—Qu'est-il arrivé?

—Je voulais donc un coussin...

—Pour votre tante, remarquai-je.

—Pourquoi pas? (Il commençait à se monter. Je n'ai jamais connu homme si susceptible à propos d'une tante.) Pourquoi n'enverrais-je pas un coussin à ma tante?

—Ne vous fâchez pas, répliquai-je. Je n'y vois pas d'objection, au contraire; je respecte vos sentiments.

Il se calma et continua:

—Il y en avait quatre à la devanture, vous vous le rappelez bien. Tous quatre semblables, et chacun marqué vingt marks en chiffres connus. Je n'ai pas la prétention de parler couramment l'allemand, mais avec un petit effort j'arrive généralement à me faire comprendre et à saisir le sens de ce que l'on me dit, pourvu qu'on ne mange pas les mots. J'entre donc dans ce magasin. Une jeune fille s'avance vers moi. Elle était jolie, elle avait l'air sage, timide même: on ne se serait pas attendu en la voyant à une telle chose. De ma vie je n'ai été aussi surpris.

—Surpris de quoi? demandai-je.

George suppose toujours que vous connaissez la fin de l'histoire dont il raconte le commencement; c'est un genre déplaisant.

—De ce qui arriva, expliqua-t-il, de ce que je vous raconte. Elle se prit à sourire et me demanda ce que je voulais. Je perçus cela parfaitement; aucun doute ne pouvait surgir dans mon esprit. Je déposai une pièce de vingt marks sur le comptoir et dis:

—Donnez-moi, s'il vous plaît, un coussin.

Elle me regarda comme si je lui avait demandé un édredon. Je pensai que peut-être elle n'avait pas bien compris, de sorte que je lui répétai ma demande d'une voix plus forte. Si je l'avais caressée sous le menton, elle n'eût certes pu avoir un air plus surpris ni plus indigné.

Elle me déclara que je devais faire erreur.

Je ne voulus pas commencer une longue conversation, de peur de ne pouvoir la soutenir. Je lui dis qu'il n'y avait pas erreur. Je lui montrai la pièce de vingt marks, et lui répétai pour la troisième fois que je voulais un coussin, «un coussin de vingt marks.»

Sur ces entrefaites s'avança une autre demoiselle, plus âgée, et la première, qui paraissait bouleversée, lui répéta ce que je venais de dire.

L'autre estima que je n'avais pas l'air d'appartenir à cette classe d'hommes qui pouvaient désirer un coussin. Pour s'en assurer, elle me posa elle-même la question:

—Est-ce que vous avez dit que vous vouliez un coussin?

—Je l'ai dit trois fois, je vais le répéter: je veux un coussin.

Elle dit:

—Eh bien, vous ne pouvez pas en avoir!

Je sentais la colère monter. Si je n'avais pas réellement tenu à cet objet, je serais sorti de la boutique; mais les coussins étaient à la devanture pour être vendus, évidemment. Je ne voyais pas *pourquoi*, moi, je ne pourrais pas en obtenir un. Je déclarai:

—Et je veux en avoir un!

C'est une phrase bien simple, mais je la dis avec énergie. Une troisième demoiselle parut à ce moment, je suppose que ces trois formaient tout le personnel de la maison. Cette dernière était une petite personne aux grands yeux brillants et pleins de malice. En toute autre occasion j'aurais eu du plaisir à la voir, mais son arrivée m'irrita. Je ne voyais pas l'utilité de trois vendeuses pour conclure cette affaire.

Les deux premières expliquèrent le cas à la troisième et avant qu'elles fussent à la moitié de leur récit, la troisième commença à s'esclaffer. Elle me paraissait d'un caractère à rire de tout. Ensuite elles se prirent à bavarder comme des pies, toutes les trois à la fois; et tous les dix mots elles me regardaient; et plus elles me regardaient, plus la troisième riait; et avant qu'elles eussent fini, elles se tordaient toutes les trois, les petites idiotes; on aurait pu me prendre pour un clown, en train de donner une représentation.

Quand elles furent suffisamment calmées pour se mouvoir, la troisième vendeuse s'approcha de moi en riant toujours. Elle me dit:

—Si vous l'obtenez, vous en irez-vous?

De prime abord, je ne compris pas très bien: elle fut obligée de répéter:

—Ce coussin, quand vous l'aurez, vous-en-irez-vous-tout-de-suite?

Moi, je ne demandais que cela, et je le lui dis. Mais j'ajoutai que je ne m'en irais pas sans. J'étais résolu à obtenir un coussin, dussé-je passer toute la nuit dans la boutique.

Elle rejoignit les deux autres vendeuses, je crus qu'elles allaient me chercher le coussin, et que le marché allait être conclu. Au lieu de cela, arriva la chose la plus incompréhensible. Ces deux se mirent derrière la troisième (toutes les trois pouffant de rire, Dieu seul sait pourquoi) et la poussèrent vers moi. Elles la poussèrent tout contre moi et alors, avant que je comprisse ce qui arrivait, cette troisième posa ses mains sur mes épaules, se mit sur la pointe des pieds et m'embrassa. Après quoi, enfouissant sa figure dans son tablier, elle s'en alla en courant, suivie par la deuxième vendeuse. La première m'ouvrit la porte avec un désir si évident de me voir partir que, dans ma confusion, je m'en allai, laissant derrière moi les vingt marks. Je n'ai pas d'objection à formuler contre ce baiser, quoique je ne l'eusse pas désiré, tandis que je désirais un coussin. Je ne tiens pas à retourner à ce magasin. Mais je ne comprends pas du tout cette conduite.

Je lui dis:
—Mais qu'avez-vous donc demandé?
Il répondit:
—Un coussin.
—C'est ce que vous vouliez, je le sais. Ce que je veux dire est: quel mot de la langue allemande moderne avez-vous employé?
Il me répondit:
—Un Kuss.
J'expliquai:
—Vous n'avez pas le droit de vous plaindre. Cela prête à confusion. Un «Kuss» semble vouloir dire un coussin, mais il n'en est pas ainsi, cela signifie baiser; tandis que «Kissen» signifie coussin. Vous avez confondu les deux mots: vous n'êtes pas le premier auquel cela arrive. Je ne suis pas bon juge en la matière; mais vous aviez demandé un baiser de vingt marks et, d'après votre description de la jeune fille, on pourrait estimer le prix raisonnable. En tout cas n'en parlons pas à Harris. Si mes souvenirs sont bons, il a également une tante.

En quoi George fut de mon avis.

# CHAPITRE HUITIÈME

*Monsieur et Mlle Jones de Manchester. Les bienfaits du cacao. Conseil à la société pour la conservation de la paix. La fenêtre, argument moyenâgeux. Le passe-temps favori des chrétiens. Les litanies du guide. Comment réparer les ravages du temps. George expérimente le contenu d'un flacon. Le sort du buveur de bière allemand. Harris et moi prenons la résolution de faire une bonne action. Le modèle-type de la statue. Harris et ses amis. Le paradis sans poivre. Les femmes et les villes.*

Nous nous étions mis en route pour Prague et attendions dans le grand hall de la gare de Dresde le moment où les employés omnipotents nous permettraient l'accès du quai. George, qui était allé au kiosque à journaux, revint vers nous, une lueur malicieuse dans les yeux, et dit:

—Je l'ai vu.

—Vu quoi? demandai-je.

Il était trop agité pour répondre intelligiblement.

—Ils sont là, ils avancent vers vous, tous les deux. Vous allez les voir vous-mêmes dans une minute! Je ne plaisante pas! C'est exactement ça.

Comme d'habitude en cette saison, les journaux avaient fait paraître quelques articles plus ou moins sérieux sur le serpent de mer; et je croyais que ce qu'il nous disait s'y rapportait. Un moment de réflexion me fit comprendre que cette chose était impossible, vu que nous nous trouvions en plein centre de l'Europe, à cinq cents lieues des côtes. Avant que j'eusse pu lui poser toute autre question, il me saisit le bras:

—Regardez! dit-il, est-ce que j'exagère?

Je tournai la tête et vis ce que peu de mes compatriotes ont eu l'occasion de voir: l'Anglais voyageur d'après la conception continentale, accompagné de sa fille. Ils s'avançaient vers nous, en chair et en os, vivants et palpables, à moins que ce n'ait été un rêve. C'était le «Milord» et la «Miss» anglais, tels que depuis des générations on les caricature dans la presse comique et sur la scène continentale. Ils étaient parfaits en tous points. L'homme était grand et maigre, avec des cheveux couleur de sable, un nez énorme, de longs favoris. Il portait un vêtement de teinte indécise et un long manteau clair lui tombait jusqu'aux talons. Son casque blanc était orné d'un voile vert; il portait une paire de jumelles en bandoulière et tenait dans sa main, gantée de beurre frais, un alpenstock légèrement plus grand que lui. Sa fille était longue et anguleuse. Je ne puis décrire son costume: mon regretté grand-père aurait pu mener cette tâche à bien; il devait être plus familiarisé avec cette mode. Je ne puis que dire qu'elle me sembla inutilement court-vêtue, exhibant une paire de chevilles (si je puis me permettre de mentionner ce détail) qui, au point de vue artistique, demandaient plutôt à être cachées. Son chapeau me rappelait Mrs Hemans; je ne sais pas trop pourquoi. Elle portait des mitaines, un pince-nez et des bottines lacées sur le côté—on les appelait «prunella» dans le commerce. Elle aussi tenait un alpenstock, malgré l'absence totale de montagnes à cent kilomètres à la ronde, et un sac plat maintenu à la taille par une courroie. Les dents lui sortaient de la bouche comme à un lapin, et sa silhouette était celle d'un traversin sur des échasses.

Harris se précipita sur son kodak et naturellement ne le trouva pas; il ne le trouve jamais quand il en a besoin. Lorsque nous voyons Harris se démener comme un possédé et criant: «Que diable ai-je fait de mon kodak, est-ce que l'un de vous se rappelle ce que j'en ai fait?» c'est que pour la première fois de la journée il a aperçu une chose digne d'être photographiée. Plus tard, il se souvient de l'avoir mis dans sa valise.

Ils ne se contentèrent pas de la simple apparence; ils jouèrent leur rôle jusqu'au bout. Ils avançaient en regardant à chaque pas à droite et à gauche. Le gentleman tenait à la main un Baedeker ouvert, la lady portait un manuel de conversation; ils parlaient un allemand que personne ne pouvait comprendre et un français qu'eux-mêmes ils n'auraient pu traduire. Le monsieur touchait de son alpenstock les employés pour attirer leur attention, tandis que la dame se détournait violemment à la vue d'une affiche-réclame de cacao, en s'écriant: «Shocking!»

Vraiment, elle était excusable. On remarque, même dans la chaste Angleterre, que, d'après l'auteur de l'affiche, une femme qui boit du cacao n'a que bien peu d'autres besoins terrestres: il lui suffit d'environ un mètre de mousseline. Sur le continent cette même femme, autant que j'ai pu en juger, est à l'abri de tous les autres besoins de la vie. Non seulement, selon le fabricant, le cacao doit tenir lieu d'aliments et de boisson, mais encore de vêture. Ceci dit entre parenthèses.

Naturellement ils devinrent le point de mire de tous les regards. Ayant eu l'occasion de leur rendre un léger service, j'eus l'avantage de cinq minutes de conversation avec eux. Ils furent très aimables. Le gentleman me déclara se nommer Jones, et venir de Manchester, mais il me parut ne savoir ni de quel quartier de Manchester il venait, ni où cette ville se trouvait. Je lui demandai où il allait, mais il me sembla l'ignorer. Il me dit que cela dépendait. Je lui demandai s'il ne trouvait pas l'alpenstock un objet encombrant pour se promener à travers une ville populeuse; il admit qu'en effet l'alpenstock devenait parfois embarrassant. Je lui demandai si sa voilette ne le gênait pas pour voir. Mais il nous expliqua qu'il ne la baissait que lorsque les mouches devenaient gênantes. Je demandai à la miss si elle s'était aperçue de la fraîcheur du vent; elle me dit qu'elle l'avait trouvé spécialement froid aux coins de rue. Je n'ai pas posé ces questions les unes après les autres, comme je l'ai relaté ici; je les mêlais à la conversation générale, et nous nous séparâmes bons amis.

J'ai beaucoup réfléchi à cette apparition et suis arrivé à une conclusion bien définie. Un monsieur, que je rencontrai plus tard à Francfort et auquel je fis la description du couple, m'affirma l'avoir lui-même rencontré à Paris, trois semaines après l'affaire de Fachoda. Tandis qu'un voyageur de commerce pour quelque aciérie anglaise, que j'avais rencontré à Strasbourg, se rappelle les avoir vus à Berlin, au moment de la surexcitation causée par la question du Transvaal. J'en conclus que c'étaient des acteurs sans travail, engagés spécialement dans l'intérêt de la paix internationale. Le ministère français des Affaires Etrangères, désireux de faire tomber la colère de la populace parisienne qui réclamait la guerre avec l'Angleterre, embaucha ce couple admirable pour qu'il circulât dans la capitale. On ne peut pas à la fois rire et vouloir tuer. La nation française contempla ce spécimen de citoyen anglais, elle y vit non pas une caricature, mais une réalité palpable et son indignation sombra dans le fou rire. Le succès de ce stratagème amena plus tard le couple à offrir ses services au gouvernement allemand: on sait l'heureux résultat qui couronna ses efforts.

Notre propre gouvernement pourrait lui-même profiter de la leçon. On pourrait parfaitement tenir à la disposition de Downing Street quelques petits Français bien gras, qu'à l'occasion l'on enverrait à travers le pays, avec la consigne de hausser les épaules et de manger des sandwiches aux grenouilles; ou bien on pourrait réquisitionner une bande d'Allemands mal soignés et mal peignés, dans le simple but de les faire se promener, en fumant de longues pipes et en disant «So». Le public rirait et s'écrierait: «La guerre avec ceux-là? Non, ce serait trop bête!» Si le gouvernement n'accepte pas ma proposition, j'en recommande les grandes lignes à la société pour le maintien de la paix.

---

Nous fûmes amenés à allonger quelque peu notre séjour à Prague. Prague est une des villes les plus intéressantes d'Europe. Ses pierres sont saturées d'histoires et de romances; tous ses environs ont servi de champs de bataille. C'est dans cette ville que fut conçue la Réforme et que se trama la guerre de Trente ans. Mais il n'y aurait pas eu à Prague la moitié des troubles qui y ont éclaté, si ses fenêtres avaient été moins larges et moins tentantes. Le fait initial de la première de ces catastrophes fameuses consista à jeter les sept conseillers catholiques de la fenêtre du Rathhaus sur les piques des Hussites. Plus tard on donna le signal de la deuxième en jetant les conseillers impériaux par les fenêtres de la vieille Burg, dans le Hradschin. Ce fut la deuxième «défenestration» de Prague. Depuis on a résolu à Prague d'autres questions importantes. L'issue pacifique de ces réunions fait conjecturer qu'elles eurent lieu dans des caves. On a d'ailleurs bien la sensation que la fenêtre a toujours joué, en tant qu'argument, le rôle de tentateur chez l'enfant de Bohême.

On peut admirer dans la Teynkirche la chaire vermoulue où Jean Huss prêcha. On entend aujourd'hui la voix d'un prêtre papiste s'élever du même endroit, tandis qu'un grossier bloc de pierre, à moitié caché par du lierre, commémore au loin, à Constance, l'emplacement où Huss et Jérôme expirèrent en proie aux flammes du bûcher. L'histoire est coutumière de semblables ironies. Dans cette Teynkirche se trouve enterré Tycho Brahé, l'astronome qui commit l'erreur banale de croire que la terre, avec ses mille et une croyances et son unique humanité, était le centre de l'univers, mais qui, d'autre part, observa les étoiles avec clairvoyance.

Quoiqu'elles soient bordées de palais, les avenues de Prague sont sales. Ziska l'Aveugle a dû souvent les traverser en hâte. Le clairvoyant Wallenstein a habité cette ville. Ils l'ont surnommé «le Héros»; la ville est particulièrement fière de l'avoir eu comme citoyen. Dans son palais lugubre de la place Waldstein, on montre comme un lieu sacré la petite pièce où il faisait ses dévotions, et, ma parole, on a l'air ici de croire qu'il possédait réellement une âme.

Ces chemins raides et tortueux doivent avoir résonné bien souvent sous les pas des légions de Sigismond ou de Maximilien. Tantôt les Saxons, tantôt les Bavarois et puis les Français; tantôt les saints de Gustave-Adolphe, puis les soldats-machines de Frédéric le Grand, tous ont voulu forcer ces portes et ont combattu sur ces ponts.

Les juifs ont toujours donné à Prague une physionomie particulière. Il leur est arrivé de porter assistance aux chrétiens dans leur occupation favorite, qui consistait à s'entre-tuer, et cette grande oriflamme suspendue sous la voûte de l'Altneuschule atteste le courage avec lequel ils aidèrent Ferdinand le Catholique à résister aux protestants suédois. Le ghetto de Prague fut un des premiers établis en Europe. Les juifs de Prague ont fait leurs dévotions depuis huit cents ans dans une minuscule synagogue qui existe toujours; du dehors les femmes pleines de ferveur assistent aux offices, l'oreille collée à des ouvertures spécialement aménagées pour elles dans les murs épais. Le cimetière juif avoisinant, «Bethchajim», ou la «Maison de la vie», a l'air de vouloir déborder de sépulcres. Pendant des siècles on a, selon la loi, enterré là, et nulle part ailleurs, les os d'Israël. Les pierres tombales s'y culbutent comme renversées par quelque lutte macabre de leurs hôtes souterrains.

Il y a longtemps que les murs du ghetto ont été nivelés, mais les juifs de Prague tiennent toujours à leurs ruelles fétides, qu'on est d'ailleurs en train de remplacer par de belles rues neuves qui promettent de faire de ce quartier la plus belle partie de la ville.

On nous avait conseillé à Dresde de ne pas parler allemand à Prague. La Bohême est en proie depuis des années à une haine de race entre la minorité germanique et la majorité tchèque; être pris pour un Allemand dans certaines rues de Prague peut causer des désagréments à celui qui n'a plus l'entraînement voulu pour soutenir une course de fond. Nous parlâmes cependant allemand dans certaines rues de Prague,—il fallait le parler ou rester muet. Le dialecte tchèque est très ancien, dit-on, et celui qui le parle fait montre d'une culture scientifique très haute. Son alphabet se compose de quarante-deux lettres, qui évoquent chez l'étranger l'image des caractères chinois. Ce n'est pas une langue qu'on puisse apprendre rapidement. Nous décidâmes qu'en nous en tenant à l'allemand notre santé courrait moins de risque: en effet il ne nous arriva rien de fâcheux. Je ne puis l'expliquer que de la manière suivante: l'habitant de Prague est fort astucieux; une légère trace d'accent, quelque insignifiante incorrection grammaticale a pu se glisser dans notre allemand, lui révélant le fait que, malgré toutes les apparences contraires, nous n'étions pas des Allemands pur sang. Je ne veux pas l'affirmer; je l'avance comme une possibilité.

Pour éviter cependant tout danger inutile, nous visitâmes la ville avec un guide. Je n'ai jamais rencontré de guide accompli. Celui-là avait deux défauts bien marqués. Son anglais était des plus imparfaits. En réalité ce n'était pas du tout de l'anglais. J'ignore comment on aurait pu appeler son baragouin. Ce n'était pas entièrement sa faute; il avait appris l'anglais avec une dame écossaise. Je comprends assez bien l'écossais, ce qui est nécessaire si l'on tient à être au courant de la littérature anglaise moderne,—mais de là à saisir un patois écossais prononcé avec un accent slave et assaisonné de-ci de-là d'inflexions allemandes...! On avait du mal pendant la première heure passée en sa compagnie à se débarrasser de l'impression que cet homme étouffait. Nous nous attendions à chaque instant à le voir expirer entre nos mains. Nous nous habituâmes à lui au cours de la matinée et nous pûmes arriver à réprimer notre premier mouvement, qui était de l'étendre sur le dos et de lui arracher ses vêtements chaque fois qu'il ouvrait la bouche. Nous arrivâmes plus tard à comprendre une partie de ce qu'il disait et ceci nous permit de découvrir son deuxième défaut.

Il avait inventé depuis peu, à ce qu'il paraît, une lotion pour faire repousser les cheveux et obtenu qu'un pharmacien de l'endroit acceptât de la lancer et de lui faire de la réclame. Aussi s'efforçait-il, les trois quarts du temps, de nous vanter, non pas les beautés de Prague, mais les bienfaits que vaudrait à l'humanité son liquide. Il avait pris pour de la sympathie envers sa misérable lotion l'assentiment conventionnel que nous donnions à son éloquence enthousiaste (nous croyions qu'il nous développait ses idées sur l'architecture).

De telle sorte qu'il nous fut impossible de le ramener à tout autre sujet. Il traitait les palais en ruines et les églises branlantes en quantités négligeables, tout au plus bonnes à flatter le goût dépravé d'un décadent. Il avait l'air de croire que son devoir ne consistait pas à nous faire méditer sur les ravages du temps, mais plutôt sur les moyens de les réparer. Que nous importaient des héros aux têtes cassées ou des saints chauves? Vivait-on parmi les vivants ou parmi les morts? et, plutôt qu'à ceux-ci, ne devrions-nous pas être attentifs à ces jeunes filles et jeunes gens qu'un usage rationnel du «kophkeo» avait lotis (tout au moins sur l'étiquette) de nattes interminables ou d'épaisses moustaches?

Dans son cerveau, inconsciemment, il avait divisé le monde en deux catégories. Le Passé (avant l'usage): des gens peu intéressants, à l'air maladif et désagréable. L'Avenir (après usage): un choix de gens gras, joviaux, à physionomie avenante. Et tout ceci le rendait incapable de nous guider utilement à travers les vestiges du moyen âge.

Chacun de nous reçut à l'hôtel une bouteille de son produit. Au début de notre conversation, nous en avions tous, paraît-il, demandé avec véhémence. Je ne peux personnellement ni louer ni condamner cette drogue. Une longue suite de déceptions antérieures m'a découragé, sans parler d'une odeur tenace de paraffine qui, si légère soit-elle, vous attire des remarques désobligeantes. Depuis, je n'essaie même plus d'échantillons.

Je donnai ma bouteille à George. Il me l'avait demandée pour l'envoyer à un monsieur à Leeds. J'appris plus tard que Harris lui avait également cédé son flacon pour l'envoyer au même destinataire.

Un léger relent d'oignon ne nous quitta plus, à dater de notre départ de Prague. George l'a remarqué lui-même. Il l'attribuait à l'emploi exagéré de la ciboulette dans la cuisine européenne.

---

C'est à Prague que Harris et moi eûmes l'occasion de témoigner à George toute notre amitié. Nous avions remarqué qu'il commençait à avoir pour la bière de Pilsen un amour immodéré. Cette bière allemande est une boisson traîtresse, spécialement par temps chaud. Elle ne vous monte pas à la tête, mais elle vous épaissit vite la taille. En arrivant en Allemagne, je me tiens toujours le discours suivant: «Allons! je ne boirai pas de bière allemande. Du vin blanc du pays avec un peu de soda; de temps en temps peut-être un verre d'Ems ou d'eau carbonatée. Mais de bière, jamais, ou presque jamais.»

Cette résolution est bonne, je la recommande à tous les voyageurs. Comme je voudrais être capable de m'y tenir!

George refusa, malgré mes supplications, de se limiter si péniblement. Il dit que la bière allemande est salubre, pourvu qu'on en use avec modération.

—Un bock le matin, dit George, un verre le soir, ou même deux. Cela ne fait de mal à personne.

Il avait probablement raison. Harris et moi ne nous alarmâmes que lorsqu'il prit les bocks par demi-douzaines.

—Nous devrions faire quelque chose pour l'arrêter, dit Harris; cela devient inquiétant.

—C'est héréditaire, à ce qu'il dit; il paraît que sa famille a toujours eu soif.

—Il y a l'eau d'Apollinaris additionnée de quelques gouttes de jus de citron, elle n'entraîne, je crois, aucun danger. Ce qui me donne à réfléchir, c'est son embonpoint naissant. Il va perdre toute élégance.

Nous en causâmes longuement et dressâmes nos plans; la Providence nous aida. Une nouvelle statue venait d'être achevée, destinée à l'embellissement de la ville. Je ne me souviens pas en l'honneur de qui on l'érigeait. Je ne m'en rappelle que les grandes lignes; c'était la statue conventionnelle, représentant le monsieur conventionnel, à la raide allure conventionnelle, sur le cheval conventionnel, ce cheval qu'on voit toujours dressé sur ses pattes de derrière et réservant ses pattes de devant pour battre la mesure. Mais, examiné de plus près, ce groupe ne laissait pas que d'être assez original. Au lieu du bâton ou de l'épée qu'on voit partout, l'homme tenait à bras tendu son chapeau à plumes; et le cheval, au lieu de se terminer par une cascade, avait, en guise de queue, un simple moignon qui ne semblait pas d'accord avec sa fougue imposante. On avait l'impression qu'un cheval muni d'une queue si rudimentaire ne se serait pas cabré de la sorte.

On l'avait transporté, mais non pas définitivement, dans un petit square, près du bout de la Karlsbrücke. Les autorités municipales avaient décidé fort intelligemment, avant de lui choisir une place définitive, de voir par expérience en quel endroit la statue ferait le meilleur effet. Pour cela elles en avaient fait exécuter trois copies, sommaires,—à la vérité, de simples silhouettes en bois,—mais qui à distance produisaient l'effet voulu. On avait placé l'une d'elles près de la Franz-Josephbrücke, une deuxième dans l'espace libre derrière le théâtre et la troisième au centre du Wenzelsplatz.

—Si George n'en sait rien, me dit Harris (nous nous promenions de notre côté depuis une heure, George étant resté à l'hôtel pour écrire à sa tante), s'il n'a pas remarqué ces statues, eh bien, nous pourrons le rendre meilleur et plus svelte; et cette bonne action nous la commettrons ce soir même.

Nous tâtâmes le terrain pendant le dîner et, voyant que George n'était pas au courant, nous l'emmenâmes à la promenade et le conduisîmes par des détours à l'endroit où se trouvait l'original de la statue. George ne voulait qu'y jeter un coup d'œil et poursuivre sa route, comme il fait d'habitude en pareil cas; mais nous le contraignîmes à un examen plus consciencieux. Quatre fois nous lui fîmes faire le tour du monument; il fallut qu'il le regardât sous toutes ses faces. Je suppose que notre insistance l'ennuyait; mais nous voulions qu'il emportât de là une impression durable. Nous lui fîmes la biographie du cavalier, lui révélâmes le nom de l'artiste, lui indiquâmes le poids de la statue et sa hauteur. Nous saturâmes son cerveau de cette statue. Et lorsque nous lui rendîmes enfin sa liberté, ses connaissances sur la statue l'emportaient sur tout le reste de son savoir. Nous l'obsédâmes de cette statue et ne le lâchâmes qu'à la condition que nous y reviendrions le lendemain matin pour la mieux voir à la faveur d'un meilleur éclairage; nous insistâmes pour qu'il en notât sur son carnet l'emplacement.

Puis nous l'accompagnâmes à sa brasserie favorite, et là lui contâmes l'histoire de gens qui s'étaient brusquement adonnés à la bière allemande et à qui elle avait été funeste: les uns envahis d'idées homicides, d'autres enlevés à la fleur de l'âge, d'autres obligés d'abdiquer leurs plus chères ambitions sentimentales.

Il était dix heures, quand nous nous mîmes en route pour rentrer à l'hôtel. Des nuages épais voilaient la lune par instants. Harris dit:

—Ne prenons pas le chemin par où nous sommes venus. Rentrons par les quais. C'est merveilleux au clair de lune!

Chemin faisant, il conta la triste histoire d'un homme qu'il avait connu et qui se trouvait présentement dans un asile, section des gâteux inoffensifs. Cette histoire, confessa-t-il, lui revenait en mémoire, parce que cette nuit-ci lui rappelait tout à fait celle où il s'était promené avec ce malheureux pour la dernière fois. Ils descendaient lentement les quais de la Tamise, quand cet homme l'effraya en affirmant voir de ses yeux, au coin de Westminster Bridge, la statue du duc de Wellington qui, comme chacun sait, se trouve à Piccadilly.

C'est à ce moment même que nous arrivâmes en vue de la première des effigies de bois. Elle occupait le centre d'un petit square entouré de grilles, à peu de distance de nous, de l'autre côté de la rue. George s'arrêta net.

—Qu'y a-t-il? dis-je. Un petit étourdissement?

—Oui, en effet. Reposons-nous une minute.

Il resta cloué sur place, les yeux fixés sur l'objet. Il dit, parlant d'une manière un peu haletante:

—Pour revenir aux statues, ce qui me frappe, c'est de constater combien une statue ressemble à une autre statue.

---

Harris dit:

—Je ne suis pas de votre avis. Les tableaux, si vous voulez. Beaucoup se ressemblent. Quant aux statues, elles ont toujours des détails caractéristiques. Prenez par exemple celle que nous avons vue à la fin de cette après-midi. Elle représentait un homme à cheval. Il existe d'autres statues équestres à Prague: aucune ne ressemble à celle-là.

—Que si, dit Georges. Elles sont toutes pareilles. C'est toujours le même homme sur le même cheval. Elles sont pareilles. C'est stupide de dire qu'elles diffèrent.

Il semblait irrité contre Harris.

—Comment vous êtes-vous forgé cette opinion? demandai-je.

—Comment je me la suis forgée? Mais regardez donc cet objet maudit, là, en face!

—Quel objet maudit?

—Celui-là. Regardez-le donc! Voilà bien ce même cheval avec une moitié de queue, et cabré; le même homme, tête nue; le même...

Harris objecta:

—Vous voulez parler de la statue que nous avons vue au Ringplatz!

—Non, pas le moins du monde, répliqua George, je veux parler de cette statue-ci, en face de nous.

—Quelle statue? s'étonna Harris.

George regarda Harris, mais Harris est un homme qui, avec un peu d'entraînement, eût fait un excellent acteur. Sa figure n'exprimait que de l'anxiété, mélangée d'une tristesse amicale. Puis George tourna son regard vers moi. Je m'efforçai de copier la physionomie de Harris, y ajoutant de mon propre chef une légère pointe de reproche.

—Faut-il vous chercher une voiture? dis-je à George de ma voix la plus compatissante, j'y vole.

—Que diable voulez-vous que je fasse d'une voiture, répondit-il vexé, on dirait que vous êtes incapable de comprendre une plaisanterie! c'est comme si l'on sortait avec une paire de sacrées vieilles femmes.

Ce disant, il se mit à traverser le pont, nous laissant derrière lui.

—Je suis bien heureux de voir que vous nous faisiez une farce, dit Harris, quand nous le rejoignîmes. J'ai connu un cas de ramollissement cérébral qui commença...

—Vous êtes un fieffé crétin! dit George, coupant court; vous savez trop d'histoires.

Il devenait tout à fait désagréable.

Nous l'amenâmes vers le théâtre, en passant par les quais. Nous lui dîmes que c'était le chemin le plus court, ce qui, du reste, était la vérité. C'était là, dans l'espace vide derrière le théâtre, que se trouvait la deuxième de ces apparitions en bois, George la regarda et s'arrêta de nouveau.

—Qu'y a-t-il? dit aimablement Harris. Vous n'êtes pas malade, hein?

—Je ne crois pas que ce chemin soit le plus court, dit George.

—Je vous assure que si, persista Harris.

—Eh bien, moi, je vais prendre l'autre.

Il s'y dirigea, et nous le suivîmes comme avant.

Tout en descendant la Ferdinandstrasse, Harris et moi, nous nous entretenions d'asiles privés d'aliénés, lesquels, assura Harris, n'étaient pas irréprochables en Angleterre. Un de ses amis, commença-t-il, soigné dans un asile...

George nous interrompit:

—Vous avez un grand nombre d'amis dans des asiles d'aliénés, à ce qu'il me semble.

Il le dit d'un ton agressif, comme s'il voulait insinuer que c'était bien là qu'il fallait qu'on s'adressât pour trouver la plupart des amis de Harris. Mais Harris ne se fâcha pas; il répondit avec douceur:

—Le fait est qu'il est extraordinaire, en y réfléchissant, de constater combien ont fini comme cela. Cela me rend parfois nerveux.

Harris, qui nous précédait de quelques pas, s'arrêta au coin du Wenzelsplatz.

George et moi le rejoignîmes, A deux cents yards devant nous, bien au centre, se trouvait la troisième de ses statues fantasmagoriques. C'était la meilleure des trois, la plus ressemblante et la plus décevante. Elle se découpait vigoureusement sur le ciel obscur; le cheval sur ses pattes de derrière, avec sa queue drôlement raccourcie, l'homme, tête nue, son chapeau à plumes tendu vers la lune.

—Je crois, si vous n'y voyez pas d'inconvénient et si vous pouvez m'en trouver une, que je prendrais bien une voiture, dit George. (Il parlait sur un ton pathétique; son ton agressif l'avait complètement quitté.)

—Je constatais que vous aviez l'air tout chose, dit Harris avec compassion, c'est la tête qui ne va pas, hein?

—Peut-être bien.

—Je m'en étais aperçu, affirma Harris, mais je n'osais pas vous en parler. Vous vous imaginez voir des choses, n'est-ce pas?

—Oh! non ce n'est pas cela, répliqua George un peu vivement. Je ne sais pas ce que j'ai!

—Je le sais, dit Harris avec solennité, et je m'en vais vous le dire. C'est cette bière allemande, que vous buvez. J'ai connu un homme...

—Ne me racontez pas son histoire en ce moment, dit George. C'est une histoire vraie, je n'en doute pas, mais je n'ai pas très envie de la connaître.

—Vous n'y êtes pas habitué, ajouta Harris.

—Je vais certainement y renoncer à partir de ce soir, dit George. Il me semble que vous avez raison; je ne dois pas bien la supporter.

Nous le ramenâmes à l'hôtel et le couchâmes. Il était très petit garçon et plein de reconnaissance.

Quelques jours plus tard, un soir, après une grande excursion suivie d'un excellent dîner, ayant enlevé tous les objets à sa portée, nous lui offrîmes un gros cigare et lui racontâmes le stratagème que nous avions combiné pour son bien.

—Combien, dites-vous, avons-nous vu de reproductions de cette statue? demanda George, quand nous eûmes terminé.

—Trois, répliqua Harris.

—Que trois? dit George. En êtes-vous sûr?

—Positivement, affirma Harris. Pourquoi?

—Oh! pour rien, répliqua George.

Mais j'eus l'impression qu'il ne crut pas Harris.

---

De Prague nous nous rendîmes à Nuremberg par Carlsbad. Les bons Allemands, quand ils meurent, vont, dit-on, à Carlsbad, comme les bons Américains vont à Paris. J'en doute: l'endroit serait trop exigu pour tant de gens. On se lève à cinq heures à Carlsbad, c'est l'heure de la promenade des élégants; l'orchestre joue sous la Colonnade, et le Sprudel se remplit d'une foule dense qui va et vient de six à huit heures du matin dans un espace d'une lieue et demie. On y entend plus de langues qu'à Babel. Vous y rencontrez juifs polonais et princes russes, mandarins chinois et pachas turcs, Norvégiens issus d'un drame d'Ibsen, femmes des Boulevards, grands d'Espagne et comtesses anglaises, montagnards monténégrins et millionnaires de Chicago. Carlsbad procure à ses visiteurs tous les luxes, poivre excepté. Vous ne vous en procurerez à aucun prix à cinq lieues à la ronde, et ce que vous en obtiendrez de l'amabilité des habitants ne vaut pas la peine d'être emporté. Le poivre constitue un poison pour la brigade des malades du foie qui forment les quatre cinquièmes des habitués de Carlsbad et, comme ne pas s'exposer vaut mieux que guérir, tous les environs en sont soigneusement dépourvus. Mais on organise des «fêtes du poivre»,—des excursions où l'on fait fi de son régime et qui dégénèrent en orgies de poivre.

---

Nuremberg désappointe si on s'attend à trouver une ville d'aspect moyenâgeux. Il y existe bien encore des coins singuliers, des sites pittoresques, beaucoup même; mais le tout est submergé dans le moderne, et ce qui est vraiment ancien est loin de l'être autant qu'on croit. Après tout, une ville est comme une femme, elle a l'âge qu'elle paraît. Nuremberg est une dame dont l'âge est difficile à apprécier sous le gaz et l'électricité complices de son maquillage. Tout de même ses murs sont craquelés et ses tours grises.

---

# CHAPITRE NEUVIÈME

*Harris enfreint la loi. L'homme qui veut se rendre utile; les dangers qu'il courut. George s'engage dans une voie criminelle. Ceux auxquels l'Allemagne doit paraître un baume et une bénédiction. Le pêcheur anglais: ses déceptions. Le pêcheur allemand: ses privilèges. Ce qu'il est défendu de faire avec son lit. Un péché à bon marché. Le chien allemand. Sa parfaite éducation. La mauvaise conduite de l'insecte. Un peuple qui prend le chemin qu'on lui indique. Le petit garçon allemand: son amour de la justice. Où il est dit comment une voiture d'enfant devient une source d'embarras. L'étudiant allemand: ses privautés et leur châtiment.*

Il nous arriva à tous trois, pour des motifs différents, d'avoir des ennuis entre Nuremberg et la Forêt Noire.

Harris débuta à Stuttgart en insultant un gardien municipal. Stuttgart est une ville charmante, propre et gaie, autre Dresde en plus petit. Son attrait particulier consiste à offrir peu de chose qui vaille la peine d'être visité, mais à l'offrir sans qu'on soit forcé de se déranger de son chemin: une galerie de tableaux d'importance moyenne, un modeste musée d'antiquités, un demi-palais; avec cela vous avez tout vu et êtes libre d'aller vous distraire autrement. Harris ignorait que c'était un gardien qu'il insultait. Il l'avait pris pour un pompier (cet homme en avait l'air) et il l'appela «dummer Esel».

Vous n'avez pas le droit en Allemagne de traiter un gardien municipal d'«âne bâté», mais cet homme en était un, indubitablement. Voici ce qui s'était passé. Harris, se trouvant dans le Stadtgarten et désirant le quitter, franchit une grille qu'il voyait ouverte, enjamba un fil de fer et se trouva dans la rue. Harris prétend ne pas avoir vu un écriteau sur lequel on pouvait lire: «Passage interdit», mais il y en avait un sans aucun doute. L'homme aposté là arrêta Harris et lui fit remarquer cet écriteau. Harris l'en remercia et poursuivit son chemin. L'homme courut après lui et lui fit comprendre qu'on ne pouvait pas se permettre en pareille occurrence tant de désinvolture; il voulait que Harris rebroussât chemin et, repassant par dessus le fil de fer, rentrât dans le jardin, ce qui arrangerait tout. Harris expliqua à l'homme que l'écriteau défendait de passer et qu'il allait donc, en rentrant dans le jardin, enfreindre une seconde fois la loi. L'homme en convint et, pour résoudre la difficulté, il enjoignit à Harris de rentrer dans le jardin par l'entrée principale, qui se trouvait au tournant du coin, et d'en sortir, aussitôt après, par la même porte. C'est à ce moment là que Harris le traita d'âne bâté. Ceci nous fit perdre une journée et coûta à Harris quarante marks.

---

J'eus mon tour à Carlsruhe par suite du vol d'une bicyclette. Je n'avais pas l'intention de voler une bicyclette; je n'avais que le désir de me rendre utile.

Le train était sur le point de partir, lorsque j'aperçus dans le fourgon ce que je crus être la bicyclette de Harris. Il n'y avait personne pour m'aider. Je sautai dans le wagon et pus tout juste la saisir et l'en retirer. Je la conduisis triomphalement sur le quai; or, là, je me trouvai devant la bicyclette de Harris, appuyée contre le mur, derrière quelques boîtes à lait. La bicyclette que j'avais rattrapée n'était pas celle de Harris.

La situation était embarrassante. Si j'avais été en Angleterre, je serais allé trouver le chef de gare et lui aurais expliqué mon erreur. Mais en Allemagne on ne se contente pas de vous voir expliquer une petite affaire de ce genre devant un seul homme: on vous emmène et vous êtes obligé de donner vos explications à une demi-douzaine d'individus; et si l'un d'entre eux est absent, ou s'il n'a pas le temps de vous écouter à ce moment-là, on a la fâcheuse habitude de vous garder pendant la nuit, afin que vous puissiez achever vos explications le lendemain. Je pensai donc à mettre l'objet hors de vue, puis à aller faire un petit tour sans tambour ni trompette. Je trouvai un hangar en bois qui me sembla l'endroit rêvé et j'y roulais la bicyclette, quand malheureusement un employé à casquette rouge, l'air d'un feld-maréchal en retraite, me remarqua, s'approcha et me dit:

—Que faites-vous de cette bicyclette?

—Je suis en train de la ranger sous ce hangar. (J'essayai de le persuader par mon ton que j'accomplissais un acte de complaisance, pour lequel les employés de chemin de fer me devraient de la reconnaissance; mais il ne se montra pas touché.)

—Cette bicyclette est à vous?

—Eh! pas exactement.

—A qui est-elle? demanda-t-il, sévère.

—Je ne peux pas vous renseigner. J'ignore à qui appartient cette bicyclette.

—D'où l'avez-vous? fut la question suivante. (Sa voix devenait soupçonneuse, presque insultante.)

—Je l'ai prise dans le train, répondis-je avec autant de calme et de dignité que je le pus dans un moment pareil. Le fait est, continuai-je avec franchise, que je me suis trompé.

Il me laissa à peine le temps de finir ma phrase, il dit simplement que cela lui faisait également cet effet, et il donna un coup de sifflet.

Ce qui se passa ensuite, en tant que cela me concerne, ne me laissa pas de souvenirs amusants. Par un miracle de chance—la Providence veille sur certaines personnes—cet incident se passait à Carlsruhe, où je possède un ami allemand, personnage officiel qui occupe une situation assez importante.

J'aime autant ne pas approfondir ce qui se serait produit, si cet ami eût été en voyage; il s'en fallut d'un cheveu que je restasse captif. Mon élargissement est encore aujourd'hui considéré par les autorités allemandes comme une grave faiblesse de la justice.

---

Mais rien n'approche de la formidable turpitude de George. L'incident de la bicyclette nous avait tous mis sens dessus dessous et eut pour résultat de nous faire perdre George. On apprit plus tard qu'il nous avait attendus devant le commissariat de police; mais nous ne le sûmes pas au bon moment. Nous pensâmes qu'il avait dû continuer seul sur Baden, et, impatients de quitter Carlsruhe, nous sautâmes dans le premier train en partance. Quand George, las d'attendre, s'en vint à la station, il s'aperçut de notre départ et du départ de ses bagages. J'étais le caissier du trio, si bien qu'il ne se trouvait en possession que de menue monnaie. Son billet était entre les mains de Harris. Trouvant dans cet ensemble de faits des motifs suffisants d'excuse, George entra délibérément dans une série de crimes dont la lecture au procès-verbal officiel nous fit dresser, à Harris et à moi, les cheveux sur la tête.

Voyager en Allemagne, il faut en convenir, est compliqué: vous commencez par prendre à votre gare de départ un billet pour celle de votre destination. On croirait que cela suffit pour s'y rendre, il n'en est rien. Quand votre train entre en gare, vous essayez d'y accéder, mais l'employé vous renvoie avec emphase. Où sont les preuves de votre droit? Vous lui présentez votre billet. Il vous explique qu'en soi ce billet n'a aucune efficacité; ce n'est qu'un mince préliminaire. Il vous faut retourner au guichet prendre un supplément de train express, appelé «Schnellzugbillet». Muni de celui-ci, vous revenez à la charge et croyez en avoir fini. On vous permet de monter dans le train, c'est parfait. Mais il vous est interdit de vous asseoir, comme de rester debout, comme de circuler. Il vous faut prendre un autre billet, nommé «Platzticket», qui vous rend titulaire d'une place pour un parcours déterminé.

Je me suis souvent demandé ce que ferait celui qui s'obstinerait à ne prendre qu'un seul ticket. Aurait-il le droit de courir sur la voie, derrière le train? Ou pourrait-il se coller une étiquette comme sur un colis et monter dans le fourgon? Et encore, que ferait-on de celui qui, muni d'un «Schnellzugticket» refuserait avec fermeté—ou n'aurait pas les moyens—de prendre un «Platzticket»: lui permettrait-on de s'étendre dans le filet à bagages ou de s'accrocher à la portière?

Mais revenons à George. Il avait juste de quoi prendre un billet de troisième classe pour Baden en train omnibus. Pour éluder les questions de l'employé, il attendit que le train démarrât pour sauter dedans.

C'était le premier chef d'accusation relevé contre lui:

*a*) Etre monté dans un train en marche;

*b*) Malgré la défense formelle d'un employé.

Deuxième chef:

*a*) Avoir voyagé dans un train d'une catégorie supérieure à celle qu'indiquait son billet;

*b*) Refus de payer le supplément à réquisition d'un employé. (George déclara ne pas avoir «refusé», mais avoir simplement dit qu'il ne possédait pas l'argent nécessaire.)

Troisième chef:

*a*) Avoir voyagé dans une classe supérieure à celle qu'indiquait son billet;

*b*) Refus de payer le supplément sur la demande de l'employé. (De nouveau George discute l'exactitude du rapport. Il retourna ses poches et offrit à l'homme tout son avoir, à savoir seize sous en monnaie allemande. Il s'offrit à voyager en troisième, mais il n'y en avait pas. Il offrit de passer dans le fourgon, mais on ne voulut rien entendre.)

Quatrième chef:

*a*) Avoir occupé un siège sans le payer;

*b*) Avoir stationné dans les couloirs. (Comme on ne lui permettait pas de s'asseoir sans avoir payé, chose qu'il ne pouvait d'ailleurs pas faire, on ne voit pas quelle autre solution il aurait pu adopter.)

Mais en Allemagne on ne considère pas les explications comme des excuses; et son voyage de Carlsruhe à Baden fut peut-être un record par son prix.

---

En pensant à la fréquence et à la facilité avec lesquelles, en Allemagne, on peut avoir maille à partir avec la police, on est amené à conclure que cette contrée serait le paradis du jeune Anglais.

La vie à Londres est d'une monotonie exaspérante selon ce que disent les étudiants en médecine et les gens en goguette. L'Anglais bien portant prend ses distractions en violant la loi, ou ne s'amuse pas. Rien de ce qui lui est permis ne lui procure de satisfaction véritable. Aller au-devant de quelque ennui, tel est son idéal de félicité. Mais voilà, en Angleterre on a fort peu d'occasions de ce genre; le jeune Anglais doit montrer pas mal de persévérance pour se fourrer dans un mauvais cas.

Un jour j'eus une conversation à ce sujet avec le principal marguillier de notre paroisse. C'était le 10 novembre au matin; tous deux nous parcourions avec anxiété les faits divers. Une bande de jeunes gens, comme chaque année à cette date, avait été appelée devant le magistrat pour avoir fait dans la nuit précédente l'habituel chahut au Criterion. Mon ami le marguillier a des fils. J'ai un neveu, que je surveille paternellement; sa mère, qui l'adore, le croit entièrement absorbé à Londres par ses études de futur ingénieur. Par extraordinaire nous ne découvrîmes aucun nom connu dans la liste des personnes retenues par la justice. Et rassérénés nous commençâmes à philosopher sur la folie et la dépravation de la jeunesse.

—La manière, dit mon ami le marguillier, dont le Criterion conserve son privilège à ce point de vue est remarquable. Rien n'est changé depuis ma jeunesse, les soirées se terminent invariablement par un chahut au Criterion.

—Tellement insipide, remarquai-je.

—Tellement monotone. Vous ne pouvez vous figurer, continua-t-il, une expression rêveuse passant sur sa figure ridée, combien finit par être inexprimablement fastidieux le parcours de Piccadilly Circus au commissariat de police de Vine Street. Mais hors cela que pouvions-nous faire? Rien, rien de rien. Eteindre une lanterne? On la rallumait tout de suite. Insulter un policeman? Il n'en tenait pas compte. Vous pouviez vous battre avec un fort de la halle de Covent Garden, si vous étiez amateur de ce genre d'amusement; d'une manière générale le fort sortait vainqueur du combat; en ce cas cela vous coûtait cinq shillings, mais dans le cas contraire cela coûtait un demi-souverain; je n'ai jamais pu me passionner pour ce sport. J'essayai un jour de jouer au cocher de fiacre. C'était considéré comme le *nec plus ultra* de l'extravagance parmi les jeunes fous de mon âge. Un beau soir je volai un «hansom-cab» devant un marchand de vin dans Dean Street, et la première chose qui m'arriva fut d'être hélé dans Golden Square par une vieille dame flanquée de trois enfants, parmi lesquels deux pleuraient et le troisième était à moitié endormi. Avant que j'aie pu m'éloigner, elle avait lancé la marmaille dans la voiture, pris mon numéro, m'avait payé un shilling de plus que la taxe, prétendit-elle, et donné comme adresse un point légèrement au delà de ce qu'elle appelait North Kensington. En réalité cet endroit se trouvait à l'autre bout de Willesden. Le cheval était fatigué: le voyage prit plus de deux heures. C'est la distraction la plus ennuyeuse qui me soit échue de ma vie. Je tentai à plusieurs reprises de proposer aux enfants de les ramener chez la vieille dame; mais chaque fois que je voulais engager la conversation en levant la trappe, le plus jeune des trois se mettait à brailler, et lorsque je demandais à d'autres cochers de prendre le lot, la plupart d'entre eux me répondaient en me chantant une scie populaire, très en vogue à ce moment: «Oh! George, ne crois-tu pas que tu vas un peu loin?» L'un d'eux m'offrit de porter à ma femme une pensée dernière que j'aurais pu avoir. Tandis qu'un autre promit d'organiser une expédition pour aller m'exhumer au printemps, à la fonte des neiges. Quand j'avais conçu ma blague, je me voyais conduisant un vieux colonel grincheux dans un quartier perdu et dépourvu de communications, situé à au moins une demi-douzaine de lieues de l'endroit où il voulait se rendre, et l'abandonnant là à jurer devant une borne. Dans ces conditions j'aurais pu avoir de l'amusement ou peut-être pas: tout dépendant des circonstances et du colonel. L'idée ne m'était jamais venue d'avoir la responsabilité de toute une nursery d'enfants sans défense, avec la mission de les transporter dans un faubourg perdu. Non, il n'y a pas à dire, Londres, conclut mon ami le marguillier avec un soupir, Londres n'offre que bien peu d'occasions à celui qui aime enfreindre la loi.

---

Bien au contraire, en Allemagne, on arrive à avoir des ennuis avec une facilité surprenante. Il y fourmille de choses, très faciles à exécuter, qu'il est défendu de faire. Je conseillerais tout simplement un billet d'aller au jeune Anglais qui serait désireux de se fourrer dans un mauvais cas, faute d'en trouver l'occasion chez lui. Prendre un billet aller et retour, qui n'est valable qu'un mois, serait indubitablement du gaspillage.

Il trouvera dans la lecture des ordonnances de police du Vaterland tout un ensemble de prescriptions dont l'infraction lui procurerait de la distraction et de la joie. En Allemagne il est défendu de suspendre sa literie à sa fenêtre. Il pourrait commencer sa journée par là. En secouant ses draps par la fenêtre, il serait à peu près sûr, avant l'absorption de son premier déjeuner, d'avoir déjà eu une petite discussion avec les agents. En Angleterre, il lui serait loisible de se pendre en personne à sa fenêtre sans que nul y trouvât à redire, pourvu qu'il n'interceptât pas le jour des locataires de l'étage inférieur, ou bien que, se détachant, il n'allât blesser un passant.

En Allemagne, il est défendu de se promener en travesti dans les rues. Un Ecossais de ma connaissance, qui voulait passer l'hiver à Dresde, consacra les premiers jours de son séjour là-bas en discussions à ce propos avec les autorités saxonnes. Elles lui demandèrent ce qu'il voulait faire dans cet accoutrement. Ce n'était pas un homme commode. Il répondît: le porter. Elles lui demandèrent: pourquoi? Il répondit: pour avoir chaud. Elles répliquèrent avec franchise qu'elles ne le croyaient pas et le renvoyèrent chez lui dans un landau fermé. L'ambassadeur d'Angleterre dut attester en personne que nombre de loyaux sujets britanniques, fort respectables d'ailleurs, avaient l'habitude de porter le costume écossais. On fut obligé, vu le caractère diplomatique du témoin, d'accepter ces explications, mais jusqu'à ce jour les autorités ont réservé leur opinion particulière.

---

Elles ont fini par s'habituer au touriste anglais; mais un gentilhomme du Leicestershire, invité à chasser avec des officiers allemands, fut appréhendé, lui et son cheval à la sortie de son hôtel et conduit vivement au poste pour y expliquer son extravagance.

Il est également défendu dans les rues allemandes de donner à manger à des chevaux, des mulets ou des ânes, qu'ils soient votre propriété ou celle d'autrui. Si une envie soudaine vous prend de nourrir le cheval d'un autre, il vous faut fixer un rendez-vous à l'animal, et le repas aura lieu dans un endroit dûment autorisé. Il est défendu de casser de la porcelaine ou du verre dans la rue ou dans quelque endroit public que ce soit. Et si cela vous arrivait, il vous faudrait en ramasser tous les morceaux. Je ne saurais dire ce qu'il vous faudrait faire de tous les morceaux, une fois rassemblés. Tout ce que je peux affirmer, c'est qu'on n'a pas la permission de les jeter ni de les laisser dans un endroit quelconque, ni, paraît-il, de s'en séparer de quelque manière que ce soit. Il est à présumer qu'on sera obligé de les porter sur soi jusqu'à la mort et de se faire enterrer avec; mais il est fort possible que l'on obtienne l'autorisation de les avaler.

Il est défendu dans les rues allemandes de tirer à l'arbalète. Le législateur germanique ne se contente pas d'envisager les méfaits de l'homme normal: il se préoccupe de toutes les bizarreries maladives qu'un maniaque halluciné pourrait imaginer. En Allemagne il n'existe pas de loi contre l'homme qui marcherait sur la tête au beau milieu de la rue; l'idée ne leur en est pas venue. Un de ces jours un homme d'Etat allemand, en voyant des acrobates au cirque, s'avisera soudain de cette omission. Aussitôt il se mettra au travail et accouchera d'une loi qui aura pour but d'empêcher les gens de marcher sur la tête au beau milieu de la rue et qui fixera le montant de l'amende. C'est en cela que réside le charme de la loi germanique: les méfaits en Allemagne sont à prix fixe. Vous n'y passez pas des nuits sans sommeil, comme vous faites en Angleterre, à réfléchir sur la possibilité de vous en tirer avec une caution, ou une amende de quarante shillings, ou avec un emprisonnement de sept jours, selon l'humeur du juge. Vous savez exactement à combien vous reviendra votre plaisanterie. Vous pouvez étaler votre argent sur la table, ouvrir votre code et calculer le coût de vos vacances à cinquante pfennigs près.

Pour passer une soirée vraiment peu coûteuse, je recommanderais de se promener sur le côté interdit du trottoir après avoir été sommé de ne pas le faire. En choisissant votre quartier et en vous tenant aux rues peu fréquentées, vous pourrez, d'après mon calcul, vous promener toute une soirée sur le mauvais côté du trottoir pour un peu plus de trois marks.

Il est défendu dans les villes allemandes de se promener «en groupe» après la tombée du jour. Je ne sais pas exactement de combien d'unités se compose un «groupe», et aucun fonctionnaire que j'aie interviewé à ce sujet ne s'est senti suffisamment compétent pour en fixer le nombre exact. Je soumis un soir la question à un ami allemand qui se préparait à aller au théâtre, accompagné de sa femme, de sa belle-mère, de ses cinq enfants, de sa sœur avec fiancé et de deux nièces; je lui demandai s'il ne craignait pas de s'exposer aux rigueurs de cette loi. Cette question ne lui parut nullement une plaisanterie. Il jeta un coup d'œil sur le groupe.

—Oh, je ne crois pas, dit-il, nous faisons tous partie d'une même famille.

—L'article ne fait pas de distinction entre un groupe familial et un groupe non familial: il se contente de dire «groupe». Sans vouloir vous froisser, mais en considérant l'étymologie du mot, je tends personnellement à considérer votre assemblée comme un «groupe». Toute la question est de savoir si la police verra les choses sous le même jour que moi. Je tenais seulement à vous avertir.

Mon ami avait tendance à passer outre, mais sa femme, préférant ne pas risquer de voir sa soirée interrompue dès le début par la police, fit diviser le groupe en deux parties, qui se retrouveraient dans le vestibule du théâtre.

Une autre passion qu'il faut savoir refréner en Allemagne est celle qui consiste à jeter des objets par la fenêtre. Même les chats ne sont pas une excuse. Pendant la première semaine de mon séjour en Allemagne, j'étais constamment réveillé la nuit par des chats. Une nuit, je devins enragé. Je formai un petit arsenal—deux ou trois morceaux de charbon, quelques poires dures, une paire de bouts de chandelle, un œuf resté sur la table de la cuisine, une bouteille de soda vide et autres menus objets de ce genre, et ouvrant la fenêtre, je me mis à bombarder l'endroit d'où paraissait venir le bruit. Je ne crois pas avoir atteint mon but. Je n'ai jamais connu d'homme qui ait mis un projectile dans un chat, même visible, excepté peut-être par hasard, en visant autre chose. J'ai vu des tireurs de marque, des lauréats de tir, des gens enfin qui s'étaient distingués dans ce sport, je les ai vus tirer au fusil sur un chat à une distance de cinquante yards: ils n'arrivaient seulement pas à en toucher un poil. Je me suis souvent dit qu'au lieu de cible ou de lièvre, ou de toute autre sorte de buts ridicules, on devrait, pour découvrir le prince des tireurs, faire le concours sur des chats.

---

Mais peu importe, ils s'en allèrent. Il est possible que l'œuf les ait incommodés. J'avais remarqué en le prenant qu'il ne paraissait pas frais. Et je me recouchai, croyant l'incident clos. Dix minutes plus tard, on se mit à sonner violemment à la grande porte. J'essayai de faire la sourde oreille, mais on sonnait avec trop de persistance; je mis ma robe de chambre et descendis. Un sergent de ville se trouvait devant la porte. Tous les objets que j'avais jetés par la fenêtre, il les avait devant lui, réunis en un petit tas, tous, excepté l'œuf. Il avait évidemment rassemblé tout cela. Il me dit:

—Ces objets vous appartiennent-ils?

—Ils m'ont appartenu, mais je n'y tiens plus. N'importe qui peut les prendre. Vous pouvez les prendre.

Il fit semblant de ne pas entendre ma proposition et déclara:

—Vous avez jeté ces objets par la fenêtre.

—C'est exact.

—Pourquoi les avez-vous jetés par la fenêtre? demanda-t-il. (Le sergent de ville germanique trouve ses questions toutes préparées à l'avance dans son code; il ne les modifie jamais, et jamais il n'en omettra aucune.)

—Je les avais jetés par la fenêtre pour atteindre des chats, répondis-je.

—Quels chats? demanda-t-il.

Cette question est bien d'un sergent de ville allemand. Je répliquai, avec autant de sarcasme qu'il me fut possible, que je n'étais pas capable à ma grande confusion de lui dire quels chats. J'expliquai qu'ils étaient des inconnus pour moi, personnellement; mais je lui offris, à la condition que la police réunît tous les chats du voisinage, de me rendre auprès d'eux et de voir si je pourrais les reconnaître d'après le miaulement.

Le sergent de ville allemand ne comprend pas la plaisanterie, ce qui vaut mieux, car l'amende prévue pour plaisanterie envers n'importe quel uniforme allemand est élevée; ils appellent cela «traiter un fonctionnaire avec insolence». Il me répondit simplement que ce n'était pas l'office de la police de m'aider à reconnaître des chats, son rôle se bornant à m'infliger une amende pour avoir jeté des objets par la fenêtre.

Je lui demandai ce qu'un simple mortel était admis à faire en Allemagne lorsqu'il était réveillé chaque nuit par des chats, et il m'expliqua que je pouvais déposer une plainte contre le propriétaire du chat. La police lui infligerait alors une amende et, si besoin était, ordonnerait la destruction du dit chat. Il ne daigna pas s'appesantir sur la question de savoir qui abattrait le chat et comment le chat se comporterait pendant le procès.

Je lui demandai quel procédé il me conseillait d'employer pour découvrir le propriétaire du chat. Il réfléchit quelques minutes; puis me répondit que je pouvais filer celui-ci jusque chez celui-là. Je ne me sentis plus le courage de discuter; je n'aurais pu dire que des choses qui auraient forcément aggravé mon cas. En résumé, le sport de cette nuit m'est revenu à douze marks et aucun des quatre fonctionnaires allemands qui m'interrogèrent à ce sujet ne put découvrir le ridicule qui se dégageait de cette aventure.

Mais en Allemagne la plus grande partie des fautes et des folies humaines semble insignifiante à côté de l'énormité que l'on commet en marchant sur les gazons. Vous ne devez en Allemagne, sous aucun prétexte, dans aucune circonstance et nulle part, vous promener jamais sur une pelouse. L'herbe en Allemagne est absolument considérée comme tabou. Poser un pied sur un gazon allemand est aussi sacrilège que de danser la gigue sur le tapis de prière d'un mahométan. Les chiens eux-mêmes respectent l'herbe allemande; pas un chien allemand n'y poserait une patte, même en songe. Si vous voyez un chien gambader en Allemagne sur une pelouse, vous pouvez être sûr que c'est le chien d'un étranger sans foi ni loi. En Angleterre, lorsque nous voulons empêcher les chiens de pénétrer dans certains endroits, nous dressons des filets métalliques de six pieds de haut, soutenus par des pieux et défendus au sommet par des fils de fer barbelés. En Allemagne, on se contente de mettre une pancarte au beau milieu: «Accès interdit aux chiens»; le chien qui a du sang allemand dans les veines regarde la pancarte et fait demi-tour.

J'ai vu dans un parc allemand un jardinier pénétrer précautionneusement avec des chaussons de feutre sur une pelouse, y prendre un insecte pour le déposer avec gravité, mais fermeté, sur le gravier; ceci fait, il resta à observer avec sérieux l'insecte, pour l'empêcher si besoin était de retourner sur l'herbe; et l'insecte, visiblement honteux, prit hâtivement le caniveau, en suivant la route marquée «Sortie».

On a assigné dans les parcs allemands des artères différentes aux différentes catégories d'humains. Et une personne, au risque de sa liberté et de sa fortune, n'a pas le droit de se promener sur la route réservée aux autres. On y trouve certaines allées destinées aux «cyclistes», d'autres aux «piétons», des allées «cavalières», des routes pour «voitures suspendues», et d'autres pour «voitures non suspendues»; des chemins pour «enfants» et d'autres pour «dames seules». Ils m'ont semblé avoir omis le chemin pour «hommes chauves» ou pour «femmes légères».

Un jour, je croisai dans le Grosse Garten de Dresde «une vieille dame» qui se tenait désemparée et ahurie au centre d'un carrefour de sept chemins. Chacun était gardé par un écriteau menaçant qui en écartait tous les promeneurs, sauf ceux pour lesquels il avait été spécialement tracé.

—Je vous demande pardon, me demanda-t-elle, devinant que je parlais l'anglais et savais lire l'allemand, mais cela ne vous dérangerait-il pas de me dire ce que je suis, et par où je dois passer.

Je l'examinai avec attention. J'arrivai à la conclusion qu'elle était une «grande personne» et un «piéton», et du doigt je lui désignai son chemin. Elle le regarda et prit une mine désappointée.

—Mais je ne veux pas aller dans cette direction, dit-elle; ne puis-je pas prendre cet autre chemin?

—Grand Dieu non, madame, répliquai-je, ce passage est réservé aux enfants.

—Mais je ne leur ferai aucun mal, dit la vieille dame avec un sourire. (Elle ne semblait pas être de ces vieilles dames capables de faire du mal aux enfants.)

—Madame, répondis-je, si cela dépendait de moi, j'aurais confiance et vous laisserais prendre ce chemin, même si mon dernier né jouait à l'autre bout; mais je ne puis que vous mettre au fait des règlements de ce pays. Pour vous, créature adulte, vous aventurer dans cette allée, ce serait marcher au devant d'une amende certaine, sinon de l'emprisonnement. Voici votre itinéraire écrit en toutes lettres: *Nur für Fussgaenger*, et si vous acceptez un conseil, suivez ce chemin à grands pas; il ne vous est permis ni de stationner ni d'hésiter.

—Il ne prend pas du tout la direction où je voudrais aller, dit la vieille dame.

—Il prend celle où vous *devriez* vouloir aller, répondis-je, et nous nous séparâmes.

Dans les parcs il existe des sièges spéciaux, munis d'inscriptions: «Pour grandes personnes seulement» (*Nur für Erwachsene*), et le garçonnet allemand, désireux de s'asseoir et lisant cette pancarte, poursuit son chemin et cherche un banc où les enfants aient le droit de se reposer; et là il s'assied en prenant garde de le salir avec ses bottines boueuses. Supposez un instant un banc dans Regent's ou dans St. James's Park portant l'inscription: «Seulement pour grandes personnes.» Accourant de cinq lieues à la ronde, les enfants essaieraient de trouver place sur ce banc, fût-ce par expulsion des autres enfants qui s'y seraient déjà installés. Quant aux «grandes personnes», elles ne pourraient jamais en approcher à moins d'un demi-mille, rapport à la foule. Le garçonnet allemand qui, par erreur, se serait assis sur un banc de cette sorte, se lève avec effroi lorsqu'on lui fait remarquer son erreur et, avec honte et regret, il s'en va la tête basse, en rougissant jusqu'à la racine des cheveux.

Il ne faut pas croire que le gouvernement ne soit pas paternel, il n'oublie pas l'enfant: dans le parc allemand et dans les jardins publics, on a réservé pour lui des emplacements spéciaux (*Spielplaetze*), chacun d'eux pourvu d'un tas de sable. Il peut y jouer à cœur joie, en faisant des pâtés et en construisant des châteaux de sable. Un pâté fait avec un autre sable semblerait un pâté immoral à l'enfant allemand. Il ne lui donnerait aucune satisfaction: son âme se révolterait contre lui. Il se dirait:

—Ce pâté n'était pas comme il aurait dû être, fait du sable que le Gouvernement a spécialement mis à notre disposition pour cet usage; il n'a pas été fait à l'endroit que le Gouvernement avait choisi et aménagé pour la construction de pâtés de sable. Rien de bon ne peut en résulter. C'est un pâté hors toute loi.

Et sa conscience continuerait à le tourmenter jusqu'à ce que son père eût payé l'amende prévue et lui eût infligé une correction en rapport avec son méfait.

Une autre manière de s'amuser en Allemagne consiste à se promener en poussant une voiture d'enfant. Des pages entières du code allemand sont remplies d'articles qui traitent de ce que l'on peut faire et de ce que l'on n'a pas le droit de faire avec un «Kinderwagen», comme on l'appelle. L'homme qui peut pousser sans anicroche une voiture d'enfant à travers une ville allemande est né diplomate. Il ne vous faut pas flâner avec une voiture d'enfant; mais il ne faut pas non plus aller trop vite. Il ne vous faut pas avec une voiture d'enfant barrer la route aux autres personnes; mais si les autres personnes vous barrent la route, il vous faut leur céder la place. Si vous voulez vous arrêter avec une voiture d'enfant, il faut vous rendre à une place spécialement aménagée, où les voitures d'enfant ont licence de s'arrêter; et quand vous y arrivez, il *faut* vous arrêter. Il ne faut pas traverser la rue avec une voiture d'enfant; si le bébé et vous habitez par hasard de l'autre côté, c'est votre faute. Il est défendu d'abandonner la voiture d'enfant où que ce soit, et il ne vous est permis de l'emmener que dans certains lieux. Il est à supposer que si vous vous promeniez en Allemagne avec une voiture d'enfant pendant une heure et demie, vous vous créeriez suffisamment d'ennuis pour être obligé d'y séjourner un mois. Tout jeune Anglais désireux d'avoir des démêlés avec la police ne saurait mieux faire que d'aller en Allemagne et d'emmener avec lui sa voiture d'enfant.

En Allemagne il est défendu de laisser la porte d'entrée d'une maison ouverte après dix heures du soir, et il vous est interdit de jouer du piano dans votre propre demeure après onze heures. En Angleterre je n'ai jamais éprouvé le désir de jouer du piano ou d'entendre une personne quelconque en jouer après onze heures du soir. Le fait est que tout change, si l'on vous défend de jouer. Ici, en Allemagne, le piano n'a eu d'attrait pour moi qu'après onze heures, et, à partir de ce moment, je deviens capable de m'asseoir pour écouter avec plaisir la *Prière d'une Vierge* ou l'*Ouverture de Zampa*. D'autre part, pour l'Allemand respectueux du code, la musique jouée après onze heures du soir cesse d'être de la musique; elle devient du péché et à ce titre ne lui donne pas de satisfaction.

Dans toute l'Allemagne, le seul individu qui songe à prendre des libertés avec la loi est l'étudiant, et encore ne le fait-il que jusqu'à un certain point bien défini. La coutume lui octroie des privilèges, mais bien spécifiés et strictement limités. Par exemple, l'étudiant a le droit de s'enivrer et de s'endormir dans le ruisseau sans encourir d'autre punition que l'obligation de donner le lendemain matin une légère gratification au sergent de ville qui l'a ramassé et rapporté chez lui. Mais pour cet usage, il lui faut choisir les ruisseaux de rues écartées. L'étudiant allemand qui sent approcher rapidement la minute où il perdra le discernement des choses emploie les dernières ressources de son énergie à contourner le coin de rue passé lequel il pourra s'affaler sans anxiété. Dans certains quartiers, il a le droit de sonner aux portes, quartiers où les appartements sont d'un loyer moins élevé qu'ailleurs; chaque famille tourne du reste la difficulté en établissant entre ses membres un code secret de sonneries, grâce auquel on peut savoir si l'appel est digne de foi ou s'il ne l'est pas. On fait bien d'être au courant de ce code si l'on visite ce genre de maison tard dans la soirée, car en persistant à sonner on risque de recevoir un baquet d'eau sur la tête.

L'étudiant allemand jouit aussi du privilège de pouvoir éteindre la nuit les becs de gaz; mais on ne le voit pas d'un bon œil en éteindre un trop grand nombre. L'étudiant amateur de farces tient une comptabilité: il se contente d'une demi-douzaine de becs par nuit. Il a, à part cela, le droit de crier et de chanter dans la rue, en rentrant chez lui, et cela jusqu'à deux heures trente inclusivement. Dans certains restaurants, on lui permet de passer son bras autour de la taille de la Fraülein. Pour empêcher toute velléité de libertinage, les servantes des restaurants fréquentés par les étudiants sont toujours soigneusement choisies parmi des femmes mûres et calmes, grâce à quoi l'étudiant allemand peut jouir des délices du flirt sans peur et sans reproche.

Ils respectent tous la loi, les citoyens allemands.

---

# CHAPITRE DIXIÈME

*Baden-Baden jugé par un étranger. Les beautés du lendemain matin envisagées de la veille au soir. La distance mesurée au compas. La même, mesurée avec les jambes. George d'accord avec sa conscience. Une machine paresseuse. Le sport de la bicyclette d'après l'affiche du fabricant: son aisance. Le cycliste, selon l'affiche: son costume; sa méthode. Le griffon, joujou du ménage. Un chien qui a de l'amour-propre. Le cheval insulté.*

A Bade, nous commençâmes à faire sérieusement de la bicyclette. Il suffit d'un mot pour décrire Bade: ville de plaisir tout à fait semblable aux autres villes de plaisir. Nous combinâmes une excursion de dix jours pour achever notre tour de Forêt Noire, avec pointe dans la vallée du Danube. C'est une des plus belles vallées de l'Allemagne, au long des vingt kilomètres qui séparent Tüttlingen de Sigmaringen; le Danube s'y fraie un passage étroit, longeant des villages vieillots où se sont conservées les mœurs du bon vieux temps; il côtoie des monastères anciens, perdus dans des nids de verdure; il traverse des prairies peuplées de troupeaux dont les bergers, nu-pieds et nu-tête, ont les hanches serrées étroitement par une corde et tiennent une houlette à la main. Le fleuve passe ensuite au milieu de forêts rocheuses entre des murs de rocs abrupts, dont chaque pointe est couronnée d'une forteresse en ruines, d'une église ou d'un château. On y jouit en même temps d'une vue sur les montagnes des Vosges où la moitié de la population se froisse si vous lui adressez la parole en français, tandis que l'autre se considère comme insultée si vous lui parlez en allemand; mais les deux manifestent une même indignation et un égal mépris à l'audition du premier mot d'anglais; situation qui rend la conversation quelque peu énervante et fatigante.

---

Nous n'avons pu suivre notre programme à la lettre par la raison que les humains, même animés des meilleures intentions, ne parviennent pas toujours à mener à bonne fin leurs projets. Il est facile de dire à trois heures de l'après-midi avec conviction:

—Nous nous lèverons à cinq heures; nous ferons un léger déjeuner à la demie et partirons à six heures.

—Nous aurons ainsi fait la plus grande partie de notre chemin avant la grande chaleur, remarque quelqu'un.

—En cette saison, dit un autre, les premières heures du matin sont assurément les meilleures de la journée.

—N'est-ce pas votre avis? ajoute un troisième.

—Eh! Indubitablement.

—Il fera si frais et si agréable!

—Et les demi-teintes sont si exquises.

Le premier matin on met ces projets à exécution. Les excursionnistes se rassemblent à cinq heures trente. On est très silencieux; chacun, pris à part, est quelque peu grognon; on est tenté de trouver la nourriture mauvaise et beaucoup d'autres choses avec; l'atmosphère est chargée d'une irritabilité contenue qui cherche une issue. Dans le cours de la soirée la voix du Tentateur se fait entendre:

—Je pense que si nous nous mettions en route à six heures et demie précises, cela suffirait.

La voix de la Vertu proteste faiblement:

—Cela bouleversera nos intentions.

Le Tentateur réplique:

—Les intentions furent créées pour les hommes et non les hommes pour les intentions. (Le Diable sait paraphraser l'Ecriture dans son propre intérêt.) D'ailleurs, cela dérange tout l'hôtel, songez donc aux malheureux domestiques.

La voix de la Vertu continue, en faiblissant:

—Mais par ici tout le monde se lève de bonne heure.

—Ils ne se lèveraient pas si tôt, les pauvres, s'ils n'y étaient obligés! Mettons donc le déjeuner à six heures et demie précises, cela ne dérangera personne.

Ainsi le Péché se dissimule sous les traits de la Bonté, et on dort jusqu'à six heures, expliquant à sa conscience, qui d'ailleurs ne vous croit pas, qu'on n'agit ainsi que par altruisme. J'ai vu des considérations de ce genre prolonger le repos jusqu'à sept heures sonnées.

Semblablement, les distances mesurées au compas ne sont pas les mêmes que mesurées avec les jambes.

—Dix milles à l'heure pendant sept heures font soixante-dix milles. Ce n'est pas trop de fatigue pour une journée.

—N'y a-t-il pas quelques côtes très raides à gravir?

—On les descend ensuite. Mettons huit milles à l'heure, et convenons de ne faire que soixante milles. Dieu du ciel! si nous ne pouvons pas faire du huit à l'heure, il vaudrait mieux nous faire traîner dans une voiture de malade. (Il semble en effet impossible de faire moins sur le papier.)

Mais à quatre heures de l'après-midi la voix du Devoir sonne moins haut.

—Eh bien, il me semble que le plus gros est fait.

—Oh, rien ne presse! Ne nous hâtons pas. Vue ravissante, n'est-ce pas?

—Ravissante. N'oubliez pas que nous sommes à vingt-cinq milles de St-Blasien.

—Vous dites?

—Vingt-cinq milles; sinon un peu plus.

—Vous voulez dire que nous n'en n'avons fait que trente-cinq?

—Oh! à peine.

—C'est impossible. Je n'en crois pas votre carte.

—Cela ne se peut pas, voyons! nous pédalons consciencieusement depuis les premières heures du jour.

—Non. Nous ne sommes pas partis avant huit heures.

—Huit heures moins un quart.

—Bien, mettons huit heures moins un quart, et tous les six milles nous nous sommes arrêtés.

—Nous ne nous sommes arrêtés que pour regarder le site! Il est inutile de parcourir une région, si on ne prend pas le temps de l'admirer.

—Et il nous a fallu grimper quelques côtes très raides.

—Et il fait exceptionnellement chaud aujourd'hui.

—En tous cas, n'oubliez pas que nous sommes à vingt-cinq milles de St-Blasien, c'est un fait.

—Encore des montagnes?

—Oui, deux; ça monte et puis ça descend.

—Je croyais que vous aviez dit que la route descendait jusque dans St-Blasien?

—C'est vrai pour les dix derniers milles, mais... nous sommes encore à vingt-cinq milles de St-Blasien!

—Est-ce qu'il n'y a rien entre ici et St-Blasien? Qu'est-ce donc que ce petit endroit au bord de ce lac?

—Ce n'est pas St-Blasien, ni rien qui en soit proche. Il y a du danger à entrer dans cet ordre d'idées.

—Il y en a surtout à nous surmener. On devrait en toutes circonstances s'appliquer à agir avec modération. Joli petit pays que Titisee, d'après la carte; on doit y respirer un air pur.

—Très bien. Je suis conciliant. C'est vous autres qui vouliez pousser jusqu'à St-Blasien.

—Oh, je ne tiens pas tant que ça à St-Blasien. C'est dans le fond d'une vallée. On y étouffe. Titisee est beaucoup mieux situé.

—Et assez près, n'est-ce pas?

—Cinq milles.

Alors tous en chœur:

—On s'arrête à Titisee.

George avait dissocié la théorie et la pratique dès notre premier jour d'excursion.

—Je croyais, dit-il (il était sur sa bicyclette, tandis que Harris et moi, sur le tandem, menions le train), qu'il avait été entendu que nous gravirions les côtes en funiculaire et les descendrions sur nos machines.

—Oui, d'une manière générale. Mais les funiculaires ne gravissent pas *toutes* les côtes dans la Forêt Noire, spécifia Harris.

—Je m'en étais bien un peu douté grogna George; et le silence régna quelque temps.

—D'un autre côté, dit Harris, qui avait apparemment ruminé ce sujet, il est impossible que vous ayez espéré n'avoir que des descentes. Ce ne serait pas de jeu. Sans un peu de travail, il n'est pas de plaisir.

Du silence encore. George le rompit:

—Ne vous surmenez pas pour le seul plaisir de m'être agréable, vous deux.

—Que voulez-vous dire? demanda Harris.

—Je veux dire qu'aux endroits où d'aventure nous pourrions prendre le funiculaire, il ne vous faudrait pas craindre de blesser ma susceptibilité. Pour mon compte, je me déclare prêt à gravir toutes ces montagnes dans des funiculaires, même si ce n'est pas de jeu. Je me charge de me mettre en règle avec ma conscience; voici huit jours que je me lève à sept heures du matin, et je trouve que cela vaut une compensation. Ne vous gênez donc pas pour moi à ce sujet.

Nous promîmes de ne pas oublier son vœu et l'excursion continua dans un mutisme absolu, jusqu'au moment où George nous en fit sortir de nouveau par cette question:

—De quelle marque m'avez-vous dit qu'était votre machine?

Harris le lui dit. Je ne me rappelle pas de quelle marque elle était; peu importe.

—En êtes vous sûr? insista George.

—Naturellement, j'en suis sûr. Pourquoi?

—Eh bien, elle ne fait pas honneur à son affiche. C'est tout.

—Quelle affiche?

—L'affiche qui a pour but de prôner cette marque de cycles. J'en ai regardé une peu de jours avant notre départ, qui était placardée sur un mur de Sloane Street. Un jeune homme montait une machine de cette marque, un jeune homme, une bannière à la main: il ne faisait aucun effort, c'était aussi clair que le jour. Il était simplement assis dessus à aspirer largement le grand air. Le cycle avançait par sa propre initiative et avançait d'un bon train. Votre bicyclette me laisse à moi tout le travail. Votre machine est un monstre de paresse. Si on ne suait pas sang et eau, ce n'est pas elle qui bougerait. A votre place j'irais réclamer.

En y réfléchissant, il y a bien peu de machines qui fassent honneur à leurs réclames! Je ne me souviens que d'une seule affiche où le cycliste apparemment peinait. Mais c'est qu'il était poursuivi par un taureau. Le plus souvent, l'intention de l'artiste est de prouver au néophyte hésitant que le sport de la bicyclette consiste à être assis sur la selle luxueuse et à être transporté rapidement par des forces invisibles et surnaturelles dans la direction où l'on désire aller.

D'une manière générale le cycliste est une dame. Une fée voyageant sur une légère nuée estivale ne peut pas paraître plus à son aise que la bicycliste de l'affiche. Elle porte le costume rêvé pour faire de la bicyclette par de fortes chaleurs. Des patronnes d'auberges un peu bégueules lui refuseraient peut-être l'accès de leur salle à manger; et une police à l'esprit étroit pourrait vouloir la protéger en l'enveloppant dans un châle, avant de l'incriminer. Mais elle ne s'occupe pas de ces détails. Par monts et par vaux, en des passages où un chat aurait du mal à trouver son chemin, sur des routes faites pour briser un rouleau compresseur, elle passe comme une vision de beauté nonchalante, ses cheveux blonds ondulant au vent, son corps de sylphide alangui dans une attitude éthérée, un pied sur la selle et l'autre effleurant la lanterne. Parfois elle consent à s'asseoir sur la selle; en ce cas elle place ses pieds sur les leviers de repos, allume une cigarette et brandit un lampion.

Quelquefois, mais plus rarement, ce n'est qu'un mâle qui conduit la bicyclette. Acrobate moins accompli que la demoiselle, il réussit pourtant des tours de force appréciables: se tenir debout sur la selle en agitant des drapeaux, boire de la bière ou du bouillon en pleine marche. Il faut bien qu'il fasse quelque chose pour occuper ses loisirs: ce doit être fort pénible pour un homme d'un tempérament actif de rester tranquillement assis sur sa machine des heures durant sans rien avoir à faire, sans même avoir à réfléchir. Et c'est pourquoi on le voit se dresser sur ses pédales en arrivant près du sommet d'une haute montagne, pour apostropher le soleil ou pour déclamer des vers à la campagne environnante.

Parfois l'affiche représente un couple de cyclistes; et alors on saisit sur le vif toutes les supériorités qu'a, au point de vue du flirt, la bicyclette moderne sur le salon, ou sur la grille du jardin du bon vieux temps. Lui et elle grimpent sur leurs bicyclettes, après s'être naturellement assurés qu'elles sont de bonne marque. Après quoi, ils n'ont plus rien à faire qu'à se répéter l'éternelle chanson d'amour toujours si douce. Gaiement les roues de la «Bermondsey Company's Bottom Bracket Britain's Best» ou de la «Camberwell Company's Jointless Eureka» roulent le long d'étroits sentiers, à travers les villes qui sont des ruches en travail. On n'a besoin ni de pédaler ni de les conduire. Donnez-leur une direction et dites-leur à quelle heure vous voulez être rentrés: c'est tout ce qu'il leur faut pour agir. Pendant qu'Edwin se penche sur sa selle pour murmurer à l'oreille d'Angélina les mille petits riens si doux, pendant que le visage d'Angélina se tourne vers l'horizon décoratif pour cacher sa chaste rougeur, les bicyclettes magiques poursuivent leur course régulière.

Et le soleil brille toujours et toujours les routes sont sèches. Ils ne sont ni suivis par des parents sévères, ni accompagnés d'une tante encombrante, ni épiés au coin des rues par un démon de petit frère; jamais ils ne rencontrent d'obstacle à leur bonheur. Ah, mon Dieu! pourquoi n'avons-nous pas pu louer des «Britain's Best» ou des «Camberwell Eurekas» quand *nous* étions jeunes.

Il se peut aussi que la «Britain's Best» ou la «Camberwell Eureka» soit appuyée contre une grille; elle est peut-être fatiguée. Elle a eu beaucoup à travailler cette après-midi pour transporter ces jeunes gens. Animés des meilleures intentions ils ont mis pied à terre pour donner du repos à la machine. Ils sont assis sur l'herbe, ombragés par de jolis arbustes; l'herbe est longue et bien sèche; un ruisseau coule à leurs pieds. Tout respire la paix et la tranquillité.

L'artiste, compositeur d'affiches pour cycles, s'ingénie toujours à donner cette impression élyséenne de paix et de tranquillité.

Mais, au fait, j'ai tort d'affirmer que, d'après les affiches, jamais cycliste ne peine. J'en ai vu qui représentaient des hommes à bicyclette travaillant dur ou même se surmenant. Ils paraissent amaigris et hagards; à force de travail, la sueur perle sur leur front; ils vous donnent l'impression que, s'il y a une autre montagne au delà de l'affiche, il leur faudra ou abandonner ou mourir. Mais c'est le résultat de leur propre folie et cela ne leur arrive que parce qu'ils s'obstinent à monter une machine d'une marque inférieure. Ah! s'ils montaient une «Putney Popular» ou une «Battersea Bounder» comme le jeune homme raisonnable qui occupe le centre de l'affiche, ils n'auraient aucun besoin de se dépenser en efforts inutiles! On ne leur demanderait en témoignage de reconnaissance que d'avoir l'air heureux; tout au plus de freiner un peu parfois lorsqu'il arrive à la machine dans sa juvénile fougue de perdre la tête et de prendre une allure par trop précipitée.

Vous, pauvres jeunes hommes si las, assis misérablement sur une borne kilométrique, trop éreintés pour prendre garde à la pluie persistante qui vous traverse, vous jeunes filles harassées, aux cheveux raides et mouillés, que l'heure tardive énerve, qui lanceriez un juron si vous saviez vous y prendre; vous, hommes chauves et corpulents, qui maigrissez à vue d'œil en vous éreintant sur la route sans fin; vous, matrones pourpres et découragées, qui avez tant de mal à maîtriser la roue récalcitrante; vous tous, pourquoi n'avez-vous pas eu soin d'acheter une «Britain's Best», ou une «Camberwell Eureka»? Pourquoi ces bicyclettes de marques inférieures sont-elles si répandues? Ou bien en est-il du cyclisme comme de toute chose en ce bas monde: la Vie réalise-t-elle jamais la promesse de l'Affiche?

En Allemagne ce qui ne manque jamais de me fasciner, c'est le chien autochthone. On se lasse en Angleterre des vieilles races, on les connaît trop: il y a le dogue, le plum pudding dogue, le terrier (au poil noir, blanc ou roux, selon le cas, mais toujours querelleur), le collie, le bouledogue; et jamais rien de nouveau. Mais en Allemagne vous rencontrez de la variété. Vous y apercevez des chiens comme vous n'en avez jamais vu jusque là; que vous ne prendriez pas pour des chiens, s'ils ne se mettaient à aboyer. Tout cela est si neuf, si captivant! George s'arrêta devant un chien à Sigmaringen et attira notre attention sur lui. Il nous sembla le produit hétérogène d'une morue et d'un caniche, et, ma foi, je n'oserais pas affirmer qu'il n'était pas, en effet, issu du croisement d'une morue et d'un caniche. Harris essaya de le photographier, mais le chiens se hissa le long d'une palissade et disparut dans quelque haie.

J'ignore les intentions de l'éleveur allemand; il les cache pour le moment. George prétend qu'il vise à produire un griffon. On est tenté de défendre cette théorie: j'ai observé un ou deux cas de quasi réussite en ce genre. Et cependant je ne peux pas m'empêcher de croire que ce ne furent que de simples accidents. L'Allemand est pratique: quel intérêt aurait-il à réaliser un griffon? Si on n'est poussé que par le désir d'avoir une bête originale, n'a-t-on pas déjà le basset? Que faut-il de plus? Au surplus, le griffon serait très incommode dans une maison: chacun, à chaque instant, lui marcherait sur la queue. A mon idée, les Allemands tentent de produire une sirène, qu'ils dresseraient à la pêche.

Car nos Allemands n'encouragent jamais la paresse chez aucun être vivant: ils aiment voir leurs chiens travailler, et le chien allemand aime le travail. Il ne peut y avoir aucun doute à ce sujet. La vie du chien anglais doit lui peser comme un fardeau. Imaginez un être fort, intelligent et actif, d'un tempérament exceptionnellement énergique, condamné à passer vingt-quatre heures par jour dans une inertie absolue! Aimeriez-vous cela pour vous-même? Rien d'étonnant qu'il se sente incompris, qu'il aspire à l'impossible et ne récolte que déboires.

Le chien allemand, au contraire, a de quoi occuper son esprit. Il se sait important et très utile. Observez-le qui s'avance, l'air heureux, attelé à sa voiturette chargée de lait. Nul marguillier ne semble aussi satisfait de lui-même au moment de la quête. Il ne fournit aucun travail véritable; c'est l'humain qui pousse, et lui qui aboie. C'est ainsi qu'il conçoit la division du travail. Voici ce qu'il se dit:

—Le vieux bonhomme ne peut pas aboyer, mais sait pousser. C'est parfait.

La fierté qu'il tire de ce travail est édifiante. Il se peut qu'un autre chien, le croisant, fasse une remarque désobligeante, jette du discrédit sur la teneur en crème de son lait. Alors il s'arrête subitement, sans tenir aucun compte de la circulation.

—Je vous demande pardon, mais que disiez-vous de notre lait?

—Je n'ai rien dit de votre lait, répond l'autre chien sur le ton de la plus parfaite innocence. J'avais simplement dit qu'il fait beau temps et demandé le prix de la craie.

—Ah, vous avez demandé le prix de la craie, hein? Désireriez-vous le savoir?

—Je vous en prie, je m'imagine que vous êtes à même de me le dire.

—Vous avez raison. Je le peux. Cela vaut....

—Allons, marche, dit la vieille qui a chaud, qui est lasse et voudrait avoir fini sa tournée.

—Oui; mais, nom d'un petit bonhomme! avez-vous entendu ce qu'il a dit de notre lait?

—Eh! ne t'occupe donc pas de lui. Voilà un tramway qui vient de tourner la rue: nous allons être écrasés.

—Possible, mais moi je m'occupe de lui. On a son amour-propre. Il a demandé le prix de la craie, et il va le savoir! ça vaut exactement vingt fois plus....

—Vous allez tout renverser! s'écrie la vieille femme angoissée, le retenant de toutes ses faibles forces. Mon Dieu! j'aurais dû le laisser chez nous.

Le tram s'avance rapidement sur eux; un cocher les invective, un autre chien, énorme, attelé à une voiturette de pain, espérant arriver à temps pour prendre part au combat, se hâte de traverser la rue, suivi d'un enfant qui crie de toutes ses forces. Il se forme vite un petit rassemblement; et un représentant de la force publique se fraie un chemin vers le champ de bataille.

—Cela vaut, reprend le chien de la laitière, exactement vingt fois plus que vous n'allez valoir quand j'en aurai fini avec vous.

—Ah! tu crois ça, vraiment?

—Oui, vraiment, petit-fils de caniche français, mangeur de choux!

—Là! je savais que vous alliez la renverser, dit la pauvre laitière. Je lui avais dit qu'il allait la renverser.

Mais il est occupé et ne l'écoute pas. Cinq minutes plus tard, quand la circulation a repris, quand la porteuse de pain a ramassé ses miches boueuses et que le sergent de ville s'est retiré après avoir noté le nom et l'adresse de toutes les personnes présentes, il consent à jeter un regard derrière lui.

—Evidemment on en a renversé un peu, admet-il. Puis, se secouant pour chasser cet ennui, il ajoute gaiement: Mais je pense lui avoir appris le prix de la craie, à celui-là. Je crois qu'il ne reviendra plus nous ennuyer.

—Je l'espère, bien sûr, dit la vieille femme, en regardant avec regret la voie lactée.

Mais son sport préféré consiste à attendre au sommet d'une colline la venue d'un autre chien et alors de la redescendre au grand trot. En ces occasions-là son maître est surtout occupé à courir derrière lui, pour ramasser au fur et à mesure les objets semés, des pains, des choux, des chemises. Arrivé au bas de la colline, lui s'arrête et attend amicalement son maître.

—Excellente course, n'est-ce pas? remarque-t-il, essoufflé, quand l'homme arrive, chargé jusqu'au menton. Je crois que je l'aurais gagnée, si cet idiot de petit garçon n'était pas intervenu. Il s'est mis juste en travers de mon chemin au moment où je tournais le coin. *Vous l'aviez remarqué?* Je voudrais pouvoir en dire autant, sale gosse! Pourquoi se met-il à brailler de la sorte? *Parce que je l'ai renversé et que j'ai passé sur lui?* Eh, pourquoi ne s'est-il pas écarté de mon chemin? C'est une honte que les gens permettent à leurs enfants de courir ainsi et de se jeter dans les jambes de tout le monde pour faire choir les gens. *Oh, là, là! Toutes ces choses sont tombées de la voiture?* Vous ne l'aviez sûrement pas bien chargée, il faudra y mettre plus de soin une autre fois. *Vous ne pouviez pas vous attendre à ce que je descendisse la colline à une allure de vingt milles à l'heure?* Vous me connaissez assez pourtant pour ne pas croire que je me laisserais dépasser par ce vieux chien des Schneider sans tenter un effort. Mais vous ne réfléchissez jamais. Vous êtes certain d'avoir retrouvé tout? *Vous le croyez?* Je ne me contenterais pas de «croire»; à votre place je remonterais vivement la colline et je m'en assurerais. *Vous êtes trop fatigué?* Oh, cela va bien! mais ne dites pas alors que c'est ma faute s'il vous manque quelque chose.

Il est très entêté. Il est sûr et certain que le bon tournant est le second à votre droite, et rien ne pourra le persuader que ce n'est que le troisième. Il est sûr de pouvoir traverser la route suffisamment vite et ne sera convaincu du contraire que lorsqu'il aura vu sa charrette démolie. Il est vrai qu'alors il s'excusera très humblement. Mais à quoi cela servira-t-il? Cela réparera-t-il le mal? Comme il a d'habitude la taille et la force d'un jeune taureau et que son compagnon humain n'est généralement qu'un faible vieillard ou un petit enfant, il n'en fait qu'à sa guise. La plus grande punition que son propriétaire puisse lui infliger, c'est de le laisser à la maison et de traîner lui-même sa voiture. Mais notre Allemand a trop bon cœur pour abuser de ce procédé.

Il ne faut pas croire que l'animal soit attelé à la voiture pour un autre agrément que le sien, et j'ai la certitude que le paysan allemand ne commande le petit harnachement et ne fabrique la petite voiture que pour faire plaisir à son chien. Dans d'autres pays, en Hollande, en Belgique et en France, j'ai vu maltraiter et surmener les chiens qu'on attelle; en Allemagne, jamais. Les Allemands accablent de sottises leurs animaux d'une manière choquante. J'ai vu un Allemand se tenir devant son cheval et le traiter de tous les noms qui lui venaient à l'esprit. Mais le cheval n'en avait cure. J'ai vu un Allemand, las d'injurier son cheval, appeler sa femme et lui demander de l'aider. Quand elle survint, il lui révéla ce que le cheval avait fait. A ce récit la femme se fâcha, elle aussi, tout rouge; et, se tenant l'un à droite, l'autre à gauche du pauvre animal, tous deux le rouèrent d'invectives; ils lui firent des remarques blessantes sur son aspect physique, son intelligence, son sens moral, son adresse en tant que cheval. L'animal subit l'avalanche pendant quelque temps avec une patience exemplaire; puis il trouva la meilleure solution en l'occurrence. Sans perdre son sang-froid, il s'en alla doucement. La femme s'en retourna à sa lessive. Quand au mari, il le suivit, remontant la rue, la bouche pleine d'injures.

Il n'y a pas sur terre de peuple dont le cœur soit aussi tendre. Les Allemands ne maltraitent pas les enfants ni les animaux. Ils n'utilisent le fouet que comme instrument de musique; on entend son claquement du matin au soir. A Dresde je vis la foule lyncher presque un cocher italien qui s'était servi du fouet contre sa bête. L'Allemagne est le seul pays d'Europe où le voyageur puisse s'installer confortablement dans un fiacre avec la certitude que son laborieux et patient ami d'entre les brancards ne sera ni surmené ni maltraité.

---

# CHAPITRE ONZIÈME

*Une maison de la Forêt Noire. Les relations qu'on pourrait faire. Son parfum. George refuse énergiquement de rester couché après quatre heures du matin. La route qu'on ne saurait manquer. Mon flair extraordinaire. Une réunion de gens peu reconnaissants. Harris savant. Sa confiance sereine. Le village: où il se trouvait et où il aurait dû être. George: son plan. Nous nous promenons à la française. Le cocher allemand endormi et réveillé. L'homme qui répand l'anglais sur le continent.*

Très fatigués et loin de toute ville ou de tout village, nous avons dormi une nuit dans une ferme de la Forêt Noire. Le grand charme d'une maison de la Forêt Noire réside dans sa sociabilité. Les vaches y habitent la pièce à côté, les chevaux l'étage au-dessus, les oies et les canards sont installés dans la cuisine, tandis que les cochons, les enfants et les poules séjournent un peu partout.

Pendant qu'on procède à sa toilette on entend un grognement derrière soi:

—Bonjour! Pas d'épluchures de pommes de terre ici? Non, je vois que vous n'en avez pas. Au revoir.

Puis voici un caquètement et le cou d'une vieille poule qui avance.

—Belle journée, n'est-ce pas? Cela ne vous dérange pas que j'apporte ici mon ver? C'est si difficile de trouver dans cette maison une pièce où l'on puisse jouir en paix de sa nourriture. Déjà, quand je n'étais que poussin, je mangeais lentement, mais quand une douzaine.... Là, je pensais bien qu'ils ne me laisseraient pas tranquille! Chacun en voudra un morceau. Cela ne vous fait rien que je m'installe sur le lit? Ici ils ne me verront peut-être pas.

Pendant que l'on s'habille, différentes têtes viennent vous épier par la porte. Elles considèrent apparemment la chambre comme une ménagerie temporaire. On ne saurait dire si les têtes appartiennent à des garçons ou à des filles; on ne peut qu'espérer qu'elles appartiennent toutes au sexe masculin. Il est inutile d'essayer de fermer la porte, car il n'y a rien pour la maintenir et, aussitôt qu'ils ne la sentent plus poussée, ils l'ouvrent de nouveau. On déjeune dans le décor traditionnel du repas qui fut célébré pour le retour de l'Enfant Prodigue: un cochon ou deux entrent pour vous tenir compagnie; une bande d'oies d'un certain âge vous accablent de critiques, se tenant sur le pas de la porte; vous devinez, d'après leurs chuchotements, leur expression choquée, qu'elles cassent du sucre sur votre dos. Une vache s'abaissera peut-être jusqu'à jeter un coup d'œil sur cet intérieur.

C'est cet arrangement dans le genre de l'arche de Noé qui donne, je suppose, à la maison de la Forêt Noire son odeur particulière. Ce n'est pas une odeur qu'on puisse comparer à quoi que ce soit. C'est tout comme si l'on mélangeait des roses, du fromage du Limbourg, de l'huile pour les cheveux, quelques fleurs de bruyère, des oignons, des pêches, de l'eau de savon avec une bouffée d'air marin et un cadavre. On ne saurait discerner aucune odeur particulière, mais on les sent toutes réunies là, toutes les odeurs que l'univers possède jusqu'à présent. Les gens qui vivent dans ces maisons adorent à l'envi ce mélange. Ils n'ouvrent jamais les fenêtres, de peur d'en perdre un peu; ils conservent précieusement cette odeur dans leur maison hermétiquement close. Si vous désirez respirer un parfum différent, vous avez tout loisir de sortir et de humer à l'extérieur l'arome des pins et des violettes des bois: à l'intérieur il y a celui de la maison; et on dit qu'au bout de quelque temps on s'y habitue de telle sorte qu'il vous manquerait et que l'on devient incapable de s'endormir dans aucune autre atmosphère.

Nous avions projeté de couvrir une longue étape le lendemain et pour ce motif nous désirions nous lever de bonne heure, vers les six heures,—si possible sans déranger toute la maison. Nous demandâmes timidement à notre hôtesse si elle voyait d'un bon œil ce programme. Elle ne fit pas d'objection. Elle-même ne serait peut-être pas dans les parages à cette heure-là. C'était le jour où elle devait se rendre au marché, distant de dix milles. Elle ne rentrait pas avant sept heures; mais il était fort possible que son mari ou l'un de ses fils passât à la maison prendre un deuxième repas à ce moment. En tous cas on enverrait quelqu'un nous réveiller et préparer notre premier déjeuner.

On n'eût pas à nous réveiller. Nous nous levâmes de nous-mêmes à quatre heures. Nous nous levâmes à quatre heures pour échapper au fracas qui faisait éclater nos têtes. Je suis incapable de dire à quelle heure les paysans de la Forêt Noire se lèvent en été; ils nous parurent se lever toute la nuit. Et la première chose que fait l'indigène quand il sort du lit est de chausser une paire de sabots et de faire une promenade hygiénique à travers sa maison. Il ne se sent pas complètement levé avant d'avoir monté et descendu trois fois les étages. Une fois bien réveillé, il monte aux écuries et y réveille son cheval. (Les maisons de la Forêt Noire étant généralement bâties sur une pente raide, le rez-de-chaussée se trouve à la partie supérieure et le grenier à la partie inférieure.) Le cheval, semble-t-il, doit aussi faire sa promenade hygiénique par la maison. Ensuite l'homme descend à la cuisine et commence à casser du bois; quand il en a cassé suffisamment, il se sent satisfait de lui-même et se met à chanter. Considérant toutes ces choses, nous arrivâmes à conclure que ce que nous avions de mieux à faire était de suivre l'excellent exemple qu'on nous donnait. George lui-même avait très envie de se lever ce matin-là.

---

Nous absorbâmes un repas frugal à quatre heures et demie et nous mîmes en route à cinq heures. Notre chemin nous conduisait à travers des montagnes et, d'après les renseignements pris dans le village, ce devait être une de ces routes si faciles à suivre qu'il était impossible de s'égarer. Je suppose que tout le monde connaît ces sortes de routes; généralement elles vous ramènent à votre point de départ; et s'il en va autrement, vous le regrettez, car dans le premier cas vous savez au moins où vous vous trouvez. J'étais en défiance dès le début, et avant d'avoir parcouru une couple de milles nous fûmes édifiés. Nous arrivions à un carrefour de trois routes. Un poteau indicateur vermoulu assignait pour destination au chemin de gauche un endroit inconnu de toute carte. L'autre bras, parallèle à la route du milieu, avait disparu. Le chemin de droite, nous étions tous d'accord pour le croire, ramenait manifestement au village.

—Le vieillard, rappela Harris, nous a dit clairement de longer la montagne.

—Quelle montagne? demanda George avec justesse.

Une demi douzaine de collines nous faisaient face, les unes plus grandes, les autres plus petites.

—Il nous a dit, continua Harris, que nous devions arriver à un bois.

—Je ne vois aucune raison d'en douter, quelle que soit la route que nous prenions, commenta George.

En effet toutes les hauteurs autour de nous étaient couvertes de forêts épaisses.

—Et il a encore dit, murmura Harris, que nous atteindrions le sommet en une heure et demie environ.

—C'est là, dit George, que je commence à douter de ses paroles.

—Eh bien, qu'allons-nous faire? demanda Harris.

Le hasard veut que j'aie la bosse de l'orientation. Ce n'est pas une vertu; je ne veux pas m'en vanter. Ce n'est qu'un instinct tout animal, auquel je ne peux rien. S'il m'arrive de rencontrer sur mon chemin des montagnes, des précipices, des rivières et d'autres obstacles de cette sorte qui m'empêchent d'avancer,—ce n'est pas ma faute. Mon instinct me conduit très sûrement; c'est la planète qui a tort. Je les emmenai donc par la route du milieu. On n'aurait pas dû m'imputer à crime le fait que cette route du milieu n'ait pas eu suffisamment d'énergie pour continuer plus d'un quart de mille dans la même direction, et qu'après trois milles de montées et de descentes elle ait subitement abouti à un guêpier. Si cette route médiane avait suivi la direction qu'elle aurait dû suivre, elle nous aurait menés là où nous voulions aller, j'en suis convaincu.

Ce don particulier qui m'est échu, j'aurais continué à m'en servir pour découvrir un nouveau chemin, s'ils ne m'avaient pas fait sentir leur mauvaise humeur. Mais je ne suis pas un ange—je l'avoue franchement—et je refuse de faire des efforts au profit d'ingrats et de rebelles. D'un autre côté je me demande si George et Harris m'auraient suivi plus loin. C'est pour ces raisons que je m'en lavai les mains et que Harris me remplaça comme chef de colonne.

—Eh bien, me dit-il, je suppose que vous êtes satisfait de votre œuvre.

—J'en suis assez satisfait, répondis-je du haut du tas de pierres sur lequel j'étais assis. Je vous ai menés jusqu'ici sains et saufs. Je mènerais plus loin, mais nul artiste ne peut travailler sans encouragement. Vous vous montrez mécontents de moi parce que vous ne savez pas où vous êtes. Il est possible que vous soyez dans la bonne direction, sans vous en douter. Mais autant ne rien dire; je ne m'attends pas à des remerciements. Suivez le chemin qui bon vous semblera; je ne m'en occupe plus.

Je parlai peut-être avec amertume, mais je n'y pouvais rien. On ne m'avait pas adressé une parole aimable pendant tout ce trajet rebutant.

—Ne vous méprenez pas sur le sens de mes paroles, dit Harris: George et moi sommes convaincus que sans votre aide nous ne serions pas arrivés à l'endroit où nous nous trouvons. Nous vous rendons justice en cela. Mais on ne peut pas se fier aveuglément à l'instinct. Je compte vous proposer d'y substituer la science qui, elle, est exacte. Donc, où se trouve le soleil?

—Ne croyez-vous pas, dit George, que si nous retournions au village et que nous demandions à un gamin de nous servir de guide pour un mark, cela nous ferait, somme toute, gagner du temps?

—Cela nous ferait perdre plusieurs heures, répliqua Harris d'un ton décidé. Fiez-vous à moi. J'ai étudié la question. (Il tira sa montre et commença à tourner sur lui-même.)

---

C'est simple comme bonjour. Il faut diriger la petite aiguille vers le soleil, vous prenez la bissectrice de l'angle formé par la petite aiguille et midi, et obtenez ainsi la direction du nord. (Il s'agita pendant quelque temps, puis il fit son choix.) Me voilà fixé, dit-il; le nord est dans cette direction, là où se trouve le guêpier. Maintenant passez-moi la carte. (Nous la lui tendîmes et, s'asseyant face aux guêpes, il l'examina.) Todtmoos se trouve, par rapport à notre position actuelle, dans une direction sud-sud-ouest.

—Qu'entendez-vous par «notre position actuelle»? questionna George.

—Mais ici, où nous sommes.

—Mais où sommes-nous donc?

Cette question embarrassa Harris pendant quelques instants, mais à la fin il se rasséréna.

—Notre position importe peu, répliqua-t-il. Quel que soit l'endroit où nous sommes, Todtmoos se trouve dans une direction sud-sud-ouest. Allons, venez, nous perdons notre temps.

—Je ne comprends pas exactement votre raisonnement, dit George en se levant et en bouclant sa musette; mais je suppose que cela ne tire pas à conséquence. Nous nous promenons pour notre santé et partout la campagne est belle.

—Cela va aller merveilleusement, dit Harris avec une confiance sereine. Nous arriverons à Todtmoos avant dix heures, ne vous tourmentez pas. Et à Todtmoos nous trouverons à manger.

Il avoua que, pour sa part, il aimerait un beefsteak suivi d'une bonne omelette. George nous confia que personnellement il s'abstiendrait de penser à ce sujet avant que Todtmoos ne fût en vue.

Nous marchions depuis une demi-heure quand, arrivant à une éclaircie, nous aperçûmes au-dessous de nous, à environ deux milles, le village que nous avions traversé quelques heures plus tôt. Nous le reconnaissions à son église bizarre, munie d'un escalier extérieur, ce qui est d'une architecture peu répandue. Cette vue me remplit de tristesse. Nous avions marché sur une route très dure pendant trois heures et demie et n'avions apparemment fait que quatre milles. Mais Harris était enchanté:

—Enfin, nous savons où nous sommes.

—Je croyais que cela importait peu, lui rappela George.

—En effet, pratiquement cela n'a aucun intérêt, mais il vaut quand même mieux être fixé. A présent je me sens plus sûr de moi.

—Je ne vois pas en quoi cela constitue pour vous un avantage, murmura George. (Mais je ne crois pas que Harris l'entendit.)

—Nous sommes en ce moment, continua Harris, dans l'est par rapport au soleil et Todtmoos est au sud-ouest de l'endroit où nous sommes. De sorte que si... (Il s'arrêta net.) A propos, vous souvenez-vous si j'ai dit qu'en menant la bissectrice de l'angle on obtenait la direction nord ou la direction sud?

—Vous avez dît qu'elle donnait le nord, répliqua George.

—En êtes-vous sûr? insista Harris.

—Certain. Mais ne vous laissez pas influencer dans vos calculs pour si peu. Selon toute probabilité, vous vous êtes trompé.

Harris réfléchit quelque temps, puis sa physionomie s'éclaira:

—Nous y sommes. Evidemment c'est le nord. Il faut que ce soit le nord. Comment cela pourrait-il être le sud? Maintenant, il faut nous diriger vers l'ouest. Venez.

—Je ne demande pas mieux que de me diriger vers l'ouest, dit George; n'importe quelle direction de la boussole m'est bonne. Je veux seulement vous faire remarquer qu'en ce moment nous marchons en plein vers l'est.

—Mais non, répondit Harris, nous allons vers l'ouest.

—Je vous dis que nous nous dirigeons vers l'est.

—Je voudrais que vous ne continuiez pas à affirmer ça. Vous dérangez mes calculs.

—Cela m'est égal. J'aime mieux déranger vos calculs que de continuer à m'égarer. Je vous dis que nous avons mis cap en plein vers l'est.

—Quelle stupidité! s'impatienta Harris, voici le soleil.

—Je peux voir le soleil, convint George, je le vois même assez distinctement. Il se peut qu'il se trouve à sa place selon vous et les préceptes de la science, mais il se peut aussi qu'il n'y soit pas. Tout ce que je sais se résume en ceci: quand nous étions dans le village, cette montagne surmontée de cette couronne de rochers était nettement au nord. En ce moment, nous faisons face à l'est.

—Vous avez raison, acquiesça Harris, j'avais oublié pour un instant que nous marchions dans un sens opposé.

—Moi, à votre place, je prendrais l'habitude de noter ces changements d'orientation, grommela George. Cela nous arrivera probablement plus d'une fois encore.

Nous fîmes demi-tour et nous acheminâmes dans la direction opposée.

Après avoir grimpé pendant quarante minutes, nous arrivâmes de nouveau à une éclaircie, et de nouveau le village s'étalait à nos pieds. Mais cette fois-ci il était au sud, par rapport à nous.

—C'est étonnant, dit Harris.

—Je ne vois rien d'étonnant à cela, émit George. Si vous faites consciencieusement le tour d'un village, il n'est que naturel que vous en aperceviez de temps en temps l'église. J'ai tout le premier du plaisir à la voir. Cela me prouve que nous ne sommes pas irrémédiablement perdus.

—Il devrait être à notre gauche, dit Harris.

—Il y sera dans une heure environ si nous poursuivons notre route.

Moi, je me taisais: tous les deux m'irritaient. Mais je voyais non sans satisfaction George se mettre en colère contre Harris. Aussi était-ce assez stupide de la part de Harris de s'imaginer qu'il était capable de trouver son chemin d'après le soleil.

—Je serais bien content de savoir d'une manière certaine, dit Harris d'un air songeur, si cette bissectrice nous indique le nord ou le sud.

—A votre place, je prendrais une résolution à ce sujet: c'est un point important.

—C'est impossible que ce soit le nord, dit Harris, et je vais vous expliquer pourquoi.

—Ne vous donnez pas cette peine, répliqua George, je ne demande qu'à le croire.

—Vous venez de dire qu'elle indique le nord, lui reprocha Harris.

—Ce n'est pas cela que j'ai dit. J'ai dit que vous l'aviez dit, c'est tout différent. Si vous croyez vous tromper, rebroussons chemin. Cela nous changera, à défaut de mieux.

Alors Harris dressa de nouveaux plans basés sur des calculs inverses et de nouveau nous nous enfonçâmes dans les bois; et de nouveau après une demi-heure de côtes rudes, nous arrivâmes en vue du même village. Il est vrai que nous étions à une altitude un peu plus élevée et que cette fois-ci il était situé entre nous et le soleil.

—Je pense, dit George, tandis qu'il le regardait du haut de cet observatoire, que c'est la meilleure vue que nous en ayons eue jusqu'à présent. Il n'y a plus qu'un seul endroit au-dessus de nous d'où nous puissions le voir encore. Ce après quoi, je vous proposerai d'y descendre et d'y prendre quelque repos.

—Je ne crois pas que ce soit le même village, dit Harris; cela n'est pas possible.

—On ne saurait s'y méprendre, avec cette église, dit George. A moins qu'il ne s'agisse d'un cas semblable à celui de cette statue de Prague. Il se peut que les autorités aient différentes copies grandeur nature de ce village et les aient dispersées dans la forêt pour juger où il ferait meilleur effet. Du reste, peu importe. Où allons-nous maintenant?

—Je n'en sais rien, dit Harris, et cela m'est égal. J'ai fait de mon mieux; vous n'avez fait que bougonner et m'induire en erreur.

—J'ai pu vous adresser quelques critiques, admit George; mais mettez-vous à ma place. L'un de vous me certifie qu'il a un instinct infaillible et me conduit à un guêpier au milieu d'un bois.

—Je ne peux pas empêcher les guêpes de bâtir leurs ruches dans les bois, répliquai-je.

—Je ne dis pas que cela soit en votre pouvoir, riposta George. Je ne discute pas; je ne fais que constater des faits bien établis... L'autre me mène pendant des heures par monts et par vaux, d'après des principes astronomiques, tout en ne sachant pas distinguer le nord du sud. Personnellement, je ne prétends pas avoir des instincts dépassant ceux du commun des mortels, je ne suis pas non plus un scientifique. Mais je vois là-bas, deux champs plus loin, un homme. Je vais lui offrir la valeur du foin qu'il coupe et que j'estime à un mark cinquante, afin que, laissant son travail, il me conduise jusqu'à ce que nous soyons en vue de Todtmoos. Si vous voulez me suivre, camarades, vous êtes libres; si non, vous pouvez recourir à un autre système et tenter l'épreuve de votre côté.

Le plan de George était dépourvu d'originalité et de hardiesse, mais sur le moment il nous parut sympathique. Heureusement que nous n'étions pas éloignés de l'endroit où nous nous étions trompés de route pour la première fois; ce qui eut pour résultat qu'aidés par l'homme à la faux nous retrouvâmes le bon chemin et atteignîmes Todtmoos avec un retard de quatre heures sur nos calculs, mais avec un appétit formidable que quarante-cinq minutes de travail silencieux et acharné suffirent à peine à calmer.

Nous avions projeté d'aller à pied de Todtmoos à la vallée du Rhin; mais en raison de nos fatigues extraordinaires de la matinée, nous décidâmes de faire «une promenade en voiture», comme on dit en France.

Et à cette intention nous louâmes un véhicule d'aspect pittoresque, tiré par un cheval qu'on aurait volontiers comparé à un tonneau, n'eût été l'embonpoint de son cocher auprès duquel il semblait anguleux. En Allemagne, toutes les voitures sont aménagées pour être attelées à deux, mais en général elles ne sont tirées que par un seul cheval. Cela donne à l'équipage un aspect asymétrique qui heurte notre goût, mais que les gens d'ici trouvent élégant: on a l'air de quelqu'un qui d'habitude sort avec une paire de chevaux, mais qui, pour l'instant, a égaré l'un d'eux. Le cocher allemand n'est pas ce que nous appellerions un maître. Quand il dort, c'est alors qu'il montre ses qualités. A ce moment, au moins, il n'est pas dangereux; et comme le cheval est généralement intelligent et expérimenté, la course est relativement peu périlleuse. S'ils arrivaient en Allemagne à dresser le cheval à se faire payer à la fin de la course, on pourrait se passer tout à fait de cocher, ce qui serait un soulagement considérable pour le voyageur: car le cocher allemand est le plus souvent occupé soit à se mettre dans l'embarras, soit à essayer de s'en tirer.

Mais il est plus apte à s'y mettre qu'à s'en tirer. Je me souviens avoir descendu une pente rapide, dans la Forêt Noire, en compagnie de deux dames. C'était une de ces descentes en zigzag. D'un côté de la route la montagne se dressait à soixante-quinze degrés, de l'autre elle s'abaissait, suivant le même angle. Nous avancions très agréablement; le cocher avait, à notre grande satisfaction, les yeux clos, quand soudain un mauvais rêve ou une indigestion le réveilla. Il saisit les rênes, et par un mouvement habile, il conduisit au bord extrême du précipice le cheval de droite qui s'y accrocha, retenu tant bien que mal par son harnachement. Notre cocher n'en parut ni surpris ni affecté; je remarquai aussi que les chevaux semblaient tous deux habitués à cette position. Nous sortîmes de voiture et il descendit du siège. Il prit dans son coffre un énorme couteau qui semblait être spécialement affecté à cet usage et coupa vivement les traits. Le cheval ainsi lâché descendit en roulant jusqu'au moment où il se retrouva sur la route, quelque cinquante mètres plus bas. Là, il se remit sur pied et nous attendit. Nous reprîmes nos places dans la voiture qui poursuivit sa route avec son seul cheval, et nous arrivâmes de la sorte au niveau du premier. Celui-ci, notre conducteur le réattela avec quelques bouts de corde et nous continuâmes notre chemin. De toute évidence, cocher et chevaux avaient l'habitude de descendre les montagnes par ce procédé: c'est ce qui m'impressionna le plus.

Une autre particularité du cocher allemand est que, pour ralentir ou accélérer son allure, il n'agit pas sur le cheval par les rênes, mais sur la voiture par le frein. Pour faire du huit à l'heure, il le serre légèrement, de telle sorte que la roue râclée produise un bruit continu analogue à celui qui s'entend lorsqu'on aiguise une scie; pour faire quatre milles à l'heure, il le serre un peu plus fort et vous roulez, accompagnés de cris et de grognements qui rappellent la symphonie de porcs qu'on égorge. Désire-t-il s'arrêter tout à fait, il le serre à bloc. Il sait que, si son frein est de bonne qualité, sa voiture s'arrêtera en un espace moindre de deux fois sa longueur, à moins que l'animal ne soit d'une force extraordinaire. Le cocher allemand et le cheval allemand doivent ignorer qu'on peut arrêter une voiture par un autre moyen, car le cheval continue à tirer la voiture de toutes ses forces jusqu'au moment où il se sent incapable de la déplacer d'un centimètre; alors il se repose. Les chevaux des autres pays ne voient aucun inconvénient à s'arrêter, quand on leur en suggère l'idée. J'ai même connu des chevaux qui se montraient satisfaits de marcher tout doucement; mais notre cheval allemand est, selon toute apparence, bâti pour marcher à une seule allure et est incapable de s'en départir. J'ai vu, c'est vérité pure, un cocher allemand manœuvrer le frein des deux mains, de peur de ne pas pouvoir éviter une collision.

A Waldshut, une des petites villes du XVI^e siècle, que le Rhin traverse peu après sa source, nous rencontrâmes cet être très répandu sur le continent: le touriste anglais qui se montre surpris, même offensé, de l'ignorance dont l'indigène fait preuve touchant les subtilités de la langue anglaise. Quand nous pénétrâmes dans la gare, il était en train d'expliquer au porteur, dans un anglais très pur, malgré un léger accent du Sommersetshire, et ceci pour la dixième fois, ainsi qu'il nous en fit part, ce fait pourtant bien simple qu'il possédait un billet pour Donaueschingen et désirait se rendre à Donaueschingen pour voir les sources du Danube qui n'y sont d'ailleurs pas, quoiqu'on dise en général qu'elles y sont, et entendait que sa bicyclette fût dirigée sur Engen et son sac sur Constance où le dit sac attendrait son arrivée. Cette explication poursuivie d'une haleine lui avait donné chaud et l'avait mis en colère. Le porteur, un très jeune homme, avait pris la physionomie d'un vieillard fatigué. J'offris mes services. Je le regrette maintenant, mais peut-être pas autant que cet abruti a dû le regretter plus tard. Les trois itinéraires, nous apprit le porteur, étaient compliqués, nécessitant des changements et encore des changements. Il ne nous restait que peu de temps pour délibérer avec calme, car notre propre train devait partir dans quelques minutes. L'homme était volubile, ce qui est toujours une faute, lorsqu'on veut tirer au clair une affaire embrouillée, tandis que le porteur ne désirait qu'en avoir fini au plus vite pour pouvoir respirer. Dix minutes plus tard dans le train, la lumière se fit dans mon esprit connue je réfléchissais à la chose: je m'étais bien mis d'accord avec le porteur pour l'expédition de la bicyclette par Immendingen (ce qui me semblait être le meilleur itinéraire) et son enregistrement pour Immendingen; seulement j'avais négligé de donner des instructions pour son départ d'Immendingen. Si j'étais de tempérament bilieux, je me ferais du mauvais sang encore à l'heure actuelle en pensant que, selon toute probabilité, la bicyclette se trouve aujourd'hui encore à Immendingen. Mais il est de bonne philosophie de se résigner à voir toujours le bon côté des choses. Il se peut que le porteur ait, de son propre chef, réparé ma négligence, il se peut aussi qu'un miracle soit intervenu pour rendre la bicyclette à son propriétaire peu de temps avant la fin de leur voyage. Nous envoyâmes le sac à Radolfszell: mais je me console en me disant qu'il portait une étiquette sur laquelle était écrit Constance; sans aucun doute, après un certain laps de temps, la direction du chemin de fer, voyant qu'on ne le réclamait pas à Radolfszell, l'aura envoyé à Constance.

Le piquant de cette histoire réside en le fait que notre Anglais se soit indigné parce que dans une gare allemande il était tombé sur un porteur incapable de comprendre sa langue. Dès que nous lui eûmes adressé la parole, il avait exprimé longuement cette indignation:

—Merci beaucoup. C'est pourtant bien simple. Je vais prendre le train pour Donaueschingen; de Donaueschingen je me rendrai à pied à Geisengen; de Geisengen j'irai en chemin de fer à Engen, et d'Engen je me propose d'aller à bicyclette à Constance. Mais je ne veux pas emporter mon sac; je veux le trouver à Constance quand j'y arriverai. Voici dix minutes que j'essaie d'expliquer cela à cet imbécile, sans pouvoir le lui faire entrer dans tête.

—C'est honteux en effet, avais-je constaté: ces manœuvres allemands parlent à peine leur propre langue.

—Tout cela, je le lui ai montré sur l'indicateur et expliqué par des gestes pourtant bien clairs. Impossible de lui rien faire comprendre.

—J'ai vraiment du mal à vous croire... La chose pourtant s'expliquait d'elle-même...

Harris était en colère après cet homme; il lui aurait volontiers donné une leçon pour lui apprendre à voyager dans des régions perdues et à vouloir y accomplir des tours de force sur les chemins de fer, sans savoir un traître mot de la langue du pays. J'avais refréné l'ardeur de Harris et lui avais fait remarquer la grandeur et l'intérêt du travail auquel cet homme se livrait sans s'en douter.

Evidemment Shakespeare et Milton ont fait de leur mieux pour répandre la langue anglaise chez les habitants moins favorisés de l'Europe. Newton et Darwin ont peut-être réussi à rendre la connaissance de leur langue nécessaire aux étrangers soucieux de l'évolution de la pensée humaine. Dickens et surtout Ouida auront peut-être encore davantage aidé à la rendre populaire. Mais celui qui a répandu la connaissance de l'anglais depuis le cap St-Vincent jusqu'aux monts de l'Oural, c'est l'Anglais qui, incapable ou peu désireux d'apprendre un seul mot d'une autre langue, voyage, le porte-monnaie à la main, dans tous les coins du continent. On pourrait être choqué de son ignorance, irrité de sa stupidité, écœuré de sa présomption. Le résultat pratique subsiste; c'est cet homme qui britannise l'Europe. C'est pour lui que chaque paysan suisse par les soirées d'hiver trotte à travers les neiges pour assister au cours d'anglais. C'est pour lui que le cocher et le conducteur de train, la femme de chambre et la blanchisseuse pâlissent sur leur grammaire anglaise et sur les manuels de conversation. C'est pour lui que les boutiquiers et marchands étrangers envoient leurs fils et leurs filles par milliers faire leurs études dans toutes les villes anglaises. C'est pour lui que tous les hôteliers ou restaurateurs en quête de personnel ajoutent à leurs annonces: «Inutile de se présenter sans une connaissance suffisante de la langue anglaise.»

Si les races britanniques se mettaient en tête de parler autre chose que l'anglais, le progrès surprenant de la langue anglaise à travers l'univers s'arrêterait.

Regardons jongler avec son or l'Anglais qui, ne parlant que sa langue, vit parmi les étrangers.

—Voilà, s'écrie-t-il, de quoi récompenser tous ceux qui parlent l'anglais.

C'est lui le grand éducateur. Théoriquement nous devrions le blâmer; pratiquement il sied de se découvrir devant lui. Il est le missionnaire de la langue anglaise.

---

# CHAPITRE DOUZIÈME

*Nous sommes contristés par les instincts primitifs des Germains. Une vue superbe, mais pas de restaurant. Une opinion continentale sur l'Insulaire. Il n'est pas assez débrouillard pour se mettre à l'abri de la pluie. Arrivée d'un voyageur fatigué, muni d'une brique. Le chien va à la chasse. Une résidence de famille peu désirable. Un pays de vergers. Un vieux bonhomme très gai gravit la montagne. George, alarmé par l'heure tardive, descend vivement par l'autre côté. Harris le suit pour lui montrer le chemin. Je déteste rester seul et suis Harris à mon tour. Prononciation spéciale à l'usage des étrangers.*

Ce qui froisse les sentiments des Anglo-Saxons des classes supérieures est l'instinct terre à terre qui pousse les Allemands à placer un restaurant au terme de chaque excursion. On trouve toujours et partout une «Wirtschaft» bondée, soit au sommet des montagnes, soit dans les gorges féeriques, dans les défilés déserts comme près des chutes d'eau ou des fleuves majestueux. Comment peut-on s'extasier devant une vue lorsqu'on se trouve entouré de tables tachées de bière? Comment se perdre dans des rêveries historiques en respirant une odeur de veau rôti et d'épinards?

Un jour, désireux d'élever nos âmes, nous nous mîmes à grimper à travers des bois touffus.

—Et, dit Harris avec sarcasme tandis que nous nous arrêtions un moment pour respirer et pour serrer d'un cran nos ceintures, nous allons trouver là-haut un restaurant splendide où des gens engouffreront des beefsteaks saignants et des tartes aux prunes en buvant du vin blanc.

—Vous croyez? dit George.

—Voyons, vous connaissez bien leurs habitudes. Ils ne consentiraient pas à dédier à la solitude et à la contemplation le moindre ravin; ils ne laisseraient pas à l'amant de la nature un seul sommet intact.

—Je pense, remarquai-je, que nous arriverons un peu avant une heure, pourvu que nous ne flânions pas.

—Le «Mittagstisch», grommela Harris, sera juste prêt, avec peut-être quelques-unes de ces petites truites au bleu, qu'ils pêchent par ici. En Allemagne on semble ne jamais pouvoir se défaire de l'idée de boire et de manger. C'est horripilant!

---

Nous continuâmes notre chemin, et les beautés de la route nous firent oublier notre indignation. Mon calcul se trouva exact.

A une heure moins un quart Harris, qui était en tête, dit:

—Nous voici arrivés. Je vois le sommet.

—Voyez-vous le restaurant? dit George.

—Je ne l'aperçois pas, mais vous pouvez être sûr qu'il y est, le monstre!

Cinq minutes plus tard nous étions au sommet. Nous regardâmes vers le nord, le sud, l'est, l'ouest; puis nous nous regardâmes.

—Vue magnifique, n'est-ce pas? dit Harris.

—Magnifique, acquiesçai-je.

—Superbe, confirma George.

—Ils ont eu pour une fois le bon goût de mettre le restaurant hors de vue, dit Harris.

—Ils semblent l'avoir caché, dit George.

—Il ne vous choque pas tellement quand on ne vous le met pas sous le nez, dit Harris.

—Naturellement, s'il est bien placé, observai-je, un restaurant en général n'a rien de désagréable.

—Je désirerais savoir où ils l'ont mis, dit George.

—Si nous le cherchions? dit Harris, saisi d'une heureuse inspiration.

---

L'idée nous sembla pratique. Nous convînmes d'explorer la région dans différentes directions et de nous retrouver au sommet pour nous faire part du résultat de nos recherches. Après une demi-heure nous étions de nouveau réunis. Les paroles étaient inutiles. Nos figures montraient assez clairement qu'enfin nous avions découvert un coin de nature allemande inviolé par les appétits.

—Je ne l'aurais jamais cru, dit Harris; et vous?

—Je pense que ce doit être le seul coin de tout le Vaterland qui en soit dépourvu.

—Et nous trois, étrangers, nous l'avons découvert sans effort, risqua George.

—Nous voici à même, observai-je, de régaler nos sentiments les plus délicats sans être dérangés par les sollicitations de notre vile matière. Voyez le jeu de la lumière sur ces pics lointains. N'est-ce pas ravissant?

—A propos de nature, dit George, quel est selon vous le chemin le plus court pour redescendre?

—Le chemin de gauche, répliquai-je après avoir consulté le guide, nous conduit en deux heures environ à Sommersteig, où, entre parenthèses, je remarque que l'Aigle d'Or est très recommandé. Le sentier de droite, un peu plus long, nous offre des panoramas plus vastes.

—Ne trouvez-vous pas, dit Harris, qu'un panorama ressemble follement à tous les autres panoramas?

—Moi, pour ma part, je prends le chemin de gauche, dit George.

Et Harris et moi le suivîmes. Mais nous ne descendîmes pas aussi rapidement que nous l'avions prévu. Les orages s'amassent vite dans ces régions et, avant que nous eussions fait un quart d'heure de marche, le dilemme se posa: trouver un abri, ou passer le reste de la journée dans des vêtements trempés. Nous nous décidâmes pour l'abri et choisîmes un arbre qui, dans des circonstances ordinaires, aurait constitué une protection efficace. Mais un orage dans la Forêt Noire n'est pas chose ordinaire. Nous commençâmes par nous expliquer l'un à l'autre, pour nous consoler, qu'un orage aussi violent ne durerait pas. Puis nous essayâmes de nous réconforter en pensant que s'il durait nous serions assez vite trop mouillés pour craindre de l'être davantage.

—D'après la tournure que prennent les événements, dit Harris, il aurait, ma foi, mieux valu qu'il y eût un restaurant là-haut.

—Je ne vois pas l'avantage, dit George, d'être à la fois mouillé et affamé. J'attends encore cinq minutes, et je poursuis ma route.

—Ces solitudes montagneuses, remarquai-je, ont beaucoup de charme quand il fait beau. Les jours de pluie, surtout si vous n'avez plus l'âge de...

A ce moment un gros homme nous appela. Il se tenait à une cinquantaine de mètres, abrité sous un vaste parapluie.

—Ne voulez-vous pas entrer? proposait le gros homme.

—Entrer où? criai-je. (Je le pris d'abord pour un de ces imbéciles qui essaient de rire là où il n'y a rien de risible.)

—Entrer au restaurant, répondit-il.

Nous quittâmes notre abri et allâmes vers lui. Nous étions avides d'obtenir de plus amples informations.

—Je vous ai déjà appelés par la fenêtre, dit le gros monsieur quand nous fûmes près de lui, mais je suppose que vous ne m'entendiez pas. Cet orage peut encore durer une heure, vous allez être rudement mouillés.

C'était un bon vieux bien sympathique; il semblait s'intéresser vivement à nous. Je dis:

—C'est gentil de votre part d'être sorti. Nous ne sommes pas des fous. Il ne faut pas croire que nous soyons restés sous cet arbre une demi-heure, sachant dès la première minute qu'un restaurant dissimulé par des arbres se trouvait à peine à vingt yards. Nous ne nous doutions pas le moins du monde d'être aussi près d'un restaurant.

—Je le pensais bien, dit le vieux gentleman; et c'est pour cela que je suis venu.

Il paraît que tout le monde dans l'auberge nous avait également observés des fenêtres, se demandant pourquoi nous restions dehors, l'air si malheureux. Sans ce brave vieux, ces imbéciles auraient sans doute continué à nous regarder tout le reste de l'après-midi. L'hôte s'excusa—comme nous avions l'air anglais, il ne savait pas si... Ce n'est pas une figure oratoire. Ils croient tous sur le continent que tout Anglais est un peu fou. Ils en sont sincèrement convaincus, comme les paysans anglais croient mordicus que les Français se nourrissent exclusivement de grenouilles.

C'était un petit restaurant confortable où l'on mangeait bien et où le vin était vraiment tout à fait passable. Nous y restâmes quelques heures, nous nous séchâmes en faisant un bon repas et en parlant du site. Juste comme nous allions quitter ce lieu hospitalier, survint un incident qui montre à quel point sur cette terre les influences du mal l'emportent sur celles du bien.

Un voyageur entra. Il semblait rongé de soucis. Il tenait à la main une brique attachée à un bout de ficelle. Il entra vite et nerveusement, ferma précautionneusement la porte, vérifia cette fermeture, regarda longuement et soigneusement par la fenêtre et alors avec un soupir de soulagement posa sa brique à côté de lui sur le banc et demanda à boire et à manger.

Il y avait du mystère là-dessous. On se demandait ce qu'il allait faire avec cette brique, pourquoi il avait pris tant de précautions pour fermer cette porte, pourquoi il avait eu l'air si inquiet en regardant par la fenêtre; mais son aspect était trop minable pour qu'on fût tenté d'engager la conversation. Tandis qu'il mangeait et buvait il devint plus gai, soupira moins souvent. Un peu plus tard il allongea ses jambes, alluma un cigare malodorant et en tira des bouffées avec calme et satisfaction.

Alors la Chose arriva. Elle arriva trop subitement pour qu'on puisse en donner une explication détaillée. Je me souviens qu'une Fraülein venant de la cuisine entra dans la pièce, une poêle à la main; je la vis se diriger vers la porte de sortie. Le moment d'après toute la pièce était sens dessus dessous. Cela vous rappelait ces spectacles à transformation: d'un décor vaporeux bercé d'une musique lente, peuplé de fleurs se balançant sur leurs tiges et de fées, on se trouve brusquement transporté au milieu de policemen criant et trébuchant parmi des bébés qui hurlent et des dandies qui sur des pentes glissantes se battent avec des arlequins, des dominos et des clowns. Comme la Fraülein à la poêle atteignait la porte, celle-ci fut si rapidement poussée qu'on aurait dit que tous les diables de l'enfer avaient attendu, pressés derrière elle, le moment favorable. Deux cochons et un poulet surgirent avec fracas dans la pièce; un chat, qui dormait sur un tonneau de bière, s'éveilla en sursaut et entra dans la mêlée. La demoiselle lança sa poêle en l'air et se coucha par terre tout de son long. L'homme à la brique sauta sur ses pieds, renversant sa table avec tout ce qui se trouvait dessus. On cherchait à se rendre compte de la cause de ce désastre: on la découvrit aussitôt dans la personne d'un terrier métis aux oreilles pointues et à la queue d'écureuil. L'hôte s'élança d'une autre porte et essaya de le chasser à coups de pied; au lieu de lui ce fut un cochon, le plus gros des deux, qui reçut le coup. C'était un coup de pied vigoureux et bien placé, et le cochon le reçut en plein; rien ne s'en perdit. On avait pitié du pauvre animal, mais quelle que fût la compassion qu'on ressentît pour lui, elle n'était pas comparable à celle qu'il ressentait pour lui-même. Il s'arrêta de courir. Il s'assit au milieu de la pièce et, prenant l'univers à témoin, il le rendit juge de l'injustice de son sort. On dut entendre ses plaintes jusque dans les vallées environnantes et se demander quelle révolution cosmique bouleversait la montagne.

Quant à la poule, elle courait en caquetant dans toutes les directions à la fois. C'était un oiseau remarquable; elle semblait avoir la faculté d'escalader sans peine un mur à pic; et elle et le chat, à eux deux, arrivaient à jeter par terre tout ce qui ne s'y trouvait pas encore. En moins de quarante secondes il y eut dans cette salle neuf personnes contre un seul chien, et toutes occupées à lui administrer des coups de pied. Il est probable que de temps à autre l'un deux atteignait son but, car parfois le chien s'arrêtait d'aboyer pour hurler. Mais il ne se décourageait pas pour cela. Il pensait évidemment que tout ici-bas doit se payer, même une chasse au cochon et au poulet; et que, somme toute, cela en valait la peine.

Il avait en outre la satisfaction de voir que, pour chaque coup reçu par lui, la plupart des autres êtres vivants présents en encaissaient deux. Quant au malheureux cochon—celui qui restait sur place, assis et se lamentant au milieu de la pièce,—il dut en attraper quatre pour un. Atteindre le chien était aussi difficile que de jouer au football avec un ballon toujours absent. Cette bête ne se dérobait pas au moment où on décochait le coup; non,—elle attendait le moment où le pied, déjà trop lancé pour être retenu, n'avait plus que l'espoir de rencontrer un objet assez résistant pour arrêter sa course et éviter ainsi à son propriétaire une chute bruyante et complète. Quand on touchait le chien, c'était par pur hasard, au moment où l'on ne s'y attendait pas; et d'une manière générale cela vous prenait tellement au dépourvu qu'après l'avoir frappé on perdait l'équilibre et tombait par dessus lui. Et chacun, toutes les demi-minutes, était sûr de choir par la faute du cochon, du cochon assis, de celui qui se trouvait incapable de se mettre hors du chemin de tous ces agités.

On ne saurait dire combien ce charivari dura. Il se termina grâce au bon sens de George. Depuis quelque temps déjà, il s'efforçait d'attraper non pas le chien, mais le cochon, celui qui restait capable de se mouvoir. Le cernant enfin dans un coin, il lui persuada de cesser sa course folle tout autour de la pièce, et d'aller prendre ses ébats en plein air. Le cochon fila par la porte avec une longue plainte.

Nous désirons toujours ce que nous ne possédons pas. Un cochon, un poulet, neuf personnes et un chat semblaient bien peu de chose dans l'esprit du chien au prix de la proie qui s'enfuyait. Imprudemment il la poursuivit et George ferma la porte derrière lui et mit le verrou.

Alors l'hôte se leva et mesura l'étendue du désastre, comptant les objets qui jonchaient le sol.

—Vous avez un chien plein de malice, dit-il à l'homme qui était entré avec une brique.

—Ce n'est pas mon chien, répliqua l'homme d'un air sombre.

—Alors à qui appartient-il? dit l'hôte.

—Je n'en sais rien, répondit l'homme.

—Ça ne prend pas avec moi, savez-vous? dit l'hôte, ramassant une chromo qui représentait l'empereur d'Allemagne et essuyant avec sa manche la bière qui la souillait.

—Je sais que ça ne prend pas, répliqua l'homme; j'en étais sûr. D'ailleurs j'en ai assez de dire à tout le monde que ce n'est pas mon chien, personne ne me croit.

—Mais alors pourquoi vous promener partout avec lui, si ce n'est pas votre chien? qu'a-t-il donc de si attrayant?

—Je ne me promène pas partout avec lui: c'est lui qui se promène avec moi. Il m'a rencontré ce matin à dix heures et depuis ne me lâche plus. Je croyais m'en être débarrassé après mon entrée chez vous. Je l'avais laissé à plus d'un quart d'heure d'ici, occupé à tuer un canard. Je m'attends à ce qu'on veuille m'obliger à payer aussi ce dégât, lors de mon retour.

—Avez-vous essayé de lui lancer des pierres? demanda Harris.

—Si j'ai essayé de lui lancer des pierres! répondit l'homme avec mépris. Je lui ai lancé des pierres jusqu'au moment où mon bras n'en pouvait plus; mais il croit que j'en fais un jeu et me les rapporte toutes. Je traîne cette sale brique depuis bientôt une heure avec l'espoir de pouvoir le noyer, mais jamais il ne s'approche suffisamment de moi pour que je le saisisse. Il s'assied toujours à au moins six pouces hors de ma portée et me regarde, la gueule ouverte.

—C'est une des histoires les plus comiques que j'aie entendues depuis longtemps, dit l'hôte.

—Heureusement que cela amuse quelqu'un! grommela l'homme.

Nous le quittâmes qui aidait l'hôte à ramasser les objets cassés, et continuâmes notre chemin. A une douzaine de yards de la porte le fidèle animal attendait son ami. Il semblait fatigué, mais content. C'était apparemment un chien aux fantaisies brusques et bizarres, et nous craignîmes à ce moment qu'il ne se sentît pris d'une affection soudaine pour nous. Mais il nous laissa passer avec indifférence. Sa fidélité envers cet homme qui ne lui rendait pas la pareille était chose touchante et nous ne fîmes rien pour l'amoindrir.

---

Ayant achevé notre tour de Forêt Noire à notre entière satisfaction, nous nous acheminâmes sur nos bicyclettes vers Munster, par Vieux-Brisach et Colmar, d'où nous commençâmes une petite exploration vers la chaîne des Vosges où l'humanité s'arrête; du moins telle est l'opinion de l'empereur d'Allemagne actuel. Vieux-Brisach est une forteresse, construite anciennement parmi les rochers, tantôt d'un côté du Rhin, tantôt de l'autre (car le Rhin dans sa prime jeunesse ne semble pas avoir bien su trouver son chemin), qui a dû, surtout dans les temps lointains, plaire comme résidence aux amateurs de changements et d'imprévu. Qu'une guerre fût déclarée pour une cause quelconque et contre n'importe quels adversaires, Vieux-Brisach en était toujours. Tous l'assiégèrent, la plupart des peuples le conquirent; la majorité d'entre eux le perdirent à nouveau; personne ne parut capable de s'y maintenir. L'habitant de Vieux-Brisach n'a jamais été à même d'affirmer avec certitude de qui il était le sujet et de quel pays il dépendait; subitement devenu français, il avait à peine eu le temps d'apprendre assez de français pour savoir payer ses impôts que déjà il devenait autrichien. Le temps qu'il s'appliquât à découvrir ce qu'il fallait faire pour être un bon sujet autrichien, il s'apercevait qu'il ne l'était plus, et se voyait sujet allemand; mais dire auquel des douze Etats il appartenait resta pour lui un problème insoluble. Un matin il se réveillait catholique fervent, le lendemain protestant. La seule chose qui dut donner quelque stabilité à son existence était la nécessité uniforme de payer chèrement le privilège d'être ce qu'il était pour le moment. Mais quand on se met à réfléchir à ce sujet, on s'étonne qu'au moyen âge les hommes, sauf les rois et les percepteurs d'impôts, se soient donné la peine de vivre.

On ne saurait comparer les Vosges aux monts de la Forêt Noire, quant à la beauté et à la variété. Pour le touriste, elles ont pourtant sur eux une supériorité: leur pauvreté plus grande. Le paysan des Vosges n'a pas cet air peu poétique de prospérité satisfaite qui gâte son vis-à-vis de l'autre côté du Rhin. Les fermes et les villages possèdent à un plus haut point le charme des choses vétustes. Un autre intérêt que présentent les Vosges est ses ruines. Beaucoup de ses nombreux châteaux sont perchés à des endroits où l'on aurait pu croire que seuls les aigles aimeraient construire leurs nids. D'autres, ayant été commencés par les Romains et achevés par les Troubadours, ne présentent plus maintenant qu'un dédale de murs restés debout, couvrant de larges espaces et où l'on peut flâner pendant des heures.

Le fruitier et le marchand de primeurs sont des personnages inconnus dans les Vosges. Presque toutes les denrées qu'ils vendraient y poussent à l'état sauvage et le seul effort à faire pour les acquérir est de les cueillir. Il est difficile quand on traverse les Vosges de suivre à la lettre un programme, car la tentation de s'arrêter par une journée chaude et de manger des fruits est généralement trop forte pour qu'on y résiste. Des framboises—je n'en avais jamais mangé d'aussi délicieuses,—des fraises des bois, des groseilles en grappes et des groseilles à maquereau poussent à profusion sur les pentes des collines, telles les mûres sauvages le long des prairies anglaises. Le petit Vosgien n'a pas besoin de voler dans un verger, il a la facilité de se rendre malade sans commettre un péché. Il y a une quantité énorme de vergers dans les Vosges; mais vouloir s'aventurer dans l'un d'eux avec l'intention de voler des fruits serait une tentative aussi folle que celle d'un poisson essayant de se faufiler dans une piscine sans avoir payé son entrée. Naturellement on se trompe souvent.

---

Il nous arriva une après-midi d'atteindre un plateau après une montée rude, et de nous arrêter peut-être trop longtemps, mangeant probablement plus de fruits que nous ne pouvions en supporter; il y en avait une telle profusion autour de nous, une telle variété! nous commençâmes par quelques fraises attardées et nous passâmes aux framboises. Puis Harris trouva un arbre plein de reines-claudes déjà mûres.

—C'est je crois la meilleure aubaine que nous ayons eue jusqu'à présent, dit George, nous ferions bien d'en profiter. (Ce qui nous sembla de bon conseil.)

—C'est malheureux, objecta Harris, que les poires soient encore si dures.

Il s'en plaignit pendant un moment, mais quand plus tard je découvris quelques mirabelles d'une saveur tout à fait remarquable, cela le consola presque entièrement.

—Je crois, dit George, que nous sommes encore trop au nord pour trouver des ananas, j'aurais beaucoup de plaisir à manger un ananas fraîchement cueilli. On se lasse vite de ces fruits trop courants.

—Le défaut de la contrée, c'est qu'elle produit trop de baies et pas assez de gros fruits, observa Harris. Pour mon compte j'aurais préféré une plus grande quantité de reines-claudes.

—Tiens, un homme qui monte la côte, remarquai-je, on dirait un indigène. Il nous indiquera peut-être où trouver d'autres reines-claudes.

—Il marche vite pour un vieil homme, dit Harris.

Il gravissait évidemment la côte avec une très grande rapidité. Si bien que, autant que nous pussions en juger d'aussi loin, il nous sembla remarquablement gai, chantant et criant à tue-tête, et agitant les bras.

—Quelle bonne humeur a ce vieux! dit Harris, cela réconforte, cela fait du bien à voir. Mais pourquoi porte-t-il son bâton sur l'épaule? Pourquoi ne s'appuie-t-il pas dessus pour gravir cette rude montée?

—Dites donc, je ne crois pas que ce soit un bâton, dit George.

—Qu'est-ce que cela peut être alors? questionna Harris.

—Mais il me semble bien que cela a une vague allure de fusil, répliqua Georges.

—Ne croyez-vous pas que nous nous sommes peut-être trompés? suggéra Harris. Ne croyez-vous pas que ceci ressemble fort à un verger privé?

---

Je répondis:

—Vous souvenez-vous de cette histoire tragique, arrivée il y a bientôt deux ans? Un soldat cueillit quelques cerises en passant devant une maison et le paysan auquel appartenaient ces cerises sortit de chez lui et tua le militaire sans un mot d'avertissement.

—Mais, dit George, il est sûrement défendu de tuer un homme d'un coup de fusil pour quelques fruits cueillis.

—Naturellement, répondis-je, c'était tout à fait illégal. La seule excuse fournie par son avocat fut que le paysan était très irascible et qu'on avait touché à ses cerises favorites.

—Maintenant que vous en parlez, d'autres détails me reviennent en mémoire, dit Harris, la commune dans laquelle le drame se déroula fut obligée de payer de gros dommages-intérêts à la famille du soldat décédé; ce qui n'était que juste.

George déclara:

—J'ai assez vu cet endroit. D'ailleurs, il se fait tard.

—S'il continue à marcher à cette allure, jeta Harris, il va tomber et se faire du mal. Je ne veux pas assister à cet accident...

---

Je me vis déjà abandonné, seul là-haut, sans personne avec qui causer. D'autre part, je ne me souvenais pas d'avoir depuis ma plus tendre enfance, eu la joie de descendre une côte vraiment raide à toute allure. J'estimai intéressant de voir si je pourrais revivre cette sensation. C'est un exercice assez violent, mais, dit-on, excellent pour le foie...

---

Nous passâmes cette nuit-là à Barr, jolie petite ville située sur le chemin de Sainte-Odile, couvent intéressant et ancien perdu dans les montagnes, où on est servi par de vraies nonnes et où l'addition est faite par un prêtre. A Barr, un touriste entra juste avant le souper. Il paraissait être anglais, mais parlait une langue comme je n'en avais pas encore entendu jusqu'ici. C'était d'ailleurs un langage élégant et agréable à ouïr. L'hôte le regarda, effaré; l'hôtesse secoua la tête. Il soupira et essaya d'une autre langue qui évoqua en moi des souvenirs lointains, quoique sur le moment je ne pusse les localiser. Mais de nouveau personne ne comprit.

—C'est assommant, dit-il à haute voix en anglais.

—Ah! vous êtes anglais! s'exclama l'hôte, dont le visage s'éclaira.

—Et monsieur a l'air fatigué, ajouta l'hôtesse, une petite femme avenante. Monsieur désire-t-il souper?

Tous deux parlaient l'anglais couramment et presque aussi bien que l'allemand et le français; ils firent de leur mieux pour contenter le voyageur. A souper il fut mon voisin de table. J'engageai la conversation.

—Dites-moi, demandai-je (car le sujet m'intéressait), quelle est la langue que vous parliez lorsque vous êtes entré?

—L'allemand.

—Oh! répliquai-je, je vous demande pardon.

—Vous ne m'aviez pas compris? continua-t-il.

—Certainement par ma faute. Mes connaissances sont très limitées. En voyageant, on acquiert des bribes d'allemand à droite et à gauche; mais naturellement ce n'est pas comme vous...

—L'hôte et sa femme ne m'ont pas compris non plus et c'est leur langue.

—Je ne crois pas, dis-je. Les enfants par ici parlent allemand, c'est vrai, et nos hôte et hôtesse le savent jusqu'à un certain point. Mais à travers toute l'Alsace et la Lorraine les vieux parlent toujours le français.

—Je leur ai aussi adressé la parole en français, et ils ne m'ont pas mieux compris.

—C'est certainement très curieux!

—C'est évidemment très curieux, continua-t-il; dans mon cas c'est même incompréhensible. Je suis titulaire de diplômes témoignant de mon aptitude à parler les langues modernes. Je suis même lauréat de français et d'allemand. La correction de mes constructions, la pureté de ma prononciation étaient considérées à mon collège comme absolument remarquables. Et cependant, quand je suis sur le continent, personne pour ainsi dire ne comprend ce que je dis. Pouvez-vous m'expliquer ce phénomène.

—Je crois que je le puis, répliquai-je. Votre prononciation est trop parfaite. Vous vous souvenez des paroles de cet Ecossais qui pour la première fois de sa vie goûtait du whisky pur: «Il est excellent, mais je ne peux pas le boire.» Il en est de même de votre allemand. Il fait moins l'effet d'un langage utilisable que d'une récitation. Permettez-moi de vous donner un conseil: prononcez aussi mal que possible et introduisez dans vos discours le plus de fautes que vous pourrez.

---

C'est partout la même chose. Chaque peuple tient en réserve une prononciation spéciale à l'usage exclusif des étrangers, prononciation à laquelle il ne penserait pas à se conformer et qui lui demeure incompréhensible quand on l'emploie. J'entendis une fois une Anglaise expliquer à un Français comment prononcer le mot «have».

—Vous le prononcez, disait la dame d'une voix pleine de reproches, comme si on écrivait h-a-v. Mais ce n'est pas le cas. Il y a un e à la fin.

—Je croyais, dit l'élève, qu'on ne prononçait pas l'e à la fin de h-a-v-e.

—En effet on ne le prononce pas, expliqua le professeur, c'est ce que vous appelez un e muet; mais il exerce une influence sur la voyelle précédente: il en modifie un peu l'inflexion.

Jusque là, il avait toujours dit «have» d'une manière intelligible. A partir de ce moment, quand il lui arrivait de prononcer ce mot, il s'arrêtait, rassemblait ses idées et émettait un son que seul le contexte pouvait expliquer.

A l'exception des martyrs de l'Eglise primitive, peu d'hommes ont, je crois, enduré ce que j'ai enduré moi-même en essayant d'acquérir la prononciation correcte du mot allemand qui signifie église, «Kirche». Bien avant de m'en

être tiré, je m'étais décidé à ne jamais aller à l'église en Allemagne plutôt que de me faire du mauvais sang à cause de ce mot.
—Non, non, m'expliquait mon professeur (c'était un homme qui prenait sa tâche à cœur), vous le prononcez comme si on l'écrivait K-i-r-ch-k-e. Il n'y a de *k* qu'au commencement. C'est... (et pour la vingtième fois dans cette matinée il me donnait à entendre la manière de le prononcer).
Ce qui me parut triste, c'est que je n'aurais pour rien au monde pu découvrir de différence entre sa manière de prononcer et la mienne. De guerre lasse, il essayait une autre méthode:
—Vous prononcez ce mot du fond de la gorge. (C'était tout à fait juste: c'était bien là ce que je faisais.) Je voudrais que vous le prononçassiez d'ici tout en bas. (Et de son index gras il me désignait la région de laquelle j'aurais dû tirer le son).
Après de pénibles efforts, ayant pour résultat de me faire émettre des sons qui éveillaient en moi l'idée de tout, sauf d'un lieu de recueillement, je m'excusais:
—Je sens que vraiment je ne pourrai jamais y arriver. J'avoue que voici des années que je parle avec ma bouche. Je ne savais pas qu'un homme fût capable de parler avec son estomac. Ne croyez-vous pas qu'en, ce qui me concerne il est un peu tard pour l'apprendre?
Je finis par savoir prononcer ce mot correctement. A cet effet, j'avais passé des heures dans des coins sombres et, à la grande terreur des rares passants, m'étais exercé dans des rues silencieuses. Mon professeur fut enchanté de moi et je fus satisfait de moi-même jusqu'au jour où je mis les pieds en Allemagne. En Allemagne, je constatai que personne ne comprenait ce que je voulais dire. A cause de ce mot, jamais je ne pus m'approcher d'une église. Il me fallut abandonner la prononciation correcte et revenir au prix de nouveaux efforts à mon ancienne prononciation vicieuse. Alors leur visage s'éclairait et ils me disaient, suivant le cas, que c'était en tournant tel coin, ou au bout de la rue la plus proche.

Je pense également qu'on ferait mieux d'enseigner la prononciation des langues étrangères sans demander à l'élève ces exploits d'acrobatie interne qui sont souvent impossibles et toujours sans profit. Voici le genre de conseils que l'on reçoit:

—Appuyez vos amygdales contre la partie inférieure de votre larynx. Puis avec la partie convexe du septum recourbé, pas complètement, mais presque, jusqu'à toucher la luette, essayez avec le bout de la langue d'atteindre le corps thyroïde. Faites une large inspiration et comprimez la glotte. Maintenant, sans desserrer les lèvres, prononcez: «garou.»

Et même, si l'on surmonte la difficulté, ils ne sont pas contents.

---

# CHAPITRE TREIZIÈME

*Une étude sur le caractère et la conduite de l'étudiant allemand. Le duel d'étudiants allemands. Usages et abus. Impressions. L'ironie de la chose. Moyen pour élever des sauvages. La Jungfrau: son goût particulier quant à la beauté du visage. La Kneipe. Comment on frotte une salamandre. Conseils à un étranger. Histoire qui aurait pu se terminer tristement de deux maris, de leurs femmes et d'un célibataire.*

Sur le chemin du retour nous visitâmes une ville universitaire allemande, désirant avoir un aperçu de la vie de l'étudiant, curiosité que l'amabilité de quelques amis de là-bas nous permit de satisfaire.

Le jeune Anglais joue jusqu'à ce qu'il ait atteint quinze ans, puis travaille jusqu'à vingt ans. En Allemagne c'est l'enfant qui travaille et le jeune homme qui joue. Le garçonnet allemand va à l'école à sept heures du matin en été et à huit en hiver, et il travaille à l'école. Ce qui fait qu'à seize ans il a une connaissance sérieuse des classiques et des mathématiques, qu'il sait autant d'histoire que n'importe quel individu appelé à prendre place dans un parti politique est censé en savoir; à cela il joint une science approfondie d'une ou deux langues modernes. C'est pourquoi les huit semestres d'Université s'étendant sur une durée de quatre ans sont inutilement longs, sauf pour les jeunes gens qui visent un professorat. L'étudiant allemand n'est pas sportif, ce qui est à déplorer, car il aurait fait un bon sportsman. Un peu de football, un peu de bicyclette; de préférence, des carambolages en des cafés enfumés;—mais d'une manière générale tous ou presque tous perdent leur temps à vadrouiller, à boire de la bière et à se battre en duel.

S'il est fils de famille, il entre dans un Korps—la cotisation annuelle d'un Korps élégant est d'environ mille francs. S'il appartient à la classe moyenne, il s'enrôle dans une Burschenschaft ou une Landsmannschaft, ce qui coûte un peu moins cher. Ces groupes se subdivisent à leur tour en cercles dans lesquels on s'efforce d'assembler les jeunes gens des mêmes régions. Il y a le cercle des Souabes, originaires de Souabe; des Franconiens, qui descendent des Francs; des Thuringiens et ainsi de suite. Dans la pratique, naturellement, la répartition n'est qu'approximative (selon mes calculs, la moitié de nos régiments écossais sont formés de Londoniens); mais cette division de chaque Université en une douzaine de compagnies d'étudiants ne laisse pas d'atteindre à un effet pittoresque. Chaque société a ses couleurs distinctives et possède sa brasserie particulière fermée aux étudiants dont la casquette arbore d'autres couleurs. Son objectif principal est d'organiser des rencontres soit dans son propre sein, soit entre ses membres et ceux de quelque Korps ou Schaft rival, en un mot d'organiser la célèbre *Mensur* allemande.

La Mensur a été décrite si souvent et si complètement que je ne veux pas fatiguer mes lecteurs de détails oiseux sur ce sujet. Je ne veux que donner mes impressions et principalement celles de ma première Mensur,—parce que je crois que les premières impressions sont plus authentiques que les opinions émoussées par l'échange des idées.

Un Français ou un Espagnol cherchera à vous faire croire que les courses de taureaux sont une institution créée principalement dans l'intérêt des taureaux: le cheval que vous imaginez hurlant de souffrance, ne ferait que rire au spectacle comique de ses propres entrailles. Votre ami français ou espagnol ne voudrait pas comparer sa mort glorieuse et excitante à la froide brutalité des luttes foraines. Si vous ne restez pas entièrement maître de vous, vous le quittez avec le désir de créer en Angleterre un mouvement en faveur de l'institution des courses de taureaux comme école de chevalerie. Sans doute Torquemada était-il convaincu de l'humanité de l'Inquisition. Une heure passée sur le chevalet devait procurer le plus grand bien-être à un gros gentleman souffrant de crampes ou de rhumatismes. Il se relevait avec plus de jeu, plus d'élasticité dans les articulations. Les chasseurs anglais considèrent le renard comme un animal dont le sort est enviable. On lui procure à bon marché un jour de bon sport, pendant lequel il est le centre de l'attraction.

L'habitude vous rend indifférents aux pires usages. Le tiers des Allemands que vous croisez dans la rue portent et porteront jusque dans la mort les traces des vingt à cent duels qu'ils ont eus au cours de leur vie d'étudiants. L'enfant allemand joue à la Mensur dans la nursery et continue au lycée. Les Allemands sont arrivés à croire que ce jeu n'est ni brutal, ni choquant, ni dégradant. Ils allèguent qu'il est l'école du sang-froid et du courage pour la jeunesse allemande. Mais l'étudiant allemand aurait besoin de bien plus de courage pour ne pas se battre. Il ne se bat pas pour son plaisir, mais pour satisfaire à un préjugé qui retarde de deux cents ans.

Le seul effet que produise sur lui la Mensur est de le rendre brutal. Il se peut que ce duel exige de l'adresse—on me l'a affirmé,—mais on ne s'en aperçoit pas. Ce n'est somme toute qu'un essai fructueux pour unir le grotesque au déplaisant. A Bonn, centre aristocratique par excellence où règne un goût meilleur, et à Heidelberg où les visiteurs des nations étrangères sont nombreux, l'affaire se passe peut-être avec plus d'apparat. Je me suis laissé dire que là le duel a lieu dans de belles pièces, que des médecins à cheveux blancs y soignent les blessés, que des laquais en livrée y servent à boire et à manger et que toute l'affaire y est menée avec un certain cérémonial qui ne manque pas de caractère. Dans les Universités plus essentiellement allemandes où les étrangers sont rares et où on ne les attire pas, on s'en tient aux combats purs et simples et ceux-ci n'ont rien de plaisant.

Ils sont même si répugnants que je conseille au lecteur quelque peu délicat de s'abstenir d'en lire la description. On ne peut pas rendre ce sujet attrayant et je ne me propose pas de l'essayer.

La pièce est nue et sordide, les murs sont souillés d'un mélange de taches de bière, de sang et de suif; le plafond est enfumé; le plancher couvert de sciure de bois. Une foule d'étudiants riant, fumant, causant, quelques-uns assis par terre, d'autres perchés sur des chaises où des bancs, forment le cadre.

Au centre, se faisant face, les combattants sont debout. Bizarres et rigides, avec de grosses lunettes protectrices, le cou bien enveloppé dans d'épais cache-nez, le corps carapaçonné d'une sorte de matelas sale et les bras, ouatés, tendus au-dessus de leur tête, ils ont l'air d'un burlesque sujet de pendule. Les seconds, plus ou moins rembourrés eux aussi, la tête et le visage protégés par de vastes casques en cuir, donnent aux combattants, non sans brusquerie, la position convenable. On prête l'oreille au héraut d'armes. L'arbitre prend place, le signal est donné, et aussitôt les lourds sabres droits s'entrechoquent. Il n'y a ni animation, ni adresse, ni élégance dans le jeu (je parle d'après mes propres impressions). Le plus fort est vainqueur; c'est celui, dont le bras emmaillotté peut tenir le plus longtemps sans trop faiblir ce grand sabre mastoc, soit pour parer, soit pour frapper.

Tout l'intérêt réside dans le spectacle des blessures. Elles apparaissent presque toujours aux mêmes endroits,—sur le sommet de la tête ou sur la partie gauche de la face. Parfois une portion de cuir chevelu ou un morceau de joue vole à travers les airs, pour être ramassé et conservé soigneusement par son propriétaire ou, plus exactement, par son ancien propriétaire qui, orgueilleusement, lui fera faire le tour de la table lors des joyeux festins à venir; et naturellement le sang coule à flots de chaque blessure. Il inonde les docteurs, les seconds, les spectateurs; il asperge le plafond et les murs; il sature les combattants et forme des mares dans la sciure. A la fin de chaque assaut, les docteurs accourent et, de leurs mains déjà dégouttantes de sang, compriment les plaies béantes, les épongent avec de petits tampons d'ouate mouillée qu'un aide tend sur un plateau. Naturellement, dès que l'homme se relève et reprend sa besogne, le sang jaillit de nouveau, l'aveuglant à moitié et mettant sur le plancher une glu où le pied glisse. Parfois on voit les dents d'un homme découvertes jusqu'à l'oreille, ce qui fait, que tout le reste du duel il sourit démesurément à la moitié des spectateurs et offre à l'autre moitié un demi-visage revêche; ou bien un nez fendu donne à son propriétaire jusqu'à la fin du combat une matamoresque arrogance.

Comme le but de chaque étudiant est de quitter l'Université porteur du plus grand nombre possible de cicatrices, je doute que personne s'efforce jamais de changer quoi que ce soit à cette manière de combattre. Le vrai vainqueur est celui qui sort du duel avec le plus grand nombre de blessures. Recousu et raccommodé, il est à même le mois suivant de parader de façon à provoquer l'envie de la jeunesse allemande et l'admiration des jeunes filles de là-bas. Celui qui n'a obtenu que quelques blessures insignifiantes se retire du combat mécontent et désappointé.

Mais la bataille elle-même n'est que le commencement du divertissement. Le deuxième acte a lieu dans la salle de pansement. Les docteurs sont en général des étudiants de la veille qui, à peine munis de leurs diplômes, manœuvrent pour acquérir de la clientèle. La vérité m'oblige à dire que ceux d'entre eux que j'ai approchés m'ont paru gens peu distingués. Ils semblaient prendre plaisir à leur tâche. Leur rôle, d'ailleurs, consiste à amplifier autant que possible les souffrances, à quoi un vrai médecin ne se prêterait pas volontiers. La manière dont l'étudiant supporte le pansement de ses blessures compte autant pour sa réputation que la manière, dont il les a reçues. Chaque opération doit être accomplie avec autant de brutalité que possible, et les camarades épient soigneusement le patient pour voir s'il traverse l'épreuve avec une apparence de joie et de sérénité. La blessure souhaitable est une blessure bien nette et qui bâille largement. Exprès on en rejoint mal les lèvres, espérant que la cicatrice restera visible toute la vie. L'heureux propriétaire d'une telle blessure, savamment entretenue et maltraitée toute la semaine suivante, peut espérer épouser une femme qui lui apportera une dot se chiffrant au moins par dizaines de mille francs.

C'est ainsi que se passent ordinairement les épreuves bi-hebdomadaires; bon an mal an, chaque étudiant prend part à quelques douzaines de ces Mensurs. Mais il y en a d'autres auxquelles les visiteurs ne sont pas admis. Lorsqu'un étudiant s'est fait disqualifier au cours d'un combat pour quelque léger mouvement instinctif interdit par leur code, il lui faut pour recouvrer son honneur provoquer les meilleurs duellistes de son Korps. Il demande et on lui accorde non pas un combat, mais une punition. Son adversaire alors lui inflige systématiquement le plus grand nombre possible de blessures. Le but de la victime est de montrer à ses camarades qu'elle est capable de rester immobile tandis qu'on lui taille la peau du crâne.

Je doute qu'on puisse produire un argument quelconque en faveur de la Mensur allemande; en tout cas il ne concernerait que les deux combattants. Je suis sûr que l'impression des spectateurs ne peut être que mauvaise. Je me connais assez pour savoir que je ne suis pas d'un tempérament extraordinairement sanguinaire. L'effet qu'elle a donc eu sur moi doit être celui qu'elle produit sur la plupart des mortels. La première fois, avant que le spectacle ne commençât véritablement, j'étais curieux de savoir comment j'allais en être affecté, quoique une certaine habitude des salles de dissection et des tables d'opération m'eût déjà un peu aguerri. Lorsque le sang commença à couler, les muscles et les nerfs à être mis à nu, je pus analyser en moi un mélange de dégoût et de pitié. Mais je dois avouer qu'au deuxième duel, ces sentiments raffinés tendirent à disparaître et que le troisième étant en bonne voie, et l'odeur spéciale et chaude du sang alourdissant l'atmosphère, je commençai à voir rouge.

J'en voulais encore. J'examinai les visages des autres assistants, et j'y vis réfléchies d'une manière évidente mes propres sensations. Si le fait d'exciter l'appétit du sang chez l'homme moderne est une bonne chose, je dirai alors que la Mensur est utile. Mais en est-il ainsi? Nous nous enorgueillissons de notre civilisation et de notre humanité, mais ceux qui ne sont pas assez hypocrites pour se tromper eux-mêmes savent que sous nos chemises empesées se cache le sauvage avec tous ses instincts. Il se peut qu'on désire parfois sa résurrection, mais jamais on n'aura à craindre sa disparition totale. D'un autre côté il semble peu sage de lui laisser les rênes sur l'encolure.

Si l'on examine le duel d'une manière sérieuse, on trouve beaucoup d'arguments en sa faveur. On ne saurait cependant en invoquer aucun en faveur de la Mensur. C'est de l'enfantillage, et le fait d'être un jeu cruel et brutal ne la rend nullement moins puérile: les blessures n'ont aucune valeur par elles-mêmes; c'est leur origine qui leur confère de la dignité et non leur taille. Guillaume Tell est à très juste titre considéré comme un héros; mais que penserait-on d'un club de pères de famille, fondé uniquement pour que ses membres se réunissent deux fois par semaine sur ce programme: abattre à l'arbalète une pomme posée sur la tête de leurs fils. Les jeunes Allemands pourraient atteindre un résultat analogue à celui dont ils sont si fiers en taquinant un chat sauvage. Devenir membre d'une société dans le seul but de se faire hacher, rabaisse l'esprit d'un homme au niveau de celui d'un derviche tourneur. La Mensur est en fait la *reductio ad absurdum* du duel; et si les Allemands sont par eux-mêmes incapables d'en voir le côté comique, on ne peut que regretter leur manque d'humour.

Si on ne peut approuver la Mensur, au moins peut-on la comprendre. Le code de l'Université qui, sans aller jusqu'à encourager l'ivresse, l'absout est plus difficile à admettre. Les étudiants allemands ne s'enivrent pas tous. En fait, la majorité est sobre, sinon laborieuse. Mais la minorité, qui a la prétention, du reste admise, d'être le modèle de l'étudiant allemand, n'échappe à l'ébriété perpétuelle que grâce à l'adresse péniblement acquise de boire la moitié du jour et toute la nuit en conservant par un effort suprême l'usage des cinq sens. Cela n'a pas sur tous la même influence, mais il est fréquent de voir dans les villes universitaires des jeunes gens, n'ayant pas encore atteint leurs vingt ans, avec une taille de Falstaff et un teint de Bacchus de Rubens. C'est un fait que les jeunes Allemandes peuvent se sentir fascinées par une figure balafrée et tailladée jusqu'à sembler faite de matières hétéroclites. Mais on ne découvrira sûrement rien d'attrayant à une peau bouffie et couverte de pustules et à un ventre projeté en avant et qui menace de déséquilibrer le reste de l'individu. D'ailleurs, que pourrait-on attendre d'autre d'un jouvenceau qui commence à dix heures du matin, par le Frühschoppen, à boire de la bière, et finit à quatre heures du matin à la fermeture de la Kneipe?

La Kneipe, on pourrait l'appeler une des assises de la société. Elle sera très calme ou très bruyante, suivant sa composition. Un étudiant invite une douzaine ou une centaine de ses camarades au café et les pourvoit de bière et de cigares à bon marché autant qu'ils en peuvent avaler ou fumer; le Korps peut aussi lancer les invitations. Ici, comme partout, on remarque le goût allemand pour la discipline et l'ordre. Lorsque entre un convive, tous ceux qui sont assis autour de la table se lèvent et saluent, les talons joints. Quand la table est au complet, on élit un président qui est chargé d'indiquer le numéro des chansons. On trouve sur la table des recueils imprimés de ces chansons, un pour deux convives. Le président annonce: «numéro vingt-quatre, premier vers», et aussitôt tous commencent à chanter, chaque couple tenant son livre, exactement comme on tient à deux un livre d'hymnes à l'église. A la fin de chaque vers on observe une pause, jusqu'à ce que le président fasse commencer le suivant. Tout Allemand ayant appris le solfège et la plupart jouissant d'une belle voix, l'effet d'ensemble est impressionnant.

---

Si les attitudes évoquent le chant des hymnes religieuses, les paroles de ces chansons redressent souvent cette impression. Mais qu'il s'agisse d'un chant patriotique, d'une ballade sentimentale ou d'un refrain qui choquerait la plupart des jeunes Anglais, on le chante toujours d'un bout à l'autre avec un sérieux imperturbable, sans un sourire, sans une fausse note. A la fin le président crie «Prosit!» Tout le monde répond «Prosit!» et le moment d'après tous les verres sont vides. Le pianiste se lève et salue et on répond à son salut. Puis la Fraülein remplit les verres.

Entre les chants on porte des toasts à la ronde; mais on applaudit peu et on rit encore moins. Les étudiants allemands trouvent préférable de sourire et d'opiner du bonnet d'un air grave.

On honore parfois certains convives, en leur portant un toast particulier appelé «Salamander», qui comporte une solennité exceptionnelle.

—Nous allons, dit le président, frotter une salamandre (*einen Salamander reiben*).

Nous nous levons tous et nous nous tenons comme un régiment au garde à vous.

—Est-ce que tout est prêt? (*Sind die Stoffe parat?*) interroge le président.

—*Sunt*, répondons-nous d'une seule voix.

—*At exercitium Salamandri*, dit le président (et nous nous tenons prêts).

—*Eins!* (Nous frottons nos verres d'un mouvement circulaire sur la table.)

—*Zwei!* (De nouveau les verres tournent; de même à *Drei!*)

—*Bibite!* (Buvez!)

Et avec un ensemble automatique tous les verres sont vidés et maintenus en l'air.

—*Eins!* dit le président. (Le pied de chaque verre vide frôle la table avec un bruit de galets roulés par la vague.)

—*Zwei!* (Le roulement reprend et meurt.)

—*Drei!* (Les verres frappent la table tous du même coup, et nous nous retrouvons assis.)

La distraction de la Kneipe consiste pour deux étudiants à s'invectiver (naturellement pour rire) et à se provoquer ensuite en un duel à boire. On désigne un arbitre; on remplit deux verres énormes et les hommes se font face, tenant les anses à pleines mains; tout le monde les regarde. L'arbitre donne le signal du départ et l'instant d'après on entend la bière descendre rapide les pentes de leurs gosiers. L'homme qui heurte le premier la table de son verre vide est proclamé vainqueur.

Les étrangers qui prennent part à une Kneipe et qui désirent se comporter à la manière allemande feront bien, avant de commencer, d'épingler leurs nom et adresse sur leur veston. L'étudiant allemand est la courtoisie personnifiée et, quel que puisse être son propre état, il veillera à ce que, par un moyen ou un autre, ses hôtes soient reconduits chez eux sains et saufs avant l'aurore. Mais naturellement on ne saurait lui demander de se rappeler les adresses.

On me raconta l'histoire de trois hôtes d'une Kneipe berlinoise qui aurait pu avoir des résultats tragiques. Nos étrangers étaient d'accord pour pousser les choses à fond. Chacun d'eux écrivit son adresse sur sa carte et l'épingla sur la nappe en face de sa place. Ce fut une faute. Ils auraient dû, comme je l'ai dit, l'épingler à leur veston. Un homme peut changer de place à table, même inconsciemment et réapparaître de l'autre côté; mais partout où il va il emmène son veston.

Sur le matin, le président proposa que pour la plus grande commodité de ceux qui se tenaient encore droit, on renvoyât chez eux tous les messieurs qui se montraient incapables de soulever leur tête de la table. Parmi ceux qui ne s'intéressaient plus aux événements étaient nos trois Anglais. On décida de les charger dans un fiacre et de les renvoyer chez eux sous la surveillance d'un étudiant relativement de sang-froid. S'ils étaient restés à leur place initiale pendant toute la soirée, tout se serait passé au mieux; mais malheureusement ils s'étaient promenés et personne ne sut quel était le propriétaire de telle ou telle carte. Nul ne le savait et eux moins que personne. Dans la gaieté générale, cela ne sembla pas devoir être d'une trop grande importance. Il y avait trois gentlemen et trois adresses. Je crois qu'on pensait que même en cas d'erreur le tri pourrait s'opérer dans la matinée. On mit donc les trois messieurs dans une voiture; l'étudiant relativement de sang-froid prit les trois cartes et ils s'en allèrent, salués des acclamations et des bons vœux de la compagnie.

Pour avoir bu de la bière allemande on n'est pas—et c'est son avantage—gris comme on sait l'être en Angleterre. Son ivresse n'a rien de répugnant; elle ne fait qu'alourdir: on n'a pas envie de parler; on veut avoir la paix, pour dormir, n'importe où.

Le conducteur de la troupe fit arrêter la voiture à l'adresse la plus proche. Il en tira le plus atteint, jugeant naturel de se débarrasser d'abord de celui-là. Aidé du cocher il le porta jusqu'à son étage et sonna. Le domestique de la pension de famille vint ouvrir à moitié endormi; ils firent entrer leur charge et cherchèrent une place où la déposer. La porte d'une chambre à coucher était ouverte, la chambre était vide, quelle belle occasion! Ils le mirent là. Ils le débarrassèrent de tout ce qui pouvait être retiré facilement, puis le couchèrent dans le lit. Cela fait, les deux hommes, satisfaits, retournèrent à la voiture.

---

A la suivante adresse ils s'arrêtèrent de nouveau. Cette fois, en réponse à leur sonnerie apparut une dame en robe de chambre avec un livre à la main. L'étudiant allemand ayant lu la première des deux cartes qu'il tenait demanda s'il avait le plaisir de s'adresser à madame Y. Et, en l'occasion, le plaisir, s'il y en avait, paraissait bien être entièrement de son côté. Il expliqua à Frau Y., que le monsieur qui pour le moment ronflait contre le mur était son mari. Cette nouvelle ne provoqua chez elle aucun enthousiasme; elle ouvrit simplement la porte de la chambre à coucher, puis s'en fut. Le cocher et l'étudiant rentrèrent le patient et le couchèrent sur le lit. Ils ne se donnèrent pas la peine de le déshabiller; ils se sentaient trop fatigués! Ils n'aperçurent plus la maîtresse de maison et pour ce motif se retirèrent sans prendre congé.

La dernière carte était celle d'un célibataire descendu à l'hôtel. Ils amenèrent donc leur dernier voyageur à cet hôtel, en firent livraison au portier de nuit et le quittèrent.

---

Or voici ce qui s'était passé à l'endroit où l'on avait effectué le premier déchargement. Quelque huit heures auparavant, monsieur X. avait dit à madame X.:

—Je crois, ma chérie, vous avoir dit que je suis invité ce soir à prendre part à ce qu'on appelle une Kneipe?

—Vous avez en effet parlé de quelque chose de ce genre, répliqua madame X. Qu'est-ce que c'est qu'une Kneipe?

—Eh bien, ma chérie, c'est une sorte de réunion de célibataires, où les étudiants se rendent pour bavarder et chanter et fumer, et pour toutes sortes d'autres choses, comprenez-vous?

—Bon. J'espère que vous allez bien vous amuser, dit madame X., qui était aimable et d'esprit large.

—Ce sera intéressant, observa monsieur X. Voilà longtemps que je désirais y assister. Il se peut, il est fort possible que je rentre un peu tard.

—Qu'entendez-vous par tard?

—C'est assez difficile à dire. Vous comprenez, ces étudiants sont tant soit peu turbulents lorsqu'ils se réunissent... Et puis j'ai tout lieu de croire qu'on portera un certain nombre de toasts. Je ne sais comment je m'y plairai. Si j'en trouve le moyen, je les quitterai de bonne heure, mais à la condition que je le puisse sans les froisser. Si je ne peux pas...

—Vous devriez emprunter un passe-partout aux gens de la maison, conseilla madame X. qui, ainsi que j'ai déjà dit, était une femme raisonnable. Je coucherai avec Dolly, si bien que vous ne me dérangerez pas quelle que soit l'heure de votre retour.

—C'est une excellente idée, acquiesça monsieur X. J'ai horreur de vous déranger. Je rentrerai sans bruit et me glisserai dans le lit.

A un certain moment, au milieu de la nuit, peut-être déjà vers le matin, Dolly, la sœur de madame X., se réveilla et prêta l'oreille.

—Jenny, dit-elle, as-tu entendu?

—Oui, chérie, répondit madame X., ça va bien. Rendors-toi.

—Mais qu'est-ce qu'il y a? ne crois-tu pas que c'est le feu?

—Je pense que c'est Percy. Je suppose que dans l'obscurité il aura trébuché sur un objet quelconque. Ne t'inquiète pas, ma chérie, rendors-toi.

Mais sitôt que Dolly se fut assoupie, madame X., qui était une bonne épouse, pensa qu'elle devrait se lever doucement pour voir si Percy allait bien. Enfilant son peignoir et chaussant ses pantoufles, elle se glissa par le couloir jusqu'à sa propre chambre. Il aurait fallu un tremblement de terre pour réveiller le monsieur qui reposait sur le lit. Elle alluma une bougie et s'en approcha avec précaution.

Ce n'était pas Percy; ce n'était même pas quelqu'un qui lui ressemblât. Elle eut la sensation que ce n'était pas le genre d'homme qu'elle aurait jamais choisi pour mari, jamais, en aucune circonstance. Et dans l'état où il se trouvait actuellement, il lui inspirait même une aversion prononcée. Elle n'eut qu'un désir: se débarrasser de l'intrus.

Mais il avait un je ne sais quel air qui lui rappelait quelqu'un. Elle s'approcha davantage et le considéra de plus près. Ses souvenirs se précisèrent. Ce devait sûrement être monsieur Y., un monsieur chez qui Percy et elle avaient dîné le jour de leur arrivée à Berlin.

Qu'est-ce qu'il venait faire là? Elle posa la bougie sur la table, prit sa tête entre ses mains et se mit à réfléchir. Le jour se fit vivement dans son esprit. Percy était allé à la Kneipe avec ce même monsieur Y. Une erreur avait été commise. On avait ramené monsieur Y. à l'adresse de Percy. Donc Percy à ce moment...

---

Les éventualités terribles que cette situation comportait se présentèrent à son esprit. Retournant à la chambre de Dolly, elle se rhabilla à la hâte et descendit en silence. Elle trouva heureusement une voiture et se fit conduire chez madame Y. Disant au cocher d'attendre, elle vola jusqu'à l'étage supérieur et sonna avec insistance. La porte fut ouverte comme auparavant par madame Y., toujours vêtue de son peignoir et tenant toujours son livre à la main.

—Madame X.! s'écria madame Y. Qu'est-ce qui peut vous amener ici?

—Mon mari! (c'était tout ce que la pauvre madame X. trouvait à dire pour l'instant) est-il ici?

—Madame X., répliqua madame Y. en se redressant de toute sa hauteur, comment osez-vous...?

—Oh! comprenez-moi bien, s'excusa madame X., c'est une erreur épouvantable. Ils ont dû apporter mon pauvre Percy ici, au lieu de le conduire chez nous, sûrement. Allez voir, je vous en prie.

—Ma chère, dit madame Y., qui était beaucoup plus âgée et plus posée, ne vous énervez pas. Il y a une demi-heure qu'ils l'ont apporté ici et, pour vous dire la vérité, je ne l'ai pas regardé. Il est là-dedans. Je ne crois pas qu'ils se soient même donné la peine de lui ôter ses chaussures. Si vous restez calme, nous le descendrons et le rentrerons sans qu'âme qui vive entende mot de cette affaire.

En vérité madame Y. semblait très empressée à venir en aide à madame X.

Elle poussa la porte. Madame X. entra, mais pour reparaître aussitôt, pâle et décomposée.

—Ce n'est pas Percy, dit-elle. Qu'est-ce que je vais faire?

—Je voudrais bien que vous ne commissiez pas de telles erreurs, dit madame Y., se préparant à son tour à pénétrer dans la chambre.

Madame X. l'arrêta:

—Et ce n'est pas non plus votre mari.

—Allons donc, riposta madame Y.

—Je vous dis que ce n'est pas lui, je le sais, car je viens de le quitter, dormant sur le lit de Percy.

—Mais... comment cela se fait-il? tonna madame Y.

—Ils l'ont apporté là et l'ont déposé, expliqua madame X., en se mettant à pleurer. C'est ce qui m'avait fait croire que Percy devait être ici.

Les deux femmes se regardaient muettes. Le silence était troublé seulement par le ronflement du monsieur qu'on entendait à travers la porte entrebâillée.

—Mais alors qui est là dedans? demanda madame Y., qui se ressaisit d'abord.

—Je ne sais pas; c'est la première fois que je le vois. Croyez-vous que ce soit quelqu'un que vous connaissiez?

Mais madame Y. se précipitait déjà vers la porte.

—Qu'allons-nous faire, mon Dieu? dit madame X.

—Je sais ce que *moi* je vais faire, dit madame Y. Je m'en vais rentrer avec vous et reprendre mon mari.

—Il dort d'un sommeil de plomb, objecta madame X.

—Je le connais depuis longtemps sous ce jour, répliqua madame Y. en boutonnant son manteau.

—Mais alors où est Percy? sanglota la pauvre petite madame X. en descendant les escaliers.

—Ça, ma chère, c'est une question que vous pourrez *lui* poser.

—S'ils commettent des erreurs de ce genre, il est impossible de savoir ce qu'ils ont pu faire de lui.

—Nous ferons une enquête demain matin, dit madame Y. consolatrice.

—Je trouve que ces Kneipe sont pleines de désagréments, je ne laisserai plus jamais Percy y retourner, jamais tant que je vivrai.

—Chère amie, si vous comprenez votre devoir, jamais il n'en aura plus envie.

Et le bruit a couru que jamais plus il n'y retourna.

Mais, comme je l'ai dit, toute l'erreur provenait de ce que l'on avait épinglé les cartes à la nappe et non aux vestons. Et sur cette terre les erreurs sont toujours punies sévèrement.

---

# CHAPITRE QUATORZIÈME

*Qui est sérieux, comme il convient à un chapitre dans lequel on prend congé du lecteur. Les Allemands du point de vue anglo-saxon. La Providence en casque et en uniforme. Le paradis du malheureux idiot. Comment on se pend en Allemagne. Qu'arrive-t-il aux bons Allemands quand ils meurent? L'instinct militaire peut-il suffire à tout? De l'Allemand boutiquier. La manière dont il supporte la vie. La Femme moderne là, comme partout ailleurs. Ce qu'on peut dire contre les Allemands comme peuple. Fin de la «balade».*

N'importe qui pourrait gouverner ce pays, dit George, moi, par exemple.

Nous étions assis dans le jardin du Kaiser Hof à Bonn; nous regardions le Rhin. C'était la dernière soirée de notre «balade»; le train qui devait partir le lendemain à la première heure allait marquer le commencement de la fin.

—J'écrirais sur un morceau de papier tout ce que je voudrais que le peuple fît, continua George, je trouverais une maison recommandable pour l'imprimer à un nombre suffisant d'exemplaires que j'expédierais à travers les villes et les villages; et tout serait dit.

On ne retrouve plus dans l'Allemand contemporain, personnage doux et placide dont la seule ambition semble être de payer régulièrement ses impôts et de faire ce que lui ordonne celui que la Providence a bien voulu placer au-dessus de lui,—on ne retrouve plus le moindre vestige de son ancêtre sauvage, à qui la liberté individuelle paraissait aussi nécessaire que l'air; qui accordait à ses magistrats le droit de délibérer, mais qui réservait le pouvoir exécutif à la tribu; qui suivait son chef, mais ne s'abaissait pas jusqu'à lui obéir. De nos jours on entend parler de socialisme, mais c'est d'un socialisme qui ne serait que du despotisme dissimulé sous un autre nom. L'électeur allemand ne se pique pas d'originalité. Il est désireux, que dis-je? il éprouve l'angoissant besoin de se sentir contrôlé et réglementé en toute chose. Il ne critique pas son gouvernement, mais sa constitution. Le sergent de ville est pour lui un dieu et on sent qu'il le sera toujours. En Angleterre, nous considérons nos agents comme des êtres nécessaires mais neutres. La plupart des citoyens s'en servent surtout comme de poteaux indicateurs; et dans les quartiers fréquentés de la ville, on estime qu'ils sont utiles pour aider les vieilles dames à passer d'un côté de la rue à l'autre. A part la reconnaissance qu'on leur marque pour ces services, je crois qu'on ne s'en occupe pas beaucoup. En Allemagne, au contraire, on adore l'agent de police comme s'il était un petit dieu et on l'aime comme un ange gardien. Il est pour l'enfant allemand un mélange de Père Noël et de Croquemitaine. Le grand désir de tout enfant allemand est de plaire à la police. Le sourire d'un sergent de ville le rend orgueilleux. On ne peut plus vivre avec un enfant allemand à qui un sergent de ville a tapoté amicalement la joue: sa suffisance le rend insupportable.

Le citoyen allemand est un soldat dont l'agent de police est l'officier. L'agent lui indique la rue dans laquelle marcher et la vitesse permise. A l'entrée de chaque pont se trouve un agent qui indique aux Allemands la manière de le traverser. Si le quidam ne trouvait pas cet agent à sa place, il s'asseoirait probablement et attendrait que la rivière ait fini de couler devant lui. Aux stations de chemin de fer l'agent l'enferme à clef dans la salle d'attente, où il ne peut se faire de mal. Quand l'heure du départ a sonné, il le fait sortir et le met entre les mains du chef de train, qui n'est qu'un sergent de ville revêtu d'un uniforme différent. Le chef de train lui indique la place qu'il doit occuper, l'endroit où il devra descendre, et il veille à ce qu'il descende au bon moment. En Allemagne l'individu n'assume aucune responsabilité. On vous mâche la besogne et on vous la mâche bien. Vous n'êtes pas censé vous conduire de votre propre initiative; on ne vous blâme pas, si vous ne savez pas vous conduire vous-même; c'est le rôle du sergent de ville allemand de s'occuper de vous et de vous conduire. A supposer même que vous soyez un idiot fieffé, votre stupidité ne constituerait pas une excuse pour lui, s'il vous arrivait quelque désagrément. Quel que soit l'endroit où vous soyez et quoi que vous fassiez, vous êtes toujours sous sa protection et il prend soin de vous,—il prend bien soin de vous; on ne saurait le nier.

Si vous vous perdez, il vous retrouve; si vous perdez un objet vous appartenant, il vous le retrouve. Si vous ne savez pas ce que vous voulez, il vous le dit. Si vous désirez quelque chose d'utile, il vous le procure. On n'a pas besoin de notaire en Allemagne. Si vous voulez acheter ou vendre une maison ou un champ, l'Etat se charge de servir d'intermédiaire. Si on vous a roulé, l'Etat se constitue votre défenseur. L'Etat vous marie, vous assure; pour un peu il se ferait même votre partenaire aux jeux de hasard.

Le gouvernement allemand dit au citoyen allemand:

—Arrangez-vous pour naître, nous ferons le reste. Que vous soyez chez vous ou dehors, que vous soyez malade ou en bonne santé, qu'il s'agisse de vos plaisirs ou de votre travail, nous vous montrerons le bon chemin et veillerons à ce que vous le suiviez. Ne vous inquiétez de rien.

Et effectivement l'Allemand ne s'inquiète de rien. S'il n'arrive pas à rencontrer un sergent de ville, il continue sa route jusqu'au moment où il trouve une ordonnance de police placardée sur un mur. Il la lit, puis il repart et fait ce qu'elle commande.

---

Je me souviens d'avoir vu dans une ville allemande (je ne me rappelle plus laquelle,—ça n'a d'ailleurs pas d'importance, la chose aurait pu arriver n'importe où) une grille ouverte sur un jardin où l'on donnait un concert. Rien n'empêchait celui qui aurait voulu y pénétrer de se mêler à la foule des auditeurs sans rien payer. En fait, des deux grilles du jardin séparées par deux cent cinquante mètres, c'était celle dont l'accès était le plus commode. Cependant, dans la foule des passants, pas un seul ne songeait à entrer par cette porte. Ils continuaient patiemment sous un soleil de plomb jusqu'à l'autre entrée, où un homme était aposté pour percevoir l'argent. J'ai vu des petits garçons allemands s'arrêter avec envie devant un lac gelé et désert. Ils auraient pu y glisser et y patiner des heures durant, sans que jamais personne en sût rien. La foule et la police en étaient éloignées de plus d'un demi-mille. Rien ne les eût empêchés de s'y aventurer, mais ils savaient que c'était défendu. C'est à se demander si le Teuton fait partie de notre humanité faillible. Ce peuple, ne dirait-on pas? se compose uniquement d'anges qui, descendant du ciel pour boire un bock, ont atterri en Allemagne, convaincus qu'il n'est bons bocks que là.

En Allemagne, les routes sont bordées d'arbres fruitiers. Aucune voix, sauf celle de la conscience, ne saurait empêcher les hommes ou les enfants d'en cueillir et d'en manger des fruits. En Angleterre, les enfants mourraient par centaines du choléra et les médecins s'épuiseraient à essayer d'enrayer les conséquences d'excès accomplis par des gens se gavant de pommes acides et d'autres fruits pas mûrs. Mais en Allemagne un gamin parcourt des kilomètres sur des routes bordées d'arbres fruitiers, pour aller acheter au village prochain deux sous de poires. L'Anglo-Saxon qui passerait sous ces arbres sans protection, pliants sous le poids succulent des fruits mûrs, trouverait stupide de ne pas profiter de l'aubaine et de mépriser ainsi les dons de la Providence.

J'ignore si cela est, mais il ne m'étonnerait pas d'apprendre qu'en Allemagne, lorsqu'un homme est condamné à mort, on lui donne un bout de corde en lui enjoignant d'aller se pendre. Cela épargnerait à l'Etat beaucoup d'ennuis et de travail; je vois d'ici le criminel allemand rapportant chez lui le bout de corde, lisant soigneusement les ordres de la police et se préparant à les exécuter dans sa propre cuisine.

Les Allemands sont de bonnes gens. Peut-être les meilleures de la terre; c'est un peuple bienveillant et qui n'est pas égoïste. Je suis persuadé que la majorité d'entre eux iront au paradis. En les comparant aux autres nations chrétiennes, on est fatalement amené à conclure que le paradis est organisé d'après leurs idées. Mais je ne comprends pas comment ils y arrivent. Je ne puis pas croire que l'âme d'un Allemand ait suffisamment d'initiative pour prendre seule son vol jusqu'au paradis et frapper à la porte de saint Pierre. Selon moi, on les transporte là-haut par petits paquets et on les fait entrer sous la direction d'un sergent de ville défunt.

Carlyle a dit des Prussiens, et cela s'applique à tout le peuple allemand, qu'une de leurs vertus principales résidait dans leur capacité d'obéir au commandement. On peut dire des Allemands que ce sont gens à aller partout où on leur commande d'aller et à faire toujours ce qu'on leur ordonne. Envoyez-les en Afrique ou en Asie sous la direction de quelqu'un portant l'uniforme, ils feront sans faute d'excellents colons, tenant tête aux difficultés comme ils tiendraient tête au diable lui-même pourvu qu'ils en aient reçu l'ordre. Livré à lui-même, l'Allemand s'étiolerait bien vite et mourrait, non faute d'intelligence, mais manque de la plus petite parcelle de confiance en soi.

L'Allemand a été si longtemps le soldat de l'Europe que chez lui l'instinct militaire est devenu atavique. Il possède toutes les vertus militaires, mais les vertus militaires ont aussi leurs inconvénients. On m'a raconté l'histoire d'un valet allemand sorti depuis peu de la caserne, auquel son maître avait donné une lettre à porter quelque part avec ordre d'y attendre la réponse. Les heures passaient sans que l'homme revînt. Son maître, anxieux, se mit en route à son tour et le trouva là où il avait été envoyé, tenant la réponse à la main. Il attendait d'autres ordres. D'aucuns croiront cette histoire exagérée. Je me porte garant de son exactitude.

L'étonnant est que le même homme, qui en tant qu'individu est faible comme un enfant, devient dès qu'il revêt son uniforme un être intelligent, capable de prendre une initiative et d'endosser une responsabilité. L'Allemand peut diriger les autres, être dirigé par les autres, mais il ne peut pas se diriger lui-même. Le remède indiqué serait que chaque Allemand fût exercé au métier d'officier, puis placé sous son propre commandement. Il se donnerait sûrement des ordres empreints de sagesse et d'habileté, et veillerait à ce qu'il s'obéît avec diligence, tact et précision.

Les écoles sont responsables au premier chef de cette orientation du caractère allemand. Leur enseignement fondamental est le «devoir». C'est un bel idéal pour un peuple; mais avant de l'admirer sans réserve, faudrait-il avoir une conception claire de ce que l'on entend par «devoir». L'idée qu'en ont les Allemands semble être: «obéissance aveugle à tout ce qui porte galon». C'est l'antithèse absolue de la conception anglo-saxonne; mais comme les Anglo-Saxons prospèrent aussi bien que les Teutons, il doit y avoir du bon dans chaque système. Jusqu'ici les Allemands ont eu le bonheur d'être excellemment gouvernés; si cela continue, la fortune ne cessera pas de leur sourire. Les difficultés commenceront le jour où par un hasard quelconque leur machine gouvernementale se déréglera. Mais il se peut que leur système ait le privilège de produire, au fur et à mesure des besoins, un continuel renouvellement de bons gouvernants. Ça en a tout l'air.

Je suis porté à croire que les Allemands, en tant que commerçants, à moins qu'ils ne changent fort, seront toujours dépassés par leurs concurrents anglo-saxons; et cela à cause de leurs vertus. La vie leur semble plus importante qu'une misérable course aux richesses. Un peuple qui ferme ses banques et ses bureaux de poste pendant deux heures au beau milieu de la journée, pour aller faire dans le sein de la famille un repas plantureux, avec peut-être un petit somme pour dessert, ne peut pas espérer, et sans doute ne le désire même pas, lutter avec un peuple qui prend ses repas sur le pouce et qui dort avec le téléphone à la tête de son lit. En Allemagne, la différence entre les classes n'est pas assez marquée, du moins jusqu'à présent, pour qu'on y fasse de la lutte pour la vie une affaire capitale comme en Angleterre. Excepté dans l'aristocratie campagnarde, dont les barrières sont infranchissables, la différence de caste compte à peine. Frau Professeur et Frau Charcutière se rencontrent au Kaffeeklatsch hebdomadaire et échangent les derniers potins avec la plus franche cordialité. Le loueur de chevaux et le médecin trinquent en frères dans leur brasserie favorite. Le riche entrepreneur en bâtiment, lorsqu'il projette une excursion en voiture, invite son contremaître et son tailleur à se joindre à lui avec leur famille. Chacun apporte sa part de vivres et tous en chœur entonnent en rentrant le même refrain. Un homme ne sera pas tenté, tant que durera cet état de choses, de sacrifier les meilleures années de sa vie au désir d'amasser une fortune pour ses vieux jours. Ses goûts et davantage encore ceux de sa femme restent modestes. Il aime dans son appartement ou sa villa les meubles en peluche rouge avec une profusion de laque et de dorure. Mais cela le regarde; et il se peut que ce goût ne soit pas plus critiquable que celui qui mêle du mauvais Elisabeth à des copies de Louis XV, le tout orné de photographies et éclairé à la lumière électrique. Il fait décorer la façade de sa maison par l'artiste du pays: une bataille sanglante, largement coupée par la porte d'entrée, en garnit le bas; tandis qu'un ange, ayant la tête de Bismarck, voltige entre les fenêtres de la chambre à coucher. Il lui suffit de voir des tableaux de maîtres anciens au musée; et, comme la mode d'avoir des œuvres d'art à domicile n'a pas encore pénétré dans le Vaterland, il ne se sent pas forcé de gaspiller son argent pour transformer sa maison en boutique d'antiquaire.

---

L'Allemand est gourmand. Il existe des fermiers anglais qui, tout en prétendant que leur métier ne nourrit pas son homme, font joyeusement leurs sept repas solides par jour. Une fois par an a lieu en Russie une fête qui dure une semaine pendant laquelle on enregistre de nombreux décès occasionnés par une indigestion de crêpes; mais c'est une fête religieuse et une exception. L'Allemand comme gros mangeur tient la première place entre toutes les nations de la terre. Il se lève de bonne heure et en s'habillant avale vivement quelques tasses de café avec une demi-douzaine de petits pains chauds beurrés. Il ne s'attable pas avant dix heures pour prendre un repas digne de ce nom. A une heure ou une heure et demie a lieu son repas principal. C'est une affaire sérieuse qui dure quelques heures. A quatre heures il va au café où il boit du chocolat et mange des gâteaux. Il passe en général ses soirées à manger,—non qu'il fasse le soir un repas sérieux (cela lui arrive rarement), il se contente d'une série de casse-croûtes,—mettons: à sept heures une bouteille de bière avec un ou deux «belegte Semmel»; au théâtre, pendant l'entr'acte, une autre bouteille de bière et un «Aufschnitt»; une demi-bouteille de vin blanc et des «Spiegeleier» avant de rentrer, puis un morceau de saucisse ou de fromage qu'il fait glisser avec un peu de bière, juste avant de se mettre au lit.

Mais ce n'est pas un gourmet. La cuisine française, non plus que les prix français, n'est pas en usage dans ses restaurants. Il préfère aux meilleurs crus de Bordeaux ou de Champagne sa bière ou son vin blanc national et à bon marché. Et en réalité cela vaut mieux pour lui: il semble, en effet, que chaque fois qu'un vigneron français vend une bouteille de vin à un hôtelier ou à un marchand de vins allemand, il soit obsédé par le souvenir de Sedan. C'est une revanche ridicule, car en thèse générale ce n'est pas un Allemand qui la boit: la victime est le plus souvent un innocent voyageur anglais. Il se peut aussi que le marchand français n'ait pas oublié Waterloo et pense qu'en tous les cas sa vengeance atteindra son but.

Les distractions coûteuses sont fort peu à la mode en Allemagne; on n'en offre pas et on n'en attend pas. A travers le Vaterland tout se passe à la bonne franquette. L'Allemand ne dépense pas d'argent à des sports onéreux et ne se ruine pas en frais de toilette pour plaire à un cercle de parvenus. Il peut pour quelques marks satisfaire son goût de prédilection, une place à l'opéra ou au concert; et sa femme et ses filles s'y rendent à pied avec des robes confectionnées par elles-mêmes et la tête enveloppée d'un châle. Les Anglais remarquent avec plaisir dans ce pays l'absence de toute pose. Les voitures privées sont très rares et même ne se sert-on des «Droschken» que si le tram électrique, plus rapide et plus propre, est inutilisable.

C'est ainsi que l'Allemagne maintient son indépendance. Le boutiquier en Allemagne ne fait pas d'avances à ses clients. A Munich, j'ai accompagné un jour une dame anglaise qui faisait des courses. Ayant l'habitude des magasins de Londres et de New-York, elle critiquait tout ce que le vendeur lui montrait. Non qu'effectivement elle ne trouvât rien à sa convenance, mais parce que c'était sa méthode. Elle se mit à expliquer, à propos de presque tous les articles, qu'elle pourrait trouver mieux et à meilleur marché ailleurs; non qu'elle le crût vraiment, mais elle pensait bien faire en le disant au boutiquier. Elle ajouta que le stock manquait de goût (elle n'avait pas d'intention offensante, je l'ai déjà dit, c'était là sa manière) et était trop restreint; que les objets étaient démodés; qu'ils étaient banals; qu'ils ne paraissaient pas solides. Il ne la contredit pas; il n'essaya pas de la faire changer d'avis. Il remit les choses dans leurs cartons respectifs, rangea ces cartons à leurs rayons respectifs, s'en alla dans l'arrière-boutique et ferma la porte sur lui.

—Va-t-il revenir bientôt? me demanda la dame après quelques instants d'attente.

C'était moins une question qu'une exclamation d'impatience.

—J'en doute, répliquai-je.

—Pourquoi donc? me demanda-t-elle, pleine d'étonnement.

—J'ai tout lieu de croire que vous l'avez vexé. Il y a beaucoup de chances pour qu'il soit en ce moment derrière cette porte en train de fumer sa pipe et de lire son journal.

—Quel marchand extraordinaire! s'exclama mon amie, en rassemblant ses paquets et en sortant majestueusement indignée.

—C'est leur manière, expliquai-je. Voici la marchandise. Si vous voulez l'acheter, vous pouvez l'avoir. Si vous n'y tenez pas, ils aimeraient tout autant que vous ne vinssiez pas leur en parler.

Une autre fois j'entendis dans le fumoir d'un hôtel allemand un Anglais de petite taille raconter une histoire qu'à sa place j'aurais tue.

—Essayer de marchander avec un Allemand? disait ce petit Anglais. Il semble qu'il ne vous comprenne pas. Ayant vu une première édition des *Brigands* à la vitrine d'une librairie du Georg Platz, j'entrai et en demandai le prix. Un vieil original se tenait derrière le comptoir. Il me répondit: «25 marks» et continua sa lecture. Je lui expliquai alors que j'en avais vu un plus bel exemplaire à 20 marks quelques jours auparavant: c'est ainsi que l'on fait quand on veut marchander; c'est admis. Il me demanda: «Où?» Je lui dis: «Dans un magasin, à Leipzig». Il me conseilla d'y retourner et de l'acquérir; que j'achetasse son livre ou le lui laissasse, cela semblait peu lui importer. Je lui dis: «Quel est votre dernier prix?—Je vous ai déjà dit 25 marks», me répondit-il (c'était un type irascible). «Il ne les vaut pas, lui dis-je.—Je ne l'ai jamais prétendu, vous ne pouvez pas dire le contraire, grogna-t-il.—Je vous en offre 10 marks!» Je croyais qu'il allait finir par en accepter 20. Il se leva. Je crus qu'il allait prendre le livre à l'étalage. Non, il se dirigea droit sur moi. C'était une sorte de géant. Il m'empoigna par les deux épaules, me jeta à la rue et ferma violemment la porte sur moi. Jamais de ma vie je ne fus aussi étonné.

—Peut-être, insinuai-je, le livre valait-il ses 25 marks.

—Naturellement qu'il les valait, répliqua-t-il, et largement encore! Mais quelle notion des affaires!

---

C'est la femme qui seule pourra arriver à changer le caractère allemand. Elle-même est en train d'évoluer et progresse vite. Il y a dix ans nulle jeune fille allemande tenant à sa réputation et espérant trouver un mari n'aurait osé monter à bicyclette: maintenant elles pédalent par milliers à travers le pays. Les vieux secouent la tête à leur vue; mais j'ai remarqué que les jeunes gens les rejoignent et font route à leur côté. Récemment encore il n'était pas comme il faut, pour une dame, de faire des dehors en patinant: elle devait, pour être correcte, s'accrocher éperdûment au bras de son cavalier qui, pour que ce fût tout à fait bien, devait être un membre de sa famille. Maintenant elle s'exerce à faire des huit dans un coin, jusqu'au moment où un jeune homme vient à elle pour la seconder. Elle joue au tennis, et j'en ai même aperçu qui conduisaient un dog-cart.

Son éducation a toujours été des plus soignées. A dix-huit ans elle parle deux ou trois langues et a déjà oublié plus de choses qu'une Anglaise moyenne n'en lit de toute sa vie. Jusqu'à présent cette éducation ne lui a été d'aucune utilité. Une fois mariée, elle se retirait dans sa cuisine, où elle se hâtait de vider son cerveau pour y mettre de piètres principes culinaires. Mais supposons qu'elle comprenne soudain qu'une femme n'est pas tenue absolument de sacrifier toute son existence à peiner dans son ménage, pas plus qu'un homme n'a besoin de se considérer comme une machine à travailler. Supposons qu'elle se mette en tête de prendre une part active à la vie sociale et nationale. Alors l'influence d'une telle compagne, saine de corps et par conséquent vigoureuse d'esprit, ne manquera pas d'être à la fois puissante et durable.

Car il faut bien se dire que l'Allemand est exceptionnellement sentimental et très facilement influencé par le sexe. On dit de lui qu'il est le meilleur des amants et le plus mauvais des maris. C'est d'ailleurs la faute de sa femme. Sitôt mariée, la femme allemande fait plus qu'abdiquer le romanesque; elle saisit un balai pour le chasser de chez elle. Jeune fille elle ne savait pas s'habiller; épouse, elle abandonne ses toilettes pour se draper dans les oripeaux les plus hétéroclites, ramassés à droite et à gauche; en tout cas, c'est bien là l'impression qu'elle donne.

Elle est souvent faite comme une Junon, avec une carnation qui ferait honneur à un ange bien portant: elle s'entend parfaitement à abîmer son galbe et son teint. Elle vend son droit aux hommages pour une portion de friandises. Vous pouvez la voir toutes les après-midi dans un café, se gavant de gâteaux à la crème fouettée que chassent d'abondantes tasses de chocolat. A ce régime elle s'avilit, s'empâte et devient tout à fait inintéressante.

Quand la femme allemande renoncera à son goûter et à sa bière du soir, quand elle prendra suffisamment d'exercice pour conserver sa taille et qu'elle lira, une fois mariée, autre chose que son livre de cuisine, le gouvernement allemand remarquera qu'il lui faut compter avec une force nouvelle. Et c'est à travers toute l'Allemagne qu'on peut observer mille petits détails significatifs qui ne trompent pas et qui marquent l'évolution des surannées «Frauen» allemandes en «Damen» modernes.

On se perd en conjectures sur ce qu'il adviendra alors. Car la nation germanique est encore jeune et sa maturité fera époque dans l'histoire de l'humanité.

Ce qu'on peut dire de pire sur les Allemands, c'est qu'ils ont quelques défauts. Eux-mêmes ne les voient pas; ils se considèrent comme parfaits, ce qui est stupide de leur part. Ils vont même jusqu'à se croire supérieurs aux Anglo-Saxons. Non, mais... Quelle prétention!

—Ils ont leurs bons côtés, observa George, mais leur tabac est une honte pour la nation. Je vais me coucher.

Nous nous levâmes et, nous accoudant sur le parapet, suivîmes quelque temps du regard les dernières lueurs dansantes, sur la rivière assombrie.

—Ce fut dans l'ensemble une «balade» pleine d'agrément. Je serai content d'être de retour et cependant je regrette d'en voir la fin, me comprenez-vous?

—Qu'entendez-vous par «balade»? dit George.

—Une «balade», expliquai-je, est un voyage long ou court... mais sans but ni programme; l'obligation de revenir au point de départ dans un délai fixé en est le seul régulateur. Parfois l'on traverse des rues populeuses, parfois des champs ou des prairies; parfois on disparaît pendant quelques heures, parfois pendant plusieurs jours,—sans manquer à personne. Mais que le voyage soit long ou court, qu'il nous mène là ou ailleurs, nos pensées restent attentives à la chute du sable fin dans le sablier éternel du Temps. Nous saluons au passage ceux que nous croisons et leur sourions; il nous arrive de nous arrêter un instant pour causer avec certains d'entre eux, de faire avec d'autres un bout de chemin. Nous passons des moments intéressants et souvent nous sommes un peu las. Mais en fin de compte le temps a coulé agréablement et nous, en regrettons la fuite.

**FIN**

Milton Keynes UK
Ingram Content Group UK Ltd.
UKHW032050180324
439698UK00016B/483